U0485070

叶辛长篇小说精品典藏
Ye Xin Changpian Xiaoshuo Jingpin Diancang

客 过 亭 KE GUO TING

时代出版传媒股份有限公司
安 徽 文 艺 出 版 社

叶辛，1949年10月出生于上海。中国作家协会副主席、国际笔会中国笔会副主席、上海文联副主席、上海作家协会副主席、著名作家。曾担任第六届、第七届全国人大代表和贵州省作家协会副主席，《山花》《海上文坛》等杂志主编。长篇小说《蹉跎岁月》《孽债》被改编为电视连续剧，曾引起全国轰动，成为中国电视剧的杰出代表。

著有长篇小说《蹉跎岁月》《家教》《孽债》《三年五载》《恐惧的飓风》《在醒来的土地上》《华都》《缠溪之恋》《客过亭》等。另有"叶辛代表作系列"三卷本、"当代名家精品"六卷本、"叶辛新世纪文萃"三卷本等。短篇小说《塌方》获国际青年优秀作品一等奖，由本人担任编剧的电视连续剧《蹉跎岁月》《孽债》《家教》均获全国优秀电视剧奖。

Ye Xin Changpian Xiaoshuo
Jingpin Diancang

叶辛长篇小说精品典藏

客过亭

KE GUO TING

叶辛 ◎ 著

时代出版传媒股份有限公司
安徽文艺出版社

一

是小提琴演奏的曲子,小夜曲,舒缓而又幽远,似在倾诉衷肠。

这氛围,更显出离喧嚣小区不远的咖啡厅里的安静。

汪人龙和同来的沈迅凤都没想到,约他们见面的钱洁会不让他俩进家门,而把他俩挡在小区外,到上岛咖啡来会面。两人更没想到的是,钱洁是瞒着丈夫方一飞,替方一飞来求汪人龙的。

"听说你在邀约人,同回当年的山乡故地重游?"钱洁直截了当地问汪人龙。

"故地重游?"汪人龙不觉一怔。这可不是他的本意,不过他不想解释,人家要这么理解,就让她这么理解罢。"你们也想去?"

"我倒真想回去看看,不过去不成啊!"钱洁脸上显出一缕苦涩的笑,"桂山上的客过亭,桂山下淌着清溪的大田坝,方一飞在昏睡中都在念叨。"

汪人龙猜测着钱洁约他来的意图:"那么……"

"是想托你回去时替方一飞找个人,叫蒙香丽的……"

"女的?"

"方一飞初恋的情妹。"钱洁语速极快地说着,眼光带一点不安地掠了汪人龙和沈迅凤两眼,又飞快地移开,放低了一点声气说,"不是你们想象中的那种初恋,他们两个连手都不曾拉过。只是,只是心头有那种感觉,只不过这感觉盘踞在方一飞心中,三十多年了!他没几天可活了,当着我面说出这段情事,我……我、我寻思让他走之前……"

钱洁的话一句比一句说得快,终于还是没把全部意思说完,眼泪夺眶而出,滴落下来,有几滴落在她跟前的咖啡杯中。

汪人龙和沈迅凤交换了一下眼神。沈迅凤轻言细语地用善解人意的口吻劝得钱洁平静下来,终于把事情的来龙去脉说清楚了。

方一飞患的是肺癌晚期,一经确诊,医生就宣称,他最多只能活三个月了,癌细胞已经扩散,在体内四处乱窜,医生说动手术没多大意义。背着方一飞,医生对钱洁明确地说,像方一飞这种情况,一般来说只有一个月可活,现在这年头,钱多就多活几天,钱少的话……言外之意是十分明确的,另外那两个月的时间能不能活,就看家中的经济条件了。钱洁和方一飞都是老知青,方一飞病之前,钱洁买断了工龄,只等到了退休年龄领退休工资。方一飞一病,家里经济条件更差了,哪来的钱维持后两个月的生命。真实的病情虽然瞒着方一飞,跟他说只是严重的肺病,发现得晚,故而来势凶猛,他本人的感觉却是一天不如一天,经常从早到晚水米不进,只能靠输液维持。可能真是他从自身的感觉体验,认识到自己来日无多了,他突然就会对钱洁说及插队落户时与蒙香丽的初恋,并且愧疚地说到当年为了回上海顶替,狠心地对一往情深的蒙香丽不辞而别。蒙香丽托迟归的知青给方一飞捎过口讯,让方一飞给她去信,他只顾自己忙于办理顶替手续,而没给蒙香丽捎去只言片语。

看到方一飞泪流满面悔不当初讲起这段往事,钱洁心头泛起一丝醋意的同时也对方一飞的负疚表示理解和同情。特别是听与方一飞同在客过亭山脚下插队的男女知青们提及,他俩当年的恋情纯粹是那种心照不宣的交往,互相之间连手也没拉过时,钱洁更觉难能可贵,在今天看来简直犹如童话里的故事。于是她萌生了让方一飞临终之前和蒙香丽见上一面的念头。

一周前,在知识青年上山下乡四十周年的聚会中,听说汪人龙在邀约老知青重回第二故乡,同游客过亭景区,她就打听来他的手机号码,贸然给汪人龙打了电话,说有一事相求,希望汪人龙能到她家中小坐。

知青聚会时钱洁是推着坐在轮椅上的方一飞去的,当年相识的和不相识的桂山地区上海知青们,纷纷在聚会上说起方一飞的病,说及他家的穷困潦倒。"造孽",汪人龙印象很深,他心中猜测,这一双家境贫寒的老知青,一定是在经济上有求于自己。在答应前来拜访的同时,他在心中也做了资助他俩的一点盘算。

谁知汪人龙和自己的助理沈迅凤驾着车快到方一飞居住的小区时,钱洁在电话里请他俩到离小区大门不远的上岛咖啡来坐,汪人龙的语气中稍一露出不解时,钱洁推说家中太简陋,女儿在备战高考,方一飞呢输完液刚躺下,还是在咖啡厅说话方便。更没想到的是,钱洁并不是在经济上有求于汪人龙,而是提出了请汪人龙寻找丈夫当年初恋情人的要求。

小夜曲依然幽幽传来。汪人龙转动着咖啡杯子,问出了一句:"你这么做,一飞……方一飞知道么?"

钱洁摇摇头,沧桑初显的姣好脸庞上有一股坚定和执着:"我想这也是他心中的愿望,只不过,他怕伤害到我,才不把心意吐出来。"

汪人龙瞅着钱洁五官端正的脸,想象得出,钱洁年轻时代,也是一位小家碧玉般的江南女子,要不,方一飞也不会那么快地把与蒙香丽的恋情埋葬。

不知为什么,在汪人龙的心目中,蒙香丽一定是位美貌村姑,梳一根粗黑的大辫子,走路时有一股袅袅娜娜的天然姿态,浑身上下散发着清新沁人的气息。

汪人龙拿起小勺,搅了搅咖啡又放下,说:"现在,办了内退手续的季文进、公安缉毒大队长应力民、中等职业学校校长丘维维和她丈夫安康青、刚刚退休的罗幼杏,还有一个知青的女儿白小琼和在临近公社插队的二三十个知青,都表示要参加重返第二故乡的活动。出发之际,我会请大家一同帮忙,利用我们各自和当地的人脉资源,打听蒙香丽这个人。这个当年的小姑娘……"

钱洁笑了一下:"如今至少也该到中年了。"

"你放心。"汪人龙表示明白钱洁的意思,至少人到中年的女性,肯定已有了自己的家庭、自己的人生,无论她仍在农村,还是在乡场上,抑或是进入城镇,他在寻找她的过程中,都会谨慎小心,不事声张,并且尊重她现在的意愿,"如果寻找到她的行踪,我会先约她出来谈一谈,看看她有没有和方一飞见面的念头。"

钱洁信赖地对汪人龙点点头:"她要是愿意,你可以请她直接打电话来,我马上安排她和一飞通话。"

"我理解。"汪人龙感觉得到钱洁迫不及待的心理,为使她放心,他又补充了一句,"做一点生意,我在省城里还有几个朋友。到时我也会请他们一起帮帮忙。"

"太谢谢你了。"钱洁说着招呼服务员过来埋单,汪人龙没有让她付款,只是用眼角示意一下,沈迅凤离座迎着服务员向柜台走去。

走出上岛咖啡厅门口时,钱洁像想起了什么似的,又脱口而出:"噢,我差点忘了。蒙香丽是个布依女,少数民族。"

"我明白。"汪人龙一点不陌生,"我在山乡时接触过他们,他们很爱干净,男男女女天性耿直率真,喜人好客,爱唱山歌、爱吹木叶,那个《好花红》的旋律,我都会哼几句,好浪漫的。他们最痛恨不过的事,就是虚伪、奸诈、蒙骗。"

钱洁回头望着汪人龙:"你了解得比我还多,我就拜托了。"

握手告别后,钱洁仍客气地站在上街沿,等着汪人龙和沈迅凤发动起车子,驶出停车场。奥迪车的反光镜里,看得到车子开出了一段距离,她仍在朝车子远去的方向挥手。

二

路灯的光影里,车流长长,车灯眨眼般闪烁着。

奥迪车隐在各式车辆的河流中,不疾不慢地驶去。

到了十字路口,一个小拐弯,汪人龙把车驶进了一条僻静的马路。路旁的林荫浓密,路灯的光让绿叶遮蔽着,人行道上幽暗一片。马路上的光线也柔和多了。

车速快起来,沈迅凤把手放在汪人龙的手背上轻轻抚着说:"没想到,你们去插队落户的这一拨人,还出情种呢!"

汪人龙只侧转了一下头,没答她的话,照样开他的车。沈迅凤的手移到汪人龙的膝盖上,前后抚摸着:"我说得不对么?"

汪人龙明白,沈迅凤是在暗示他和她之间的关系。不过,此时此刻,他没心思考虑这一层关系。钱洁所说的,在人世间没多少天可活的方一飞的忏悔心理,搅得他有些心烦意乱。

是啊,住在老式公房里的平头小老百姓方一飞,身患重病,穷得几乎一无所有,还有这么一份坦然面对往事的良心,还敢于面对自己现在的妻子,讲出不堪回首的往事,讲出自己当年的卑鄙、自私和怯懦,而他呢?

自己呢?

在社会上,在知青这个群体中,他是佼佼者,不能和身居高位的那几个知青比,也不能和声名赫赫的那些知青比,但是在一千七百万上山下乡知青中,他肯定是排在前一万名知青中的，比他差的，比他不如的，足有一千六百九十九万。就冲着这一点，他活得潇洒自在，他开着一家不大不小的古玩店，经营多年，圈子内外都有一点名声。他处事低调，走进他古玩店逛几回的客人，猜不出他的身份。有人说他身价过千万，他淡淡一笑，说声哪里哪里，你过奖了。有人当面问他，浸淫得那么深，圈子里的那些朋友，有时候过一件货，就是几十上百万，估摸他早就是亿万富翁，他更是连连摆手，说我干这一行，纯粹是个喜欢，从小就喜欢，钱不钱的，置之脑后。故而就是他贴身的助理和情人沈迅凤，和他交往几年，也不晓得他究竟有多少财富。这或许也是他始终能在沈迅凤面前保持一贯魅力的原因。

他活得自得其乐，无忧无虑，可是近几年来，他的心头时时掠起一些无端的烦恼。知识青年上山下乡四十周年，曾在桂山脚下插队落户的上海知青们，每人交一百元找了个中学食堂搞聚会，顺便聚个餐，他心头一热也去了。碰到三四百个相识和不相识的老知青，看见当年的风华少年现在不少人已是白发满头，皱纹满脸，他的眼前顿时浮现出沈迅宝的模样来。是啊，他们这些人，有出息的和没出息的，风光无限的和活得尴尬的，都通过不同的渠道回来了，回到了上海。而沈迅宝，他的赤屁股兄弟，他无话不谈的朋友，他的同班同学，却永远地留在了那块土地上，再也回不来了。他的坟头有人献花吗？那块碑如今还像刚竖起来时一样？汪人龙承认，他有很长时间没有想起沈迅宝来了。于是他借着那天聚餐时的酒兴，邀约有此心思的知青，做一次"重返第二故乡"的活动，为他的好兄弟沈迅宝去扫扫墓，同时也看一看那块当年洒下过不少人汗水和眼泪的土地，并去游览一下如今名声很大的客过亭景区。不料现在又节外生枝，多出一件事来，要为钱洁寻找方一飞当年的小情妹。

一滴泪糊湿了汪人龙的眼睛，他来不及降低车速，伸手拂去眼角的泪。

奥迪车往旁边侧了一下，一辆别克车开着雪亮的大光灯迎面直冲而来，晃得汪人龙头晕目眩，别克几乎从奥迪反光灯旁擦身而过，半开的车窗外，清晰地传来飞身而过的别克上一声斥骂："寻死啊，逆向行驶！"

汪人龙从沉思中回过神来，放慢了车速，这一差点与人相撞的惊险瞬间，他已出了一身冷汗。

沈迅凤也察觉了他的异样，连声催促着："停！你停车，我来开。"

车速慢下来，奥迪停靠在路旁的自行车道上，沈迅凤打开车门，绕到他这一边,拉开了他的车门,说:"你坐过去,我来开。"

他愣怔了一下,移坐到副驾驶位置上。沈迅凤坐上驾驶位,发动车子的同时,瞅了他一眼:"你这是怎么啦?失了神一般,那个女人叫你想起了啥?"

奥迪车又开上了马路,汪人龙说:"想起了你哥沈迅宝。"

"你又想他了。"沈迅凤显然没料到他会这么回答,说话的口吻有点意外,"算了,连我父母都承认了这一事实,已习惯了迅宝的离去,你就别添此烦恼了,想开点吧。"

说着,沈迅凤还把手伸过来,感激和安慰般在他膝盖上拍了两下。

奥迪车没跑起来,缓缓地开出没多远,悠悠拐进了一条弄堂。

翕着眼沉思的汪人龙诧异地问:"这么快到了?"

沈迅凤"扑哧"一声笑了:"到了,到了我的住处。你忘了,这里的一室一厅,还是你买下的呢!我看你失魂落魄的,上去坐一会儿吧。"

汪人龙眨着眼,朝车窗外望了一眼,也认了出来。这是他和沈迅凤相好以后,为方便幽会,在二楼上买下的一处房子。名字写的是他,房门钥匙交了一套给沈迅凤。事实上,小屋里的一切,都是沈迅凤打理的,大到床上用品、书柜书桌、窗帘沙发,小到日常用具、扫把拖鞋、茶杯牙刷都是她买的。他来得不多,只在两个人都感觉到那种需要时,他们才到这儿来一次,尽兴地欢娱和享受一番。每次都是她先来一步,做些准备,而他往往在约定的时间前后,才走进小屋。像今天这样,临时起意,双双一起来,这还是第一次。

当时在这一地段把房子买下来的时候,不过花了二十几万。这些年,上海的房价连续往上跳,沈迅凤说去附近的中介看了,同样一套房子,挂牌价已到了八十多万,翻了几倍。汪人龙虽然不炒房子,不过他听了,还是挺有成就感,觉得自己慨然将房子买下来,既方便了他和沈迅凤,又赚了钱,多了一处小产业。

两人一起上了二楼,进了屋门,房间里幽雅安宁,有一股静谧的氛围。沈迅凤张开双臂,就把他紧紧地抱住了。

汪人龙捧着沈迅凤的脸,和她有滋有味地接了一个长吻。沈迅凤不美,但汪人龙喜欢的,就是她那股热辣辣的劲头。

亮了灯,汪人龙环视着收拾得一尘不染的屋子时,沈迅凤走进卫生间,熟练地打开热水器,朗声说:"我都打开了,你先来洗,我开窗透气,铺好床再洗。"

在浴帘后面,汪人龙舒心地让温热的水喷洒在自己的胸前背后,他健壮颀长的身躯让热水一淋,浑身的血液奔涌起来,血管也随之舒张开来,感觉到阵阵惬意。沈迅凤的提议还是对的,他身上压抑着的忧郁和疲惫,缓解多了。

"水温正好么?"随着沈迅凤亢奋地一声发问,浴帘"哗"的一声被掀开,透过蒸汽水雾,汪人龙愕然看到,浑身赤裸的沈迅凤一迈腿,走近了他的身旁。

汪人龙的双眼瞪得溜圆,盯着她胸前一对饱满得沉甸甸的乳房。

沈迅凤举起手掌接着喷淋四洒的水花,一偏脑袋,不无娇嗔地问:"没见过吗?"

汪人龙不由地伸手抚住了她的乳房,轻轻摩挲着。

"真舒服!"沈迅凤陶醉地感叹着,将湿漉漉的脸庞整个儿贴在汪人龙胸前。沈迅凤四十上下,不胖不瘦,浑身上下充满了活力,近年来生活安定了,她的脸上光彩照人,一丝儿皱纹也找不着。见过她的人都说,她只有三十四五,比实际年龄年轻。她则坦然地对汪人龙道,这全是汪人龙的缘故。没有汪人龙的帮助、提携,就不会有她的今天,也不会有这一份笃定泰然宽裕得无忧无虑的日子。故而她一往情深、死心塌地地爱着汪人龙。在她面前,汪人龙充满了男子的自尊和豪气,内心获得极大的满足。每次两人待在一起,都能达到男女间难得的水乳交融般的幸福感。这也是两人间的情人关系得以长期维持的原因。

汪人龙把沈迅凤紧紧地搂在怀里,两人的嘴在喷洒的水花水珠帘中胶着般紧贴在一起。汪人龙摩挲着沈迅凤溜滑细腻的脊背,沈迅凤出其不意地抓住了他,把他引进了她的身体。

一阵眩晕和迷醉般的快感在汪人龙赤裸的全身上下弥散开来,两人紧紧地贴在一起,任凭温热舒爽的水沫喷洒不尽地自上而下洒落。

像梦。

三

橘红色的小灯开着,把卧室营造出朦朦胧胧的气氛。这是一种节能灯,只有一支光,开一千个小时才费去一度电,既制造了一股幽雅宁静的氛围,又十分经济。这种主意只有沈迅凤想得出来。上海人选购这种灯,多半会买白色的,用来安装在楼梯转角、小孩卧室、夜间的卫生间里,使得漆黑一团的夜晚有点儿微光。而沈迅凤偏偏选这种橘红色的,小灯一亮,整个卧室顿时有了股浪漫气息。

枕边传来她的微鼾,像呼吸,又似满足之后的轻喘,一对歪到半边的乳房,随着她的微鼾波动起伏着,鼓起来又垂下去,十分诱人。

她就是这样,做爱的时候疯狂得像一头不顾一切的小豹子,非达到淋漓尽致的地步不可。而当达到了高潮以后,渐渐就会像潮水退去般,平静下来,没多一会儿,就会进入酣睡状态。她说这里是另一个家,睡在家里的床上,她感觉踏实。

疾风骤雨般的做爱以后,在几分钟里,汪人龙同样感觉到一阵身心俱畅的满足,脑子里一无所想一无所感。他会喝一口沈迅凤事先泡好、这会儿已温凉下来的茶水,这一口茶水的滋味,在他看来比任何玉液琼浆还要美。依在靠垫上,点燃一支烟,徐徐地吐出几口烟圈,噢,他觉得这是成功男人最美妙的享受。

小区外的马路上时有鸣得过响的喇叭传来,更映衬出卧室的安静。

刚吸了半支烟,思绪重又回到他的脑际。心满意足睡着了的沈迅凤微噘着嘴入睡的神态,像极了她的哥哥沈迅宝,汪人龙自小一起长大的伙伴沈迅宝。迅宝睡着了也是这副神态。

汪人龙胸际掠过一瞬间的悸动,他亲如兄弟的伙伴沈迅宝。直至如今,迅宝、迅凤兄妹的父母,所有桂山山麓插队落户的知青,包括当年参与处理迅宝后事的上海知青慰问团的干部们,都认为迅宝是被武斗的流弹击中,夺去了年轻轻的生命。事实确乎也是如此,他俩相约着同去省城看病。汪人龙被火灼火燎般的牙痛折磨得几天睡不好觉,公社卫生所和大队的赤脚医生只会给他配去痛片,他就是一次吃几片也不解痛;沈迅宝则是因水土不服发风疹和拉肚子。上海来到山乡插队落户的知青们,无论男女,都会碰到因水土不服发红肿的风疹块和拉肚子,一般知青,吃一点苯海拉明,吃几次黄连素片,都能忍受风疹块的瘙痒和止住拉肚子,唯独沈迅宝,拉肚子总是止不住。于是两人相约着,一起到省城第一人民医院去看病。汪人龙看牙科,沈迅宝看内科和皮肤科。无论是大队的赤脚医生,还是公社卫生所都说,省一医是全省最好的医院了,你们这种病,省医会有办法治。他俩到大队革委会主任那儿去请假,也是这么说的。

迅宝被流弹打死以后,大队的赤脚医生、公社卫生所、大队革委会主任,还有其他知青伙伴,都以不约而同的旁证证实,沈迅宝是请假看病在省城武斗中不幸遇难的。大伙儿这么提供旁证,大伙儿也这么安慰一脸歉疚的汪人龙。

故而汪人龙除了在沈迅宝辞世不久的一段时间,有过一阵自责和懊悔之外,时间久了,便也渐渐心安理得地接受了这一残酷的现实。况且他自始至终参加了沈迅宝后事的处理,做了特别有利于沈迅宝的证明;况且他发迹以后,二话没说收留了下岗的沈迅凤,给她在自己开的公司里安排了很好的职位,并且开出不菲的工资,以至沈迅宝父母和迅凤一家人,都对他感恩不尽。

可在他的内心深处,他为啥还会浮起莫名的不安呢?

沈迅宝是陪伴他去省城看牙的。至于他身上发风疹块和拉肚子,是他为获准请假找出来的理由。他去向大队革委会主任请假时,听革委会主任说省城里很乱,武斗已经发展到了开枪放炮的程度。沈迅宝怕主任不准假,还撩起自己的衣袖,让主任看他手臂上一块一块的风疹。主任这才准了他的假,还自圆其说道,你陪着汪人龙一道去,两个人有伴,也好。

走出主任家院坝时,沈迅宝在寨路上转过脸朝汪人龙龇着牙一笑,还用上海话轻声说了一句:"我装得像哦?"

汪人龙赞许地道:"阿乡根本弄不清爽是真是假。"

只有他知道,他们床对床睡在一间茅草屋里,沈迅宝身上的瘙痒期,已经过去了。那些因水土不服而发出来的风疹,总要等一两个星期才能彻底退去。而拉肚子,完全是沈迅宝愁眉苦脸装出来的,大队主任怎么可能检验他是真拉肚子还是假拉肚子?

对汪人龙最为有利的是,上一周沈迅宝确实拉过肚子,去找赤脚医生要过几包黄连素片,其实他只吃了一小包黄连素片,就止住了泻。汪人龙还劝他说,止住了泻,就别多吃了,多吃黄连素片对身体不利。

那几包吃剩的黄连素片,事后被汪人龙藏了起来。他有腹泻症状时,还找出来吃过,多余的送给了其他知青。

这些细枝末节般的真实情况,只有汪人龙心中清楚。他不对人说,没有第二个人知晓。真正是天知地知,唯有他一个人知道。

沈迅宝是出于对他的友情,又怕他独自一个人到省城去出什么意外,陪伴他到省城去的。

谁能预见到,意外偏偏发生在他的身上呢?

那一趟旅程,是汪人龙一辈子永难忘怀的旅程。他和沈迅宝请准了假,双双来到赶场的街子上,搭乘开往省城的班车。正常情况下,班车在午后的十二点半到一点之间会路过桂山街,可那一天,场都散了,四乡八寨到桂山街的乡亲们做完了买卖,捎买了一点盐巴、酱油、针头线脑,都挑着空箩筐、背着背篼回转去了,连贪恋地在街上玩的男女知青们,也呼伴结群地回各自插队的村寨,看见他俩仍无奈地在街口等候招呼车,都要招呼一句:你们还没去成啊!

直等到夕阳西斜,他俩都准备不再去时,班车摇摇晃晃地在半山公路上出现了。

司机解释说,省城里两大造反派"3·13"和"6·26"在武斗,各自占据了山头、楼房和险要的有利地形,开枪、放炮,打得十分激烈,有传言说连坦克都开上了马路,把另一派用公交车、卡车垒起的街头堡冲了个稀里哗啦,连柏油马路都给坦克压出了齿痕。客运公司打来电话,让班车在县城里等候,不要在武斗打得凶的时候开进省城。直等到中午,说两大派开始谈判了,谈判期间不开火,客运公司让各地的班车赶紧发车,把客车开回省城,开进车库里去,等武斗彻底平息,才能恢复行运。换句话说,今后两三个星期,全省的班车都将停止行运。

汪人龙和沈迅宝看见客车上总共十来个客人,顿时联想到,到省医院看完了牙齿,没有了客车,他们怎么才能回到桂山来?这桂山地区,长途客车可是唯一的交通工具啊!

客车在山路上颠簸了一个多小时,在开上挨近省城的柏油马路时,还遭遇了一次检查,臂上戴着"6·26"造反派红袖章的队伍拦住了客车的去路,勒令车上的每一个人下车接受检查。汪人龙和沈迅宝幸好带着大队开具的知青证明,才得以过关。拿不出身份证件的两个乘客,被造反派扣了下来。

客车往省城方向疾驰而去时,司机回了一下头说:"售票时我不是问过你们吗,带好身份证件了没有?那两个人都说有,我也没验看,这下好了,让那些提棍拿枪的'6·26'关进去,轻则抽几个耳光,重则挨一顿打,那是少不了的。"

汪人龙和沈迅宝交换了一下忧心忡忡的目光,他俩不约而同地感觉到,这趟看牙的旅程,是不会轻松的了。

客车开进三桥,又下去了三四个乘客,他们说城里很乱,就在城边的小旅馆里宿一夜,明天早饭后再进城。

客车驶进省城的马路上,汪人龙和沈迅宝瞅着省城的万家灯火,再看看车内,连司机在内,一共才七个人,不由得有一股凄清之感。有乘客问,师傅你这车开往哪里?

司机说客车总站,离这不远,拐两个弯就到。你们全在那里下吧,那里安全点……

话音刚落,"砰砰"两声枪响,司机一边打方向盘把车往楼房的阴影里开,一边大惊失色地吼着:"趴下,都给我趴到座位底下。"

汪人龙吓得身子一缩,趴到了座位下头。沈迅宝却没动,还往车窗外远远近近亮着灯和没亮灯的楼房顶上张望。

司机从反光镜里看到,又一声疾叫:"你找死啊!枪子就是朝这辆车打来的。"

说完楼房顶上又响起了几枪。

这是汪人龙长到二十来岁,第一次听到真正的枪声。在这之前,他只在公园门口听到气枪射击的"噗噗"之声。他躲在座位底下,吓得四肢都不由自主地颤抖起来。

司机无端吼出的话,无意中不幸而言中。

第二天,依稀听见省城里武斗的枪声还偶尔"砰砰"地响几下。这是他俩第一次来到省城,碰到了武斗就没心思四处逛逛了。突然,不远处一阵枪响,一颗颗流弹"嗖嗖"飞过来,走在前面的沈迅宝应声倒下。汪人龙被眼前的一幕吓呆了,片刻,他醒过神来,急忙扑过去俯下身抱住沈迅宝大叫道:"迅宝!迅宝!"

沈迅宝疼得皱起眉头,嘴巴和鼻子都扭曲着。他腹部的鲜血直往外涌,头部的血也热乎乎地淌到汪人龙的胳膊上。汪人龙急忙脱下上衣堵在沈迅宝的腹部。

沈迅宝的脸慢慢舒展开来,身体也有些软了。突然,他那一双黑白分明的眼睛闪出一束明澈的光,他深沉地望着汪人龙,似要说什么却什么也没说。慢慢地、慢慢地沈迅宝永远地翕上了眼帘。

手机铃声打断了汪人龙脑际浮现的往事,他从床头柜上拿起手机,按接听键的时候,目光是模糊的,这才察觉到,回首往事的时间里,泪水不知不觉噙满了他的眼眶。

他把手机放到耳边,轻轻"喂"了一声。

手机里响起带一点官腔的应力民的声气:"汪人龙吗?我应力民。"

"缉毒大队长,"汪人龙稍提高了点嗓音,"你的时间能定下来了么?"

应力民道:"我给你打这个电话,就是告诉你,从下周起,我获得半个月的休假,你出发的时间可以定下来了。"

汪人龙笑了:"那好,我们初步就定在下周出发,你看怎么样?"

"行。"

汪人龙答道:"爽快,我马上联系其他人。定下了具体日期和航班,我再通知你。"

应力民是这拨准备重返第二故乡的老知青中,最有身份和地位的在职干部了,虽说老知青们相聚,不强调身份地位,但是汪人龙内心深处,始终对声名赫赫的缉毒大队副队长应力民,怀有一份敬意,另眼相看。这不仅是因为他目前所任的职务,而是因为他明白,抓毒贩这活儿,是玩命的活,随时随地都会把脑袋贴上去的。

挂断手机,汪人龙看见沈迅凤在朝他微笑,沈迅凤眨动着那一双黑白分明的、像极了沈迅宝的眼睛,有点不好意思地说:"我睡着了,把你撇在一旁,对不起。"

汪人龙看到沈迅凤的双眼,不觉一怔,心头一热,把她搂了过来。这女人就是这样,虽然性格泼辣,做起生意来说一不二,爽爽快快,但在对待他时,总显得善解人意,和他贴心贴肺的。也正因为此,他们虽然各自都有家庭,但两人间的关系却总是维持在一定的温度上。

沈迅凤的脸枕上汪人龙的大腿,一偏脑袋道:"这么说,下周就走了。"

"我再和其他人通一圈电话,"汪人龙坐直了身子,沉吟着道,"如果大多数人同意,下周就动身。"

沈迅凤翻身坐起来,挨着汪人龙的身子,说:"那我们走吧。这事儿,我还要跟爸妈说一下,看他们对给迅宝扫墓,有什么要说的。"

汪人龙心头一惊,脸面上没显示出来,他笑容可掬地道:"对,你想得很周到,是该给伯父伯母说一下。"

"伯父伯母,"沈迅凤笑一声,"亏你说得出口。"

汪人龙狐疑地瞅了沈迅凤一眼。

沈迅凤道："我们睡在一起,这么长时间了,他们不也是你父母嘛!再说了,哥死以后,你不对他们说过,你就是他们的儿子嘛!"

"这话我说过。"汪人龙承认,给沈迅宝办完丧事,后来结束插队落户生活调回上海去看他们时,汪人龙曾亲口信誓旦旦对两位老人说过这句话。

他以为沈迅凤年少,不知道这些事,没想到她都清楚。

听他这么坦然承认,沈迅凤双手一钩,搂紧他的脖子,又在他嘴上吻了两下。汪人龙回吻了她一下,不过他明白,他这吻不真切,有点儿敷衍了事。

四

和汪人龙通完电话,应力民决定要在出发前去探望两个人。一个是失踪女知青徐眉的父亲徐继阳,另一个是这辈子和徐眉摆脱不了关系的岑达成。照理他该先去拜访独身老人徐继阳,世纪之交那年他去看老人,徐继阳已是满头白发,眼神呆滞,半天才把他认出来。又过去了多年,想必他更衰老了吧。可这一次,应力民决定首先要去看望的,是笼罩在徐眉失踪阴影里的岑达成。只因为桂山地区老知青聚会时,消息灵通的季文进说,岑达成躺倒病榻半年多了,医生宣布了他的无期徒刑,说他的下半辈子只能在病榻上熬了。

季文进下岗以后,在一个民营的文化公司值班看门,既没多少事儿,也没多大责任,空闲下来,他就给男男女女的老知青们通电话。故而他的信息特别多,也特别灵。他说在电话上听说了岑达成的病,他去看过岑达成,人已经瘦得皮包骨头,不成形了。医生宣判无期徒刑的话,是岑达成亲口对他说的。

应力民相信季文进的话,一来季文进是回沪后在知青聚会中认识岑达成的,二人间既无深交,也没有利害关系,他没必要凭道听途说传话;二来凭应力民从事一辈子警务看人的经验,觉得季文进是个老实人,打个不恰当的比喻,季文进像算盘上的珠珠,拨一拨才会动,不拨就不会动。故而混了一辈子,他也只能混一个门卫作为人生的结局。当年他是顶替在文化局当清洁工的母亲的工作回的上海,干的是和他母亲一样性质的杂活,修修门窗、沙发椅子、坏了的文件柜,夏天调试电扇空调,冬天配齐走廊上坏掉的玻璃。改革开放以后,都说单位上不能养这种闲人,他就下岗了。不是人家介绍他看门,光凭那点下岗工资,他会更惨。这样一个人,是不会故意耸人听闻地说岑达成被判无期之类的话的。

正是聊天中无意听到季文进的话,才使应力民交代完缉毒副大队长的工作,想到要做的第一件事,是去探望岑达成。

早上九点来钟,岑达成居住的老式多层小区里,停满了档次不高的各式小车。这些小车都是邻近公司上班的白领们开进来的,公司没有专门的泊车位,小区的弄堂里有空当,白领们向小区物业交一点钱,就把车停在小区里,既安全可靠,又经济实惠。到了夜间,白领们下了班,车位腾出来,业主们下班开车回家,泊车位又停满了。应力民是缉毒警,破案所需,经常出入各种小区,对此他是了如指掌的。

"唉,让一让,你没听见吗?"一阵自行车铃响,没待应力民往边上让,一辆自行车从他身旁擦身而过,还在他肩膀上不轻不重地拍了一下。

私人间的访问,应力民换了警服,穿的是便装,小区居民便把他当成了同样的普通人,一点也不客气。他若穿着警服,谁敢随随便便拍他肩膀啊。

一个从菜场购物回来的老太太迎面走来,应力民凭几年前来过的印象,又看一下门牌号,拐进了一条支弄。

岑达成的家在二楼上,上了一层楼,沿走廊走几步路就是203,应力民还记得,他家住的是两室一厅,当初回沪时,在知青中属于条件上乘的。

无论是铁铸的防盗门,还是里面的木门,都虚掩着。应力民按了一下门铃,屋里似乎有了一点动静,应力民等候着,房间里的动静又没有了。应力民再按一次门铃,他听得清晰,门铃在屋内清脆地响着。那点儿动静又有了,应力民侧耳倾听,勉强听到从卧室里传来的虚弱的声音:"门……开着,你……进来吧。"

应力民听得出,这是岑达成的嗓音,打过整整一年多交道,天天审讯他,他的声音变得如此有气无力,应力民还是听得出来。

拉开防盗门,又推开木门,应力民进了屋。进屋就是一个小厨房,侧面是个卫生间,穿过小厨房,是间六七平方米的小厅,小厅里一张木桌,桌肚子里放着几把方凳。应力民放缓了脚步,待眼睛适应了小厅的晦暗,这才走进卧室。

卧室里空气污浊,有一股久不通风的陈腐味。窗帘拉上了大半,床上的被窝乱得像狗拱的烂布堆,岑达成枯瘦的脑袋靠在枕头上,一双惊慌失措的眼睛瞪得大大地瞅着应力民。他显然认出了应力民,被窝里的身子颤动起来,脑袋左右晃动,嘴张得大大的,似要说什么,却一句也说不出来。

应力民暗自愕然,岑达成高大魁梧的身子,被病魔折腾得缩成床上的一把骨头,额颅、两颊全都瘦成了一张皮,让人联想起一根竹竿支起的骷髅。

岑达成喘息着吐出一句断断续续的话:"你、你……来……"

听不出他是招呼应力民,还是心有余悸。

应力民走到窗户边,拉开了窗帘,顺手还打开了半扇窗户,让外面的新鲜空气透进来。破案时他进入过各种环境,可岑达成卧室里的空气,还是让他憋得难受。

"岑达成,听说了你的病,我是特意来看你的。"应力民拉过一把椅子,坐在岑达成的床头边,决定单刀直入,直奔主题。对一个下半辈子将永远躺在床上的人,没必要再绕弯子。

岑达成的眼睛瞪得溜圆,似要从眼眶里弹出来,他望着应力民说:"我、我……起不了床了……"

应力民朝他俯下身,放缓了语气:"那你对我说一句实话,徐眉是不是你害死的?"

这是应力民拜访岑达成主要的目的。他坚信"人之将死,其言也善"的古训。那些即将押赴刑场的毒枭,临死之前都会吐真言。岑达成变成了一个活死人,应力民相信,如若徐眉遇害真与他有关,他也会说出来的。

岑达成的整个身子仿佛都在往被窝里收缩,好像要躲进里面去。应力民正在惊讶,岑达成陡地将被窝往边上一掀,枯瘦脸上的皮肤全扭曲了,额头上汗如雨下,嘶哑着嗓门哭泣着说:"不,不,不!不是我……我我我……要平反……"

似乎用尽了浑身的力气,他大口地喘着气儿,脑袋往边上一歪,靠在枕头上,又好像是呜咽又好似干号般叫了起来:"我都成这样了,还、还、还说瞎话干啥?"

应力民见床头柜上有一只水瓶,还有杯子,给他倒了一杯水,递过去:"你喝一口水,我明白了。"

岑达成伸出双手,感激涕零地接过杯子,"咕嘟"喝了一大口水。

到这个时候,岑达成仍不承认徐眉是他害死之后毁尸灭迹的,看来徐眉之死确实与他无关了。应力民记得,大返城回到上海以后,重获自由的岑达成一次又一次地向上海市革命委员会,向中央提出申诉,要求彻查案件,给他恢复名誉,平反昭雪。

写到各种各样上级机关的二十几封申诉信,最终都转到桂山地区公安处统一及时处理并认真回复。那个时候应力民还在桂山地区公安处工作,看到过回函的内容,那函件上明白无误地写着:

上海女知青徐眉失踪一案属实,当时震惊了中央、上海、省城几地,在整个桂山地区上山下乡知识青年中引起震动,公安机关奉命将其作为重大刑事案,依法立案查实。岑达成是知识青年们都知晓的徐眉男朋友,徐眉失踪当日是他邀约同去桂山街上赶场,一去就不再复返,不再现身,而岑达成却若无其事回到了插队落户的寨子,无论是老乡还是同去赶场的男女知青,都反映岑达成有重大嫌疑,根据多数群众举报对岑达成拘审确属办案必需。徐眉失踪案至今尚未破结,岑达成的相关嫌疑不能消除。

在对岑达成的整个拘审期间,所有审讯人员都坚持了按政策办事,没有通常所说的逼、供、信行为,况且自始至终仅是嫌疑拘审,未对其定性,更没戴任何帽子,不存在平反之说。

当年看过起草的回函,应力民就觉得这一函件是实事求是的,三百来个字,把一切说得明明白白。

那些年里,被错误打倒的"叛徒、特务、走资派"们在平反昭雪,几十万的右派分子甄别纠正,因各种名目繁多的罪名关进"牛棚"的人们重新恢复了名誉。满怀信心获得新生的岑达成收到了这封盖着大红印、印成粗体字的回函,也没再向任何地方提出赔偿和平反要求。他好像是死了心,开始了在上海的新生活。

可他真有新生活吗?

从桂山地区公安处调回上海公安部门工作的几十年中,应力民虽然总在忙忙碌碌的破案工作中奔波,但他只要一静下来,就会从侧面了解岑达成的情况。在他心灵深处,岑达成的嫌疑始终没有消除,及至这一回,从季文进嘴里听说岑达成将像植物人似的度过余生的信息,他又萌生了让岑达成吐露真言的念头。而岑达成回沪以后真实的生活状况、他的家庭、他后来的婚姻,及其他的一切,应力民都是不甚了解的。

到了这一地步,岑达成仍对徐眉的死矢口否认,应力民觉得,他这一趟重返第二故乡的桂山之旅,有事情做了。

作为一名颇有成就感的警察,他不能让徐眉的失踪,成为永远的悬案啊!

五

徐眉不是典型的江南美女——那种小家碧玉聪明玲珑的姑娘。用老乡粗俗一点的话来讲,她是高奶挺胸脯的风骚女人。她的个头高高的,胸脯上一对乳房,一年四季都耸得高高的。和一帮女知青走过来,头一个被注意到的,必然是她。她的那一双乳房,耸立在胸前,让人不想看也得留神到她的胸部。椭圆饱满的脸上,一对大眼睛似会说话,白净的脸皮,老乡们说比剥皮的鸡蛋还诱人。剥了皮的鸡蛋是送进口里吃的,她那张脸引得不少男知青想和她约会。她呢,大咧咧的,颇有女人少见的爽快,什么人邀约她一道去赶场,她都会一口答应。

应力民也在桂山街上不止一次地见过她,他心里承认,徐眉确实是个美得晃人的姑娘。别说山乡里见不着她这样的女子,就是在整个桂山地区几百位上海女知青中,长相如徐眉一般招摇的,也极为少见。故而在上海知青中盛传,徐眉谈的"敲定"不止一个。

"敲定"是上海知青中对于男女双方正式确立恋爱关系的简洁称呼。在二十世纪六七十年代,上海滩都这么说。

应力民是在世纪之交那年,拜访徐眉的父亲徐继阳的。看到个头一米八十八的老人时,他才恍然大悟,徐眉的个儿为什么会那么高,身架子会那么大。尽管徐继阳那一年已是满脸皱纹,一头像鸡冠般直竖起来的白发,人老体衰,但是他的肩膀仍然宽宽的,伛偻着的腰直起来时,那身架子还是高得骇人。

粗野的汉子们说徐眉天生是个风骚女人,实在是冤枉了她。她长成那么个模样,是生成的眉毛长成的相,完全是承袭了遗传基因,怪不得她个人的。见过了徐继阳,不用想象应力民都猜得到,这位老人在年轻时代,一定是个高大魁伟、英俊挺拔的男子。

又是好几年过去了,应力民在走进徐家所在的那条老弄堂时,心里揣度着,老人现在该是个什么模样？和他谈起宝贝女儿的沉痛往事，他会是个怎样的表情？

噢，这条弄堂已经面临拆迁。弄堂里青砖砌起的墙面上，隔不多远就有用圆圈圈起的白漆大字："拆"。

应力民在庆幸，自己来得正是时候。再晚些来，一旦动迁走了，打听徐老伯的新地址，就麻烦了。

公用水龙头旁有人在洗拖把，用力刷洗的拖把把水珠溅出了水池。应力民避开一点水龙头，辨别着门牌号，踏上一截晦暗陡峭的木楼梯。他记得，徐继阳的家，是在二楼上的客堂里。在石库门房子里，二楼的客堂间，是位置最好的一间屋子了。

客堂间的门敞开着，上海的老住户们都这样，在互相熟悉的弄堂里，早上起来开了门，只要不离开家，那扇大门总是敞着的。

应力民迟疑地站在客堂间门口，客堂间里，一位五十来岁的中年女子朝着他转过脸来，目光警惕地盯着他。

"你找谁？"

应力民咽了一口唾沫，客气地问："这里是徐继阳老先生家吗？"

"你找他有什么事？"中年女子离座站起来，迎着应力民走到客堂间门口。

"噢，"应力民猜不透这个女人的身份，忖度着道，"我是他女儿一起插队的知青，几年前我来拜访过他……"

中年女子脸颊上一阵抽搐，她没等应力民说完，就打断了他的话："徐继阳去世了……"

"啊？"应力民大吃一惊，"什么时候的事？"

"前年大热天，太热了，他熬不过去，就……"中年女子说着，眼圈一红，伸手抹了抹眼角，接着说，"留下了我孤苦伶仃的一个人……"

说话间，应力民从中年女子的眉眼之间，一下认了出来，几年前他来探望徐继阳老先生时，这女人也在客堂间里，还给他倒了一杯茶来。当时他从她的衣着举止，认为她是个钟点工，现在想来，她不仅仅是钟点工，她很可能是徐继阳老先生续弦的老伴。应力民不便妄然发问，只得小心翼翼地打听："这几年里，有关于他女儿徐眉的消息吗？"

"没有,没有,"中年女子双手一摊,不无怨尤地说,"我对不晓得多少人说过了,我不知道什么徐眉,也从来没见过徐眉,老头活着的时候,从来不对我提起徐眉。这一两年也不懂是怎么回事,总有像你一样的陌生人,上门来打听徐眉、徐眉的。"

楼梯上一阵响,应力民转身望去,走上来二男一女三个人,为首的是一位男子,未说话就露出笑容:"林大姐,我们动迁组又上门来了,想同你商量……"

"没啥商量的。"中年女子手臂一横,"我的话早就说明白了,二百二十万,二百三十万,我都不要,我不要钱,我只要房子。"

"林大姐,你再考虑考虑,拿到了钱,也能买房子的。"动迁组的女士插话道。

中年女子嘴一噘,声气一下提高了:"上海的房价吓坏人,我才不上你们的当。我只要有个落脚处,有套房子,地段好一点的。你们给我一把钱,我一个老太婆,到哪里去看房、买房?办手续都不懂。我不要钱,不要钱。实话告诉你,我乡下还有儿子、媳妇、小孙子,儿子已在上海打工,他们也要有住处。"

应力民觉得已没有待下去的必要,他想给中年女子打一个招呼,人家连眼角也没有瞟他一下,动迁组三个人,他更不认识。于是他车转身,踮起脚,往狭窄陡峭的楼梯走下去。

刚步下三级楼梯,中年女子却朝他追过来,站在楼梯口,向他一扬手:"哎,这位同志,我跟你说句话,老头死两年了,他那叫徐眉的女儿没半点儿音信,你们不要再来了!这地方一拆迁,住户们往外一搬,再没人晓得那点陈谷子烂芝麻的事了。谢谢你们不要再来找了,啊。"

应力民收住脚步,站在楼梯上,不晓得对她说些什么好。他只是点了一下头,迈腿往楼梯下走去。有一截楼板松动了,应力民落脚太重,险些跌下楼去。幸好他眼疾手快,及时抓住了扶手,才没摔下去。

走出后门,弄堂里有阳光,让他感觉豁然开朗。放眼望进去,弄堂半空中,原先悬在那里的晾衣架,已经塌陷下来,好几家生锈的窗栅,也被扳得七歪八斜,过街楼上那户,显然已带头动迁走了,窗玻璃砸碎了好几块。

应力民想象得出,徐眉上山下乡之前,生活在这么一条拥挤嘈杂的弄堂里,当时会是怎么样一种生气勃勃的景象。只因为应力民当年,也是从上海滩极为普通的弄堂里走出来的。

信步走出弄堂的时候,应力民感慨万千。徐眉失踪案久破未决,最终以"失踪"告结,这样一个结论告知徐眉亲生母亲的时候,听说老人家当场就昏倒在地,不省人事,没几天就死了。应力民还听说,徐眉母亲当年是街道干部,是她极力动员女儿徐眉,响应伟大领袖的号召,带头上山下乡干革命的。刚失踪那几年,只是一个普通职员的徐继阳,话语中总是埋怨妻子,你积极,你要求上进,独养儿女是有一点照顾政策的,你都不要,是你把女儿推向不归路的……可以想象,天天听着类似的埋怨,徐眉总是没有音讯,徐眉的母亲会是一种什么心情。

第一次,应力民走在弄堂里的步子,有一些沉重,沉重得他似乎迈不开脚步。这可不是他的风格,一有了案情,破起案子来,哪怕连天连夜休息不好,他那壮实硕健的体魄走起路来仍是虎虎生风的。

姓林的女人最后通牒般的几句话,仿佛是在提醒他,徐眉早已是个被人遗忘的女子,没必要再来打听她的归宿了。

但对应力民来说,这是不可能的事情。徐眉案件,直接影响到了应力民的命运,影响到了应力民的人生选择,甚至影响到他今天从事的这份职业。没有徐眉失踪一案,嫌疑犯岑达成不会被拘审;没有对岑达成长达十几个月的连续拘审,县公安局当时不会从知青中抽调表现杰出的应力民和另一个省城知青配合预审科的审讯员天天提审岑达成;没有应力民当年全身心积极地投入对岑达成的审讯,制定一套又一套方案,表现出色,公安处也不会要他。

案子虽然不了了之,岑达成最终也以"事出有因、查无实证"而被释放,自始至终参与了预审工作的应力民和那位省城知青,却因表现杰出留在了县公检法队伍中。省城知青分配去了检察院,应力民留在了公安局刑警队,使得他俩双双得到了当年的男知青们极为羡慕的工作。警察也由此成了应力民终生的职业。当年调回上海公安局工作时,人家一听他参与过侦破毒品案子,很爽快地发出了商调函。

应力民怎能不记着徐眉的失踪案呢?徐眉案的谜团不解开,是他作为一个警察终生的遗憾。他的心灵深处,会始终盘着一个解不开的结。

上海的《人民警察》杂志,报道过应力民出色地破获毒品大案的详情。公安局所办的《东方剑》杂志,还以他为原型,写过一篇好几万字的中篇小说,概括提炼,添油加醋,笔下生花,把他写成了一个料事如神、和毒枭斗智斗勇的英雄人物。可在应力民的内心深处,总是耿耿于怀地存在一个念头,徐眉案的失踪之谜不能解开,他就算不得一个好警察。到退休的时候,他会为此抱憾终生。

故而,这一次的重返第二故乡之旅,虽然和大多数老知青一样,是故地重游,虽然局长还让他不动声色地去摸清一条线索,但是对于他来说,重新捡拾梳理徐眉的失踪案,是重中之重。

六

到"喀斯特山国"省城的航班,于浦东国际机场十九点十分准时起飞。

十七点正在国内出发的大门口刚集中,进出港动态上就显示,这个航班延误。等到办完手续进入候机大厅,荧屏上已经打出,航班延误三个半小时,预飞时间是二十二点三十分。

汪人龙在抱歉地向每一位老知青打招呼,定这个航班,原来预计九点半左右到达省城,十点半左右就可以入住旅馆休息,不会影响第二天的安排,没想到出师不利,还没动身就碰到了航班延误,对不起,对不起。

好像航班延误是他的责任。

破案所需,应力民是经常出差飞来飞去的,不是紧急警务,公安部门做出特别安排,他时常遇到这种情况,延误三个多小时。他坐到候机厅的一侧,正好可以梳理一下思路。

老知青们在候机厅会聚在一起没坐多久,就分散开来,三三两两相约着去逛设在候机大厅里的各式商店了。

汪人龙和沈迅凤双双朝应力民走过来。听到两人的脚步声,应力民抬起头来,汪人龙笑容可掬地和他打招呼:"应大,来认识一下,这是沈迅凤,我的知青伙伴沈迅宝的妹妹,她是特别为哥哥扫墓去的。"

沈迅凤要比他们这一茬知青年轻十来岁,打扮得利落干练,她微笑着向应力民点头:"你好,应大。"

听他们这么称呼自己,应力民知道他俩或者汪人龙,是和警察打过交道的。也难怪,汪人龙开着一家书画古玩商店,社会上三教九流,什么人都会接触。他朝两人点头,询问道:"你们不去逛么?"

"这里面的商品能买么?"沈迅凤莞尔一笑,"贵得吓死人哎。"

看她情绪甚好,一点也不像是去为早逝的哥哥扫墓的。

一辆轮椅推过来,轮椅上坐着脸庞白皙五官英俊的安康青,光看他的脸,会觉得他比同时代的知青保养得都年轻五六岁。推轮椅的是他的夫人丘维维,一个当年名声很大的先进知青,回上海以后一辈子也混得十分得法,当上了职校的校长。没等他俩开口,应力民主动向他俩点头招呼:"真难得,你们俩能双双出行。"

"我劝过他,"丘维维接过话来,嘴角朝轮椅上的安康青一努,"行动迟缓,就不要来了。可他不依不饶,非要来不可。"

安康青双手扶在轮椅上,脸上露出胜利者的微笑。

丘维维接着道:"转念一想,忙了一辈子,我也难得有这么个安排,就了却一下他的心愿吧。再拖几年,怕是要走也走不动了。"

应力民关切地一指安康青:"康青只能依靠轮椅走吗?"

"才不是呢!"随着轮椅上的安康青坚决地拼命摇头,丘维维提高了一点声音说,"他能站起来,也能走几步,就是走长了不行。像刚才从安检口到这里的登机口,这么长的路,他吃不消。"

应力民点头:"也难为你这个好妻子了。"

丘维维听见这声赞扬,脸上笑得像绽开了花,连忙俯身对安康青道:"听见了吗,老安,你听见了吗?"

"听见了。"安康青瓮声瓮气地吐出一句。

季文进的长脸从轮椅旁探了出来,应力民向他招招手:"去年知青聚会时,你不是表示,以你目前这种经济状况,是绝不可能自费回插队山乡的吗?今天你怎么比我来得还早?"

"他呀!"人群侧面,矮矮小小的罗幼杏不等季文进答话,伸出手指着他道,"发大财了,现在他是半个千万富翁。"

"真的?"应力民以为是在听天方夜谭,他环顾一下众人,众人都笑眯眯朝季文进颔首点头,不像是假的。

"老爸留给他的几小间旧房子,地处市中心,动拆迁时,一家伙补给他三百多万,加上他老婆有眼光,借了娘家钱,前几年咬紧牙关四五十万买下的那套高层里的两室一厅,现在涨到了二百几十万。他不是半个千万富翁了嘛!"罗幼杏的嗓音脆脆的,一点也不像个中年女子,语气里充满了羡慕,"季文进是熬出头了……"

季文进插话:"我提出请假时,头头不准,我就趁机把看门的活儿辞了,娘的,他还以为我是原来的季文进呢!"语气里满是对头头的不屑。

罗幼杏叹了口气:"哪像我啊,这辈子是别想有出头之日了。"

应力民循声瞅了她一眼,只见她娇小的肌肉紧绷的脸上,一对圆溜溜的眼睛目光灼灼,应力民感觉到,她明明在内心里仍满怀希望的嘛。不企求明天,不向往未来,她的眼睛不会那么亮。再说了,这一趟纯粹的自费之旅,真像她叹息的那么苦,她会自愿参加进来?

这些念头,应力民只是心里暗自忖度一下而已,尽管都是老知青,当年插队在不同的公社,不同的村寨上,并不熟悉,不少人都是回沪以后,在知青联谊会和各种名目繁多的聚会中相识,说到底互相间的关系都是很客气的,相互之间真正知根知底的不多。

丘维维双手撑在轮椅上,目光乜斜着罗幼杏,轻飘飘地道:"你当初一条道走到黑,和何强一直好下去,也不会是今天这副样子啊。"

"我哪想得到啊。"罗幼杏一脸的懊丧,"你凭良心说说,丘维维,插队落户时好上的,有几对今天成了夫妻的?"

汪人龙笑道:"那你也不要说得这么肯定,安康青和丘维维,眼面前不就是好好的一对嘛!"

罗幼杏的手指向丘维维,又指一下安康青,不无刻薄地把脸转向汪人龙:"你问问他俩的心里,是不是像你说的那么幸福。哼,不要以为我不知道。"说完一甩手,抽身就走了开去。

人堆里一下冷了场,沈迅凤凑近汪人龙的耳根,悄声说:"这人怎么了?像有毛病。"

汪人龙扯一下沈迅凤的衣角,嘀咕似的道:"知青之间的事儿,你别管。走,我们也逛逛工艺品店去。"

众人四散走去,应力民跟前又安静下来。从市区到浦东机场,是缉毒大队的警车捎着点送他过来的。下车后他拖着拉杆箱,只是抱歉地微笑着,朝众人点头算是打了招呼,刚才汪人龙带头走过来,让他和相识的几个男女知青一一打了招呼,也算做了弥补。其实他并没有迟到,只是这些平时较少出门的老知青,到得太早。

现在安寂下来,应力民透过落地玻璃,眺望着浦东机场宽阔无边的停机坪,心里渐渐平静下来。交代了缉毒大队的工作,他的脑际又浮起了盘旋多日的徐眉案件。

在为这次出差准备行装时,他特意打开了久未启封的樟木箱子。这只坚固扎实的樟木箱,是他在桂山地区插队落户时出钱请老乡打的。他离开上海插队落户时,家里只为他提供了一只人造革大箱子,和凭上山下乡证七元钱购买的一只红色的小薄皮箱。插队落户两三年之后,知青们兴起了购买樟木箱子之风,应力民起先按兵不动,只在跟家里通信时提及此事,并说山乡里樟木很便宜,老乡的木匠活儿也不差。没料到在螺帽厂当工人的父亲,用他只读过两年半小学的粗大歪扭的字体,给他写了一封回信,信中提到,樟木箱子在上海几乎已经绝迹,可以出钱请老乡打一只真正的樟木箱。应力民花了三十五块钱,请老乡打出了一只樟木箱。调回上海工作时,应力民绝大多数东西都舍弃或是留给了同事,唯独把这只樟木箱托运回来了。和樟木箱一起托运回上海的,是几本当年审讯了岑达成十几个月的个人笔记和会议记录。樟木箱托运回上海,已经退休的父亲说这只花了青工一个月工资的樟木箱买得值,在上海滩,起码值二百块。故而父亲又请厂里的徒弟,为樟木箱配装了铜角片和铜钥匙。改革开放以后,木箱子在家里已显得碍手碍脚,很多家庭都扔掉了。应力民舍不得丢掉这只箱子,这是他插队落户的纪念,这也是已故父亲倾注了心血的箱子。应力民对自己的儿子说,只要我活着,这只箱子就要放在家中。我死以后,你看着不顺眼,可以把它扔出去。不料儿子叫起来,我为什么要把它扔掉啊,爸爸,这是爷爷、你留下来的,我还要把它留给我的儿子呢!应力民听了这话很舒心,他拍着儿子的肩膀说,这只箱子里,还留着一只离奇古怪案件的记录呢!

翻开那些卷曲泛黄的工作手册,应力民特地挑了一本全面记录了徐眉失踪案的本子,带在身边。本来想在近三个小时的漫长飞行中,翻一翻这个本子,唤起一点对案情细节的回忆,没想到了机场就遇上航班延误,应力民不由得从贴身衣袋里掏出了当年的笔记本……

七

徐眉失踪在打田栽秧的春夏之交。已经连续几个赶场天没有放假休息了,为了抢节气和雨水,寨子上忙忙地将早稻和中稻都栽到了有水的田里。这个赶场天,恰好逢天晴,栽晚稻和粳稻呢,从节气上来说还早了几天。于是乎,生产队长在满寨子老少的要求下,吹了一声长长的哨子,宣布星期天可以去赶场。

不止一个知青和老乡,都听到个头高挑、长得英俊挺拔的岑达成追着在堰塘边洗衣裳的徐眉道:"徐眉徐眉,明早上赶场,我们一路走啊!"

徐眉当即爽利地答道:"去赶场的人多呢!一起走吧。"

她这么干脆地答应岑达成,还引得寨子上几个小伙子挤眉弄眼做鬼脸呢。

第二天在往桂山街去的小路上,老乡和知青们都看到,岑达成和徐眉走在一起。有时候两人并肩走着,有说有笑,弯弯的山路窄得容不下两个人时,不是徐眉走在前头,就是岑达成走在前头,两个人始终都在说笑。到了赶场的街上,人们也都看到,徐眉和岑达成在摩肩接踵的人流中挤来挤去,他俩一会儿在小摊前和老乡讨价还价,一会儿在天麻、杜仲摊前询问食用的方法,一会儿在凉粉摊前吃绿豆凉粉,徐眉还指着岑达成吃得通红的双唇讥诮……

再后来,就没有看到他俩在一块了。只晓得天擦黑时分,岑达成一个人回了寨子。

后来把岑达成作为第一嫌疑人拘审时,审讯的重点,就是在他俩淡出人们的视线时,发生了一些什么情况。

岑达成对知青和老乡们所反映的看到他俩的情况,全都是承认的。他还补充说,和徐眉一路赶场时,讲的话题是"十八怪"中的"背着娃娃谈恋爱",他把自己了解的情况和对此的理解渲染着说给徐眉听,徐眉听得不住发笑。这就是外人看到的他俩有说有笑的情况。其实不然,一路去赶场时,他发现徐眉愁眉不展,似有什么心事,为了逗她高兴,提起赶场的兴致来,他不断地找些发笑的话来逗起徐眉的兴趣,说到了"十八怪",徐眉这才笑起来。记得她还问"三只蚊子一盘菜",到底是怎么回事?蚊子真能吃么?

淡出众人视线以后,岑达成交代说,他和徐眉去了脆哨面馆,一人吃了一碗一毛六分钱的脆哨面。因为脆哨是用槽头肉切成丁炸出来的,徐眉把她碗中的脆哨全挑拣出来,让他吃了。岑达成争着要付两碗面条的钱,徐眉不让,当他执意付了钱之后,徐眉还把一毛六分钱还给了他。

吃完面条以后呢?走出脆哨面馆,我们就分手了。我听说供销社来了酱油,想顺便去买一瓶带回寨子。徐眉挥手说,我要去邮电所,看看家里寄的挂号信来了没有。吃面条的时候,因为要付粮票,徐眉提过一句,这二两粮票你给我垫着,上海家里给我寄来十斤全国粮票,我收到以后会还你。粮票岑达成已经垫付了,所以徐眉一定要自己付清脆哨面款。公社邮电所和供销社在两个方向,我们就分头走了。

每次审讯,岑达成都这么回答,从来没有前言不搭后语,也从来不曾颠三倒四。

再后来呢?

岑达成报了一串流水账,打了酱油,他看到盐巴白净,顺便买了一斤盐巴。随后就和几个男知青到他们队里去玩了。本来想吃过晚饭回寨子,后来听到有线广播里说,晚上要下大雨,怕被雨淋,他赶在天黑之前回到了自己插队的客过寨上。回到知青点正弄晚饭吃,大雨落下来了。一场春雨下,清水满田坝。这个时节下夜雨,是好兆头,晚稻和粳稻的栽插不愁水了,寨邻乡亲们巴不得春雨下得大些,再大些呢。直到临睡之前,雨下得小一点了,女知青屋头才叫起来:"徐眉呢,徐眉赶场回来了没有?岑达成,你看见徐眉了吗?"

直到这个时候,岑达成才晓得,和他一路去赶场的徐眉没有回到寨子上来。岑达成只得如实相告,和徐眉吃过面条分手以后,不知她去了哪里。

女知青们还嚷嚷着和岑达成开玩笑,你会不知道徐眉影踪啊?你们不是"敲定"嘛,别骗人了。是不是你把她藏了起来?

听到人家说和徐眉"敲定",岑达成心里乐滋滋的。他忖度着,就是要让人们这么传,让徐眉不知不觉成为他正式的女朋友,别的男知青也就不会再打她的主意了。

无论是岑达成,还是和徐眉同住茅草屋的女知青,都没把徐眉赶场当夜未归的事当一回事。因为在插队落户生涯中,男女知青趁着星期天去赶场,被其他知青点上的伙伴邀去玩并留宿的事情,是时常发生的。玩个一二天、两三天,自会回来的。

徐眉失踪被当成一件事情,是在第二天的黄昏。消息是乡邮员带回公社的。徐眉头天赶场时去邮电所打听过上海家中寄的挂号信到了没有,乡邮员查看了记录,说还没到。第二天邮车来了,乡邮员看到了徐眉的挂号信,想到徐眉在惦记这封信,乡邮员送到客过寨来。挂号信是要签收的,徐眉不在,乡邮员只能请另一个女知青代她签收。听说徐眉在其他寨子知青点上玩,乡邮员还觉得诧异,一路上从公社所在地的桂山街走下客过寨来,他已经路过了一大串有知青点的寨子,没见到徐眉啊!从客过寨回桂山街,乡邮员每走过一个有上海知青集体户的村寨,送信送报纸的同时,他都顺口问一声,徐眉在你们这里玩吗?

所有的回答都是否定的。乡邮员小哈就当一回事了。谁都晓得徐眉是整个桂山公社插队知青中相当出众的一朵花,怎会一下子找不见了呢?乡邮员小哈哈小文是个矮个儿,二十五六岁了,才一米五一的个头,这么点矮小个儿,也影响他找对象说婆娘。至今他还没个意中人呢!上山下乡的知青们来了,每个集体户订一份报纸,上海知青的书信往来又多,哈小文时常和知青们打交道,知青们上街,也愿意去邮电所待,寄个信,拿邮包,取一份报,问问有没有自己的信。有一回知青们在邮电所里说笑,不知怎么把哈小文和徐眉扯在一起,说哈小文虽然矮,由于一年四季在山路上送信送报,人也晒得格外黑,可谓其貌不扬,但一点也不妨碍他欣赏美,喜欢漂亮姑娘。每次只要徐眉和他搭讪,不论是问有没有信,还是客过寨知青点的报纸拿走了没得,他都答复得分外殷勤,笑容也特别灿烂。旁的知青见了,心头酸溜溜的。一个缺德鬼不知怎么的突发奇想,说忽然有一天徐眉和哈小文走在了一起,会是个怎样的局面?他这话一出口,顿时引得男女知青爆发一阵哄堂大笑。一个相貌平平的女知青正色道,不要瞧不起小哈,如果知青要在山乡里扎根一辈子不抽调,小哈有一份正规工作,有正式工资,邮电所后头还有两间砌得漂漂亮亮的砖瓦房,说不定还真有女知青愿嫁给他呢!谁料想,知青们放肆地乱发议论时,小哈正在里间屋收整邮件,把这些话全听见了。知青们说笑完了,小哈从里面板着脸走出来,愤愤地说:"不要瞧不起人,看老子哪天娶一个和徐眉不相上下的婆娘给你们看。"

知青们有的伸舌头,有的做鬼脸,悄没声息散了。

乡邮员哈小文走遍了上海知青所在的集体户,没有见着徐眉,回到公社,就跑到办公室给分管知青工作的民政干事汇报了此事。民政干事一听,脸都变了色,当即报告了公社副书记、革委会副主任。

临近黄昏,桂山公社村村寨寨的有线广播"吱嘎吱嘎"刺耳地叫嚣了一阵之后,响起了公社书记、革委会主任严肃的凛凛然的声气:

"各大队注意了,各大队注意了,凡有知青点、特别是上海知青点的寨子,立即派人巡查一遍,看一看知青是不是都在村寨上,有哪几个不在队里,立即报到公社来。在各大队、各生产队去知青点巡查时,每个知青点都要问到,在客过寨插队的女知青徐眉有没有来过?徐眉现在哪里?每个大队都要在晚饭前后,把情况报到公社办公室,我们公社党委、革委班子,在等待你们的情况报告。哪一个大队漏报、不报、瞒报的,唯'一把手'是问。"

这段广播,连续播了三次。这么一来,桂山人民公社土地上近二万农民和上百个知识青年,都知道了徐眉不见了的消息。

桂山公社领导班子,为何对乡邮员哈小文带回来的消息,如此重视呢?

只因徐眉失踪前不久,刚刚传达了国务院、中央军委104号文件精神,那个文件通报了黑龙江建设兵团十六团团长黄砚田、参谋长李耀东奸污、猥亵女知青达数十人,被判处死刑立即执行的案情,并要求各级部门切实负起责任来,关心知识青年,爱护知识青年。对那些因不闻不问造成知青被凌辱、被捆绑吊打、无故死亡、失踪和受到迫害的,要追究领导的责任。与此同时,四川、江苏、吉林、云南等地,也都宣判了一批奸污迫害知青案件。力度很大,震动也很大。桂山公社的领导部门,听说那么漂亮的上海女知青徐眉失踪了,岂敢不重视?他们一面向各大队、各生产队做出部署,一面连忙向县知青办和县委、县革委会做了报告。

徐眉失踪一事,就此传遍了桂山地区,惊动了全省上下。

应力民也是在这个时候听说徐眉离奇失踪的。在此之前,他只在赶场的街子上见过徐眉,由于她长相出众,男女知青间议论多,他知道徐眉在客过寨插队。

客过寨因为客过亭而得名。

客过亭据说是个名胜古迹,有好几百年历史了。慕其大名,应力民也和几个知青在一个赶场天攀上桂山,去游过客过亭。

到了亭子跟前,结果大失所望,除了远远望去像一个亭子,到了亭子里,台阶被砸破了,亭柱子勉强撑着亭盖,亭子里的栏杆也是歪的歪、断的断,破败得不成个样子。风吹来,亭子里外都在响,似乎随时都有可能倾覆倒塌在地。亭门柱上,镌刻着的一副对联已被风雨剥蚀得看不很分明,有的字在"文革"初期"破四旧"时,被砸得辨认不清。要细细地连猜带辨别,才依稀读得出一副不伦不类的五言对子:

风去云来景
山坡是主人

那个风景的"景"字,还是用毛笔蘸了墨汁,拙劣地写上去的,和原来的字体极不相配。应力民觉得,客过亭唯一值得看的,是站在亭子里眺望千山万岭的景色。望远山,连绵无尽千姿百态,犹如大海上的座座岛屿;看近岭,苍翠欲滴郁郁葱葱,俯视一座座大山之间的坝子里,清水长流,栽了秧子的水田绿茵一片。自古而来,这是西南山乡的一块福地和粮仓,应力民忖度,就是因为这里风光秀美,景色绮丽,过往的文人墨客,才会想到在桂山崖上,建这么一座供游人们歇脚的亭子吧。客过亭,客过亭,无非是让爬上山来累了的客人们,有个坐处喘口气吧。

只因应力民不在客过寨插队,和客过寨的男女知青间无甚交往,又加上他劳动勤快得到贫下中农好评,故而后来拘审岑达成的专案组,会选上他参与长期审讯岑达成。他呢,从一开始就认定了岑达成是有重大嫌疑的。

坐在浦东机场的候机大厅里,翻看三十年前记录徐眉失踪案的工作手册,应力民沉浸在对往事的回顾之中。思绪零乱而不连贯,从那时至今,一晃三十多年了。这一次重返第二故乡,还有可能破解徐眉失踪之谜吗?

应力民沉吟得久了,听到去逛专卖店、商场的几个老知青陆陆续续走回到座位上,不由得抬起头来。

"你这个大队长,倒是静得下心来,一直坐在这里啊!"娇小玲珑的罗幼杏离应力民最近,她边走向自己的座位,边和应力民打招呼,还举起手来,朝应力民做了一个热情的手势,"难得、难得! 我们已经一大圈兜下来了。"

应力民朝她淡淡一笑,多年的警察生涯,使得他养成了职业习惯。刚才一抬头的当儿,他察觉到离自己不远不近的地方,始终有个人坐在那里,有意无意在观察着自己。

这人会是谁呢?

八

应力民终究是个从警一辈子的警察,他不动声色地收拾起工作手册,一边和陆续走回来的老知青们点头招呼,一边站起身来舒展双臂弯腰屈腿做休息状。季文进也走回来,到了应力民跟前就直夸浦东机场建得漂亮,还说他这是第一次坐飞机,从大门口到候机厅,一路进来一路都觉得新鲜。应力民觉得他这体会是最为真切的。遂而汪人龙和沈迅凤也逛回来了,应力民在同他俩打招呼的时候,努了一下嘴,示意不远不近的座位上坐着的女子,说:"她坐在我们这帮人的行李旁边,这么年轻,不会也是知青吧?"

"噢,她是我们一伙的,"汪人龙朝那女子瞅了一眼,笑着解释,"大家都到得早,我给众人互相介绍了。你是掐着时间到的,忘了给你一一介绍这拨人了。她是我们这帮人中唯一的知青子女。小白,白小琼,你过来一下。"

白小琼离座向他们走来,一手拿着铅笔,一手拿着个本子,走近了,应力民一眼看清了,她手里拿着的是素描本。

汪人龙指了一下应力民:"给你介绍一下……"

白小琼笑道:"你刚才给大伙儿介绍时,我已经认识他了,应大队长你好。"

见白小琼大大方方地伸出手来,应力民同样伸出手去,和她握了一下。她的手瘦削,手指长长的,给他印象更深的是她的手很凉,仿佛凉到了零度以下。

应力民的目光盯着她的素描本:"你很用功,候机时也在画?"

白小琼递过素描本来:"请多指教,应大队长。对不起,没经你的同意,就把你画下来了。主要是你的侧面特别适宜于入画。"

应力民接过素描本一瞧,嗬,在短短的时间里,这女孩不止画了一幅,她从不同的角度,在一张厚实的铅画纸上作了三幅自己的头像。每幅头像都画得惟妙惟肖,和自己甚像。其中一幅,她还擅自配上了警服,看起来既英武又豪气,活脱像个将军。

应力民笑着摇了摇头道:"你把我画得像个高级警官,美化得过分了。"

汪人龙拍了一下应力民的肩:"美化了你,你该高兴才是啊。"

"人家应大头脑比你清醒,实事求是。"沈迅凤道。

应力民心头还是高兴的,客气地对白小琼道:"到了山乡,你就有用武之地了。那里的风光,气象万千,创作素材取之不尽。"

白小琼一昂脸道:"跟着你们,我一定会有很大的收获。"

应力民留意到了,一旁的沈迅凤,斜了他一眼。

丘维维推着坐在轮椅上的安康青,笑吟吟走了过来,说:"你们看看这人,难得出一趟远门,他兴奋得像个小伙子,看什么都充满了兴趣。"大家转脸望去,果真,轮椅上的安康青,白净饱满的脸庞涨得通红通红,一双眼睛神采飞扬地回望着大伙儿说:"在电视上看,浦东机场不过就是这个样子。没想到里面这么宽阔,这么宏伟。想想,我们当年去插队落户,成千上万的人挤在彭浦火车站,火车要开两天三夜,现在听说只要两三个小时就可以到了。是吗?"

丘维维凑近他的耳畔:"没错,后头几天,看的东西还多呢!"

安康青撩起手腕,瞧了一眼表:"可惜飞机晚点了。要不,我们这会儿坐在飞机上了。"

丘维维不好意思地瞧瞧众人说:"你们看他这副样子,像不像个老小孩?"

众人齐声笑了起来。

大伙儿的笑声传进先在位置上入座的季文进耳里,季文进不由得朝大家瞅了一眼。

是啊,除了白小琼,这些人差不多都是他的同时代人,同时代的知青,既熟悉又陌生的一帮伙伴。熟悉的是他们认识已经好几年了,在上海的知青联谊会、聚餐会、纪念会上,打过多次交道;陌生的是,虽然每次相聚都客客气气,气氛热烈而又融洽,但毕竟目前各自的境遇地位不同,更因为当年并不在同一村寨、同一生产队待过,平时所说的知根知底,其实是打了很大折扣的。今天集合以后,季文进仔细地观察了,三四十个人的老知青队伍中,没一个人是和他同一知青点、同一大队的,甚至同一公社插队的也仅二三个。他并不十分了解眼前这些亲热地交谈着的男女知青。同样,人家也对他不甚了了。

所有的人包括这次活动的牵头组织者,较为熟悉的汪人龙只晓得他拿到了一大笔住房动迁款。原先无论什么人说得热闹非凡的第二故乡之旅,他都是一概摇头坚决不参加的,现在钱对他已不是问题,故而他就欣然参加了。他自己对人也是这么说的。

其实,在内心深处,事情哪有这么简单啊!这一辈子,命运对于他季文进的欠账多着哪。

比如说,明明生活在上海,他没去过一次东方明珠电视塔,他没上过南浦大桥、杨浦大桥、卢浦大桥旅游,至于要花50元钱买一张参观票的大剧院,花88元去喝一杯咖啡的金茂大厦,花几百块钱才能进去欣赏节目的东方艺术中心……他都没去过。这几个月里,他正趁着有了一大笔钱,有计划、有步骤地一一了却自己的心愿,有时候和妻子双双去看一场杂技,有时候带儿子去游一趟周庄和朱家角。对于一般人而言,这些都是常规节目,毫无新鲜感的。可对他而言,下岗,穷,赚来的钱只够应付日常开销,他都没尝试过、体验过,光是还这些欠账,都得花几年工夫哩!

他为啥会心血来潮,跟着有头有脸的汪人龙、应力民,来参加这一次重返第二故乡之旅?说到底,也是方一飞、钱洁夫妇,要会一会方一飞昔日的恋人蒙香丽这件事,触动了他的神经,叩动了他的心扉,搅起了他心底深处的涟漪,让他想起了尘封已久的往事。

去探望过方一飞、钱洁夫妇,回到高达19楼的两室一厅的家中,季文进失眠了。

雷惠妹的形象不时地浮现在他的眼前,挥也挥不去,赶也赶不走。那是他人生真正的初恋啊!

雷惠妹梳着乌黑发亮的头发,亮晶晶的额头下一双弯眉似要飞起来般的脸蛋儿,晃悠悠晃悠悠在季文进眼前掠过的时候,她那清朗朗的嗓音唱的山歌声,似也在季文进的耳畔熟悉地响起:

> 天要下雨起黑云,
> 哥要丢妹起黑心,
> 不起黑云不下雨,
> 起了黑心忘旧情。[1]

---

[1] 此首与本书所引用的山乡民歌,均引自屯堡山歌和《少数民族民歌选》。

是啰,是啰,季文进在这些年里,早把旧情忘得一干二净了。

是方一飞、钱洁要见蒙香丽这件事,把季文进死死封住往事和旧情的那层油纸,"哗"地一下揭开了。

不是么,方一飞和钱洁夫妇,如今的生活条件那么差,境遇那么惨,他还在晓得自己的生命即将结束之前,生出一番忏悔之心,要见一眼蒙香丽,要做一点补救。况且,拿钱洁的话来说,方一飞和蒙香丽,当年连手也没在一起握过。

而他呢?他呢,他和雷惠妹不但有恋情,他黑起心肠离开雷惠妹时,雷惠妹已经怀上了他的孩子。雷惠妹巴心巴意地把他当作了未来孩子的爸,催着他快下决心收起庄稼就娶她。

> 高岩滴水响叮叮,
> 滴在砚台写成文。
> 写成诗文寄给你,
> 想与情哥来成亲。

那些日子,只要雷惠妹单独和他在一起,情不自禁地就会唱起表白心意的山歌,催他激他让他快做准备。

可他怎么样了呢?他接到了母亲即将退休,可以为他办理顶替回沪的手续,并且单位上都讲好了,一回上海就可以上班。

回上海,国家文化机关的正规工作,这对插队落户十年的季文进来说,是命运陡然改变的机会,是人世间的福音,是天大的喜讯!这十年里,和他一道来插队的知青,有分配到县五小工业去工作的,有分配去省城上大学当工农兵学员的,有被军工企业招去当工人的,一个一个、一批一批走的时候,哪一个不是兴高采烈的,哪一个不是神采飞扬的,哪一个不为终于离开了村寨而欢欣鼓舞?季文进羡慕他们,眼红他们,妒忌他们,他觉得任何知青的命运都比他好,一切的一切改变命运的机会,都没有他的份,都和他无缘。只因他是劳改留场分子的儿子,只因他父亲是右派还是坏分子,"地富反坏右",他的父亲一个人竟然占了两个。他虽然已经劳改期满,但农场里仍不放他回上海,季文进每次填个人情况表时,都得如实填写,父亲是劳改留场人员,是右派分子、坏分子,是地地道道的阶级敌人,敌我矛盾。

正是有这样深入骨髓里去的自卑心理,当寨子上的雷惠妹对他表示出好感,表现出些微的关切之情,表示出村寨姑娘的关心时,季文进全身心地投入晚来的野火燃烧般的初恋中去了。

想想,他都二十七八了呀!

况且,雷惠妹已说了夫家。在和季文进好起来之前,逢到端午、重阳、过年,总有一个外面寨子上的农家小伙,挑着礼品到雷家,那是依山乡里的风俗,少不了的"四个一":一瓶酒,一把面条,一盒糖果,一瓶酱油。礼品并不贵重,寓意却颇有讲究,谓之小伙到女方家取同意:如若女方继续承认这层未婚关系,姑娘就会高高兴兴地和小伙子见上一面,说不说话都没关系,只要姑娘把平时绣的袜垫,送给男方带回去就行了。小伙子心头也就明白,他已取到同意,这层关系可以继续保持下去。如若姑娘借口不出来见个面,也不送袜垫,小伙子没取到同意,回到家中之后,就会派出媒人来女方家打听,是不是情况有了变化,或者说姑娘想悔婚了?

这是二十世纪六七十年代桂山地区村寨上普遍地"旧中有新,新中带旧"的婚俗。插队多年,季文进都熟悉了。

关键是,雷惠妹和他相好之后,明明白白地给他唱了"好妹不把二夫贪"的情歌,那有点俏皮的古老山歌的旋律,季文进至今仍依稀记得:

> 好块大田弯又弯,
> 这头有水那头干。
> 好马不配双鞍子,
> 好妹不把二夫贪。

雷惠妹有这么大的决心,季文进还怕啥子呢?

他认认真真地盘算过,在雷惠妹家的宅基地上,砌一前一后两小间房子,作为他和山乡妹子雷惠妹的新房,选青砖黑瓦,砖瓦房砌好之后,用石灰把两间房子的墙壁,刷得雪白雪白的。平时一日三餐,都同雷惠妹娘家人搭伙过日子。劳动回来,做完家务,忙完自留地上的活,就和雷惠妹双双回到自家的小屋里。其他地方管不着,这两小间小屋,是他和雷惠妹的小天地,他要让两间屋子和上海家中的一样,始终保持得干干净净的。

他真的没想过要抛弃雷惠妹。

他哪里想到事情会急转直下,他的妈妈,亲爱的妈妈会给他写来这么一封信呢。

在读完母亲书信的那一瞬间,季文进已经决定了,回去,回上海去!没有矛盾,没有迟疑,没有抉择的过程。他觉得也不需要抉择。至于怎么把这一变故告诉雷惠妹,他一时也想不出办法来,只是拖着。一边拖一边设想措辞。他觉得最难讲出口的,是如何劝雷惠妹不要已经怀上的孩子。好在她刚怀上没多久,村寨上的人哪个也看不出来。

他没想到恰恰是这一点,雷惠妹死活不肯依他。直到这时候,他才真正领教了山寨妹子性格中的刚烈和固执,他才真正懂得了啥叫柔中有刚。一晃眼那么多年过去了,雷惠妹怀上的那个孩子,后来有没有生下来?如若没生,他还释然一点。如若像她在他面前顽强地表示的那样,非要把娃娃生下来。那么这个娃娃后来怎么样了?他是个山乡里的村寨小伙,还是也像千万个由偏远村寨到沿海都市去打工的农民工一样,在都市的底层挣扎呢?还有雷惠妹,这个当年对他关怀备至、一往情深的村寨姑娘,如今也该有儿有女,由中年步入老年了吧!

这就是季文进参加自费重返第二故乡的真正原因,埋藏在心底深处不对任何人讲的原因。他是想借此机会,委婉地旁敲侧击地了解一下今日的雷惠妹生活得怎样。他是想知道,如果他真有一个骨血,今天仍生活在村寨上,是个什么样子?现在他有条件了,他有一点钱了,如果可能,他还想不动声色地帮助他们一下。

踏上重返第二故乡之旅,表面上他显得轻松自在,人人都晓得他成了半个千万富翁。有人还当面同他开玩笑,离婚单过的罗幼杏甚至一点也不避讳对他的羡慕,他也尽力显得潇洒自在,活得很开心的样子。而在内心深处,乍一来到机场,他就意识到了,他的这一趟旅行,心灵上不可能是轻松的。

机场里的喇叭响了,通知旅客们准备登机,说晚点的飞机将在夜里二十二点二十分起飞。这比一开始报告说的十点半起飞早了十分钟,等得有些不耐烦的老知青们纷纷拿着随身行李,到登机口排起队来。

季文进也提起自己的挎包,排在了队伍后面。

九

在机舱里入座下来,应力民才发现,三四十个重返第二故乡的老知青,分散坐在机舱各处,并没一排一排挨着坐。

坐在他身旁的,是矮小机敏的罗幼杏。飞机刚起飞时,她紧张地双手牢牢抓着扶手,身子僵直地靠着椅背,不断地环顾左右。见应力民注视她,她不好意思地说:"我这是第一次坐飞机。"

应力民理解地点点头,指了一下身上的安全带说:"有安全带呢,不用紧张。"

罗幼杏自嘲地一笑:"你们抓罪犯,时常坐飞机吗?"

"并不常坐,"应力民道,"只在工作需要时才坐。"

罗幼杏往应力民跟前凑凑,放低点声音:"重返第二故乡,你们是玩,其实我没这个条件。"

应力民一怔:"那你……"

"我下岗了,靠做钟点工、照顾老人维持自己的生活,哪有钱和闲心陪你们一起玩啊!"罗幼杏对身为警察的应力民有一种天生的信赖感,轻声叹息着说,"我这次回桂山,是为找到亲生儿子。"

应力民大吃一惊,嗓音低低地重复一句:"亲生儿子?"

"是啰,当年和那个冤家生下了他,既没结婚又无条件养活他,恰好寨子附近山坡上,路过一对放鸭子的夫妇,两口子送了我们满满一提篮鸭蛋,我们就把儿子送给了他俩。"罗幼杏悄声说着,眼圈红了起来,手里持一张纸巾抹泪。

应力民愕然回望着罗幼杏,幸好他俩这一排三人座上,只坐了他们两个人。空座位上放着罗幼杏的提包,为说话方便,她坐得离他近,声音又轻,只有他听得见。应力民讷讷地问:

"你,你有什么办法找到他呢?"

"所以我跟你说啊,"罗幼杏露出了自己的底细,原来是想要应力民帮忙,

"你当公安的,经常要查人,看有没有办法?"

应力民沉吟着点头,问:"那对放鸭子的夫妇,叫什么名字?"

罗幼杏摇头:"不晓得,只知道男的姓沙,我们叫他沙哥,那女的就叫嫂子。"

"连姓名也没留。"

"那时候年轻,"罗幼杏抽泣一下,嘴唇动了动,低下了头,"不懂事,又怕让人晓得,总觉得以后正式结了婚,还会再生。哪里知道就是生这小孩月子没坐好,落下了病,再不会生了。"

应力民猜测,即将步入老年,她又想儿子了。便问:"那你知道,他们是什么地方人吗?"

罗幼杏仰起脸沉思着:"好像……好像是川黔交界地方的人。闲聊中曾听他们说,春末收了小麦,他两口子赶着一群小鸭子上路,沿着山乡里的坝子,一路走来。哪里有河滩地,有草坡,有水塘,他们就搭起鸭窠,多住个几天,哪里不好落脚,就吆赶着鸭子走。到了秋冬时节,小鸭子长成了大鸭子,就把鸭子卖掉,过年之前回到家乡。挨过了寒冬腊月,在家乡过了年,又孵出小鸭子,等小鸭能觅食吃了,又吆赶着鸭群上路。"

应力民仰起脸来,他还记得,插队落户时,也曾在村寨外头的门前坝半坡上,看到过赶着鸭子的过客。他们来到桂山地区时,往往是挞谷子收割季节,水田里的谷子收上来了,残留在放干了水的稻田里,往往还有不少谷穗和平时栖息在水田里的螺蛳、小鱼。这会儿鸭群就欢快地扑进刚刚收获的水田,一阵啄食。记得这些吆赶着鸭群而来的远方客,很少同寨邻乡亲们来往。鸭群觅食时,他们就在鸭窠旁生火煮饭吃,也不来麻烦居住在村寨上的人们。可能是年年都见惯了的情形吧,寨子上的老乡认为他们居无定所,风餐露宿,同样是为命运所迫的可怜人,很少去骚扰他们。罗幼杏把生下的儿子送给了这样的过路客,又不知对方的姓名、籍贯,到哪里去找啊?况且,这已是三十年前的事了,悬。不过,应力民不忍心给双眼睁得大大盯着自己的罗幼杏泼一瓢冷水,他只小声道:"我替你打听打听吧。"

"那太谢谢你了。"罗幼杏真心地道着谢,双眼顿时亮起来,"真找着了,我会报答你的。"

应力民做了一个不必道谢的手势,到了桂山地区,为了局长交代的任务,他本身是要同当地公安部门接触的。谈完正事,在打听徐眉失踪案情的同时,他会顺便向当地公安人员了解一下。

平飞以后,飞机上供应夜点。罗幼杏吃得津津有味。应力民一面咀嚼,一面随口问:

"后来,你和丈夫之间,没再生?"

"没生。"罗幼杏局促地摇了一下头,"回城之后,我也没嫁给何强,就是一起插队的知青。"

她见应力民眼里露出诧异的光,连忙说明一般道:"坐月子时他一点不关心我,伤透了我的心。回到上海,我又嫁了个男人,结婚几年没怀孩子,离了。从此以后就一个人过。说说就想哭。"

应力民听她说话的声音带了哽咽,真怕她哭出来,于是问:"那个……你说的何强呢?"

"这家伙发了,从买认购证到炒股票,后来又盯上了房子,买进卖出,发了大财。"罗幼杏把用过的一次性餐具,擦过的纸巾,全都放进夜点纸盒,双手不住地旋转着纸盒说,"不过他也不开心。"

应力民微笑一下:"发了大财还不开心?"

"上次知青聚会,我碰到他了。"罗幼杏的声音又低得只有应力民能听见,"他讨了个年轻貌美的交际花,生下个女儿以后也不生了,要命的是,那交际花对他不忠实,红杏出墙,他提出离婚,交际花正同他打离婚官司,要分他财产。他脱不开身。要不,他也要参加到这支队伍里来。你不认识他吗?"

罗幼杏的语气,好像觉得应力民应该认识她的前夫。

应力民一摆手:"知青聚会,我参加得少。"

"我是说没碰到过你。"罗幼杏快言快语道,"虽然穷,知青聚会我是每次参加的。主要是有个说话的地方,像我这种经历,到其他场合,谁愿意听啊。人家会以为我有神经病。"

"这我理解。"

"知道么?"罗幼杏眼神里闪出一股带点神秘的光,"我这次重返第二故乡的所有费用,都是何强出的。"

应力民转眼望着她脸上的兴奋之色,不由得"哦"了一声:"这么说,他也希望你能找到当年的儿子。"

罗幼杏使劲地一点头:"这主意就是他出的。他还说了,找回了儿子。他就和我结婚,正式结婚。"

"是这样么?"

"他是认真的,说什么曾经沧海难为水。在社会上混了一辈子,到头来才意识到我们初恋的感情最真挚。"

"那你这一次桂山之旅,责任就重大了。"应力民坦然道。

"是啊是啊,要不我怎么说要报答你呢。"罗幼杏双手一摊,"我一个穷光蛋,能有啥好报答你的? 是他的意思啊。"

应力民点了一下头,表示明白她的意思,理解她迫切的心情,他兪上了眼睑,道:"我尽力而为吧。"

飞机遇上了气流,产生了一点颠簸,罗幼杏不由自主地紧抓扶手,眼里掠过惊慌失措的神情,但她仍不忘向应力民转过脸来,真诚地道:"谢谢,谢谢侬。我说嘛,只有知青才会帮知青的忙。"

飞机的颠簸厉害起来,应力民有点头晕,他光是点头,没再答罗幼杏的话。

十

颠簸过后,飞机又进入了平飞状态。坐在应力民和罗幼杏后一排的丘维维,微微张开了一条眼缝,也斜了前排的应力民一眼。

虽然隔着一条走廊,可应力民和罗幼杏两人间的对话,她听了个十之八九。除了罗幼杏压得很低的嗓门说出的话,有几句她没听清之外,其他的窃窃私语,她都听到了。

不是她想偷听。她累了,一路上推着安康青,既要顺着他的话,又要依他的心思,还要留神他情绪的变化,她从来没这么累过。在飞机坐定以后,见安康青合上眼不久就打起了鼾,她算放下心来。请空姐放好轮椅,她坐回丈夫身边,也想定定心在飞行时间睡上一觉。

哪知道罗幼杏和应力民的对话,一句接一句钻进她的耳朵里来。不是他俩要吵她,主要是罗幼杏的语气忽高忽低、抑扬顿挫,太有情绪、太富感染力了,她想不听都不行。

　　她是瞧不起罗幼杏的。她算什么呢？一个离异的下岗女人，没有男人爱，没有子女，连知心朋友也没有，碰到个抓毒贩的警察，她便以为是可以信赖的了，急不可待地试图寻求他的帮助，一股脑儿把自己的事儿全倒出来了。哼，想想真可笑。

　　丘维维闭上了眼睛，飞机一阵震颤，这会儿颠簸得更厉害了，甚至还往下坠落了十几米，丘维维都有点心慌了。喇叭里又一次报告说遇上气流，提醒旅客系好安全带，收起小桌板，连卫生间也暂时关闭。

　　惶惶之余，丘维维不由得转脸望了一眼安康青，她真怕他受不了这一阵的折腾，在飞机上朝她使起性子来。还好，丈夫仰着脸，嘴微微张开，仍在打鼾，睡得很香的样子。瞧，他就是睡着了脸上仍透着光泽，饱满的脸庞全舒展开了，光是看他的脸，他显得比自己还年轻呢。

　　丘维维换了一个更舒服点的姿势坐，又闭紧了双眼。斜前方的罗幼杏不再喋喋不休地对应力民唠叨了。她真想趁此机会睡上一阵，可就是无法入睡。

　　转念之余，她脑子里的想法瞬间又变了，她陡地升起一股对罗幼杏的羡慕。是啊，罗幼杏是个收入不足千元的下岗女工，可她只是一个人，管了自己的一日三餐，夜间就能在三尺床上安然入睡，无忧无虑，没甚心事。最主要的，她目前仍充满着希望，她有奔头，如果她想方设法找回了送给放鸭子夫妇的儿子，如愿以偿地和前夫何强复了婚，那她就彻底改变了自己的命运。

　　丘维维听说过何强，他们这一拨曾经在桂山地区插队落户的上海知青，没一个人当上高官，提拔得最高的官位，是正处级；在几百个知青中，真正发大财的，也仅屈指可数的几个。在凤毛麟角般的富翁里，何强的财富可算是第一位的，连组织他们这次活动的汪人龙，那么能干的一个人，都对何强有几分佩服，自叹弗如。

　　罗幼杏千里寻儿达到了目的，重新和何强生活在一起，就不会是眼下这副可怜的样子了。到那时她就是何太太，浑身上下换了装束，珠光宝气地走出来，恐怕所有的知青，都要对她刮目相看了。

　　而她呢？她丘维维有什么指望呢？守着一个比一截木头好不了多少的老公，既要服侍他吃，又要帮着他穿，大部分时间还得推着他走，和照顾一个弱智的成年人没啥两样。弱智的成年人还听话,丘维维的已经解散的技校里有个中年女教师,继承了当干部的父母两套房子,承诺父母,会永远照顾弱智的弟弟。这个弟弟三十出头了,曾经到学校里来过,除了最基本的生活自理之外,他什么都不懂,什么也不会,一切都要当姐姐的指点他,帮助他。技校的同事们都对中年女教师说,你太苦了。可中年女教师道,我从小管他,也惯了,再说弟弟虽是弱智,但他听话,从来没给她惹过事。现在丘维维照料的老公安康青,最糟的是不听她的话,时常还要对她闹情绪,发脾气。丘维维真被他折腾得心力交瘁,无可奈何了。就像这一次重返第二故乡之旅,她是根本不想来的,怪也怪她自己,桂山地区知青聚会,通知到她这儿,她寻思,解散的技校已经没多少善后事宜,局里面给她安排了个闲职,只等她年龄一到,就办退休手续了。她和安康青两人,天天闷在家里,生活太乏味了,她就推着安康青,参加了那一次聚会。哪知道安康青听说汪人龙在组织重返第二故乡之旅,要去游览被评上AAAA级景区的客过亭,当场就表了态,要参加。丘维维在一大帮认识和不认识的同时代老知青面前,既要维护她技校校长的面子,还要在众人面前显示她和安康青幸福美满婚姻的印象,于是就报了名交了旅行住宿费用。今天才是上路的第一天,她就感到说不出的疲乏和不悦了。在这个完全松散型的集体中,表面上虽然互相之间客客气气,但谁也没把她这个技校校长当回事。不论你官大官小,钱赚得多赚得少,知青和知青之间,都是脚碰脚的。你的官大吗,那你就为知青这个群体多说话吧;你的钱多么,那你就为知青中的弱者多做贡献吧。听说汪人龙这个组织者,队伍还没出发,已经接受了要为一个病入膏肓的方一飞寻找初恋情人的任务,荒唐。

丘维维的沉思被安康青的拉扯打断了,她睁开眼来疑问地望着身旁的安康青,安康青睡眼惺忪、眼神散乱地瞅着她,做了一个端杯子的手势,说:"水,口渴……要喝……"

丘维维隐忍着心中的厌烦,轻声说:"要喝水,我明白了,给你要。"

她抬起手臂按了呼唤铃,空姐快步走来了,转个身就端来了一杯净水,丘维维接过杯子,递到丈夫跟前。安康青端起来,仰起脖子,把一杯水喝了个精光,重又将杯子塞一般还给丘维维,喝足了水,他满意地微笑着,又闭上了眼。真像头猪。

丘维维特为这次出远门买的新衣服上滴了几颗安康青喝剩的残水,她蹙了一下眉,把一次性杯子放进前座的后袋里,纸质的一次性杯子顿时给压扁了。

丘维维再次瞅了丈夫一眼,安康青脑袋微歪着,又酣睡过去,仿佛他刚才没醒过来似的。丘维维直了下腰,小心翼翼地把后脑勺枕在椅背上。

飞机这一阵飞得很平稳,灯光熄了大半,是可以休息一会了。可丘维维睡不着,她一闭上眼睛,耳畔就响起安康青轻微的鼾声,眼前就燃起一堆火焰,熊熊的火焰。

那是山湾湾里的火,先是星星点点的火把汇拢在一起,蓦地升腾起一股火苗,迅疾地火苗燃大了,火把做星散,火苗顿时变成了熊熊大火。那红亮的火焰中映出茅草屋的剪影,其中夹杂着尖声拉气的惨叫,只几分钟时间,凄厉的惊呼狂嗥渐渐平息,火势似乎要在山湾湾里蔓延开,在黑黝黝的山影前腾跃着扑闪着,终于火焰渐渐小下来,只剩下飘飞的一闪一闪的火星,山湾湾里回归到原先的沉寂。只是,山湾湾里那一幢令全寨男女老少谈之色变的茅草屋,看不见了。

一整个寨子的人放心了。

丘维维始终悬着的心也落下来了。

这一把火是为挽救安康青而烧的,这一把火也是她作为安康青的同学和战友极力促成鸭子口大队革委会下决心烧的。烧死的是一个麻风女羊冬梅。

初到鸭子口村寨插队时,丘维维只晓得鸭子口是桂山地区最为偏远蛮荒的一个寨子,山大坡高,路险谷深,赶一趟场要走两个多小时,光是走路来回就得整整半天,在街子上稍微多耽搁一点时间,经常得摸黑回到寨子。这对于一心追求革命,改变山乡面貌的安康青、丘维维来说,算不得什么。到最艰苦条件最差的村寨插队落户,还是他俩主动要求的。同在鸭子口插队的几个男女知青对他俩如此要求进步,还有些不理解。他俩异口同声地说,唯其落后,唯其偏远,才需要我们来贡献青春,改变"一穷二白"的面貌呀!

那正是丘维维和安康青最为志同道合的时期。劳动虽然繁重,生活虽然艰苦,不过到了赶场天,他俩双双端着脸盆去河边洗衣裳,或者相约着同去赶场,哪怕要走两个多小时的山路,他们也从没觉得苦,从未觉得日子难熬过。相反,两人之间亲如兄妹般的情愫之中,还有着朦朦胧胧的甜丝丝的初恋的滋味。尽管旁人提及时,他俩谁都不承认,并且振振有词地说,我们这是从小学到中学期间多少年里积累起的革命友谊,我们这是红卫兵战友间经历过的纯真感情,不是你们理解的小资产阶级情调的低级趣味。

话是这么说,丘维维的内心深处,始终把相貌堂堂、一表人才的安康青当成她的人、她的主心骨、她形影不离的战友和同志、她无话不谈的哥哥。现在是年轻不能谈,一旦年纪稍大,允许恋爱结婚了,安康青必然是她的对象、她的未婚夫、她一心要嫁的男人。

突然地,什么预兆也没有,天天和她生活在同一集体户同一知青点上的安康青,天天仍然和她煮一锅饭吃的安康青,对她怀上了二心,背着她和鸭子口寨子上的一个姑娘羊冬梅好上了。

这简直是晴天霹雳。

丘维维乍一听人说起这个消息,惊讶得目瞪口呆。

她没向安康青打听,更没和他吵同他闹,她仍然像往常一样,该煮饭煮饭,该炒菜炒菜。安康青衣裳被树枝挂破了她仍替他补,洗衣裳时她仍喊着他一起到河边去。只是在表面上客气之外,丘维维多了一个心眼。

她渐渐地明白了鸭子口寨子上的流言蜚语不是空穴来风,她很快明白了问题出在哪里。安康青同她天天生活在集体户里,这不错,不过出工劳动的时候,男女社员是分头干活的。那一天安康青在山湾湾旁的枕头田铲田埂,活干到一半,瓢泼大雨哗啦而下,他提起锄头往寨子上跑,一眼看见山湾湾里羊冬梅家的茅草房,就跑进她家去躲雨。

羊冬梅正在火塘旁烤红苕,见了来躲雨的安康青,真是又惊又喜。姑娘让安康青在火塘边烤火,给他吃烤熟的红苕,见他身上的外衣淋湿了,叫他把外衣脱在火边烤干,见他挽起裤管露出的双脚沾满了来不及洗的泥巴,姑娘又在脚盆里舀来半盆温水,让他把脚洗干净……

那一天的雨下得久,吃了红苕,擦干了脚,烤干了外衣,茅草房外头的雨仍下得"唰唰"地响,火塘里的火苗一跳一闪的。安康青隔着火塘,瞅着姑娘的脸,看得呆了。

羊冬梅是鸭子口寨子上美得让人心跳加速的姑娘。

安康青不明白,来这里插队落户好长一段日子了,他怎么就从未见过这么漂亮的女子。他当面就问她了,羊冬梅羞涩地低下了脑壳,半天不吭气儿,安康青

追问得紧了,她才不明不白说出一句:

"我不出工。"

"为啥不出工呢?"

"是阿爸不让。"

真是岂有此理!安康青简直要斥骂了,但是想到那是姑娘的爹,他没骂出口来。

雨停了,安康青道过谢,提着锄头又去铲枕头田田埂上的杂草刺笼。羊冬梅一直把他送到门口,他走出她家院坝时,回转身来,惊讶地看到她仍倚着门框,睁大了一双美得晃人魂魄的眼睛,痴痴地望着他。

安康青忍不住向她挥了挥手,她竟也把手举了起来,扬了扬。

铲田埂的时候,安康青的眼前总是晃动着羊冬梅的脸庞、她那又惊又喜的眼神、她对他关怀备至的语气,笼罩在她身上的谜。

事后,他向寨子上的小伙打听,山湾湾里的羊家,是怎么回事。

小伙子道出的真相,让安康青吓出了一身冷汗。

她家是麻风,"文化大革命"闹起来,麻风村暴动,麻风病人都跑回了各自原先生活的寨子。羊冬梅随父亲也跑回了鸭子口,盖了一幢茅草房,相依为命过日子。

鸭子口的寨邻乡亲们,是排斥和反对他们父女回来的。说他们一家三口住进麻风村时,羊冬梅还小,到逃回来时,他母亲已死在麻风村里,这父女俩身上,必定染上了骇人的麻风。

县里及时下了通知,说麻风村跑散的麻风病人,凡是染上病还有可能传染的,都已经收治回麻风村。而这些年里治愈的麻风村人,并不具传染性,各个村寨可以为他们选一块离开寨子一定距离的地方,给他们辟几块生荒地,让他们自种自收,自给自足,自生自灭。羊冬梅家就是根据这一精神,在离开鸭子口寨子一段距离的山湾湾里,盖起茅草房住下来的。那个山湾湾里有几块生荒地,近几年来已给他们父女陆续开垦出来,栽水稻、种苞谷、种红苕洋芋、种各种豆角蔬菜瓜果,养鸡、养鸭、养猪羊,难得的是,这个山湾湾里有一股泉水,鸭子口人说那是背阴泉,平时就是牛马也不牵过去喝那阴冷的水。而他们父女,一年四季就靠这股背阴的泉水过日子。一两年来,鸭子口人就和羊家父女相安无事地对峙着过下来。

不过,因为羊家父女的存在,鸭子口人仍是谈麻风就色变,说起来人心惶惶,恐惧、惶惑,连对他们父女远远地望一眼都不敢。

听山寨小伙道出底细,安康青这才恍然大悟,他为什么从来没在村寨上见过羊冬梅,鸭子口村寨上有一个那么美丽的姑娘,为啥从未听人说起过。

想到自己不但贸然闯进了麻风病人家去躲雨,还吃了羊冬梅烤的红苕,在她端过来的脚盆里洗过脚,用过她递给他的毛巾,她的双手还提着他的外衣,为他烤干了衣裳。夜深人静,联想自己可能已经染上了麻风,安康青惊骇的脊梁上直冒冷汗。

说实在的,他在上海时从没听说过麻风。是到了偏僻闭塞的鸭子口村寨,他才晓得人世间有这么一种病。是从老乡们嘴里,他听说了这是可怕的不治之症,染上了麻风,全身上下都会发炎、溃烂,先是烂五官和七腔,继而是全身骨骼和四肢……哎呀呀,可怕极了可怕极了,麻风最为可怕的是会遗传,一代一代往下传,故而要将他们隔离,不能让他们结婚生育,让他们自生自灭已是最为人道的了。

多长了一个心眼,安康青这才发现,关于麻风竟有那么多的说道。鸭子口寨上的人说,羊冬梅之所以长得那么美,也是麻风在作祟。麻风病人就是要以她那种妖艳妩媚的美丽,来诱惑世间的男子,完成他们传宗接代的使命。要不,麻风病人死光了,世上何来的麻风呢?

安康青自然要将羊冬梅从脑子里摒弃出去啰!他决定不把和羊冬梅有过接触的事儿告诉任何人。他永远也不会再往山湾湾那个方向去,不,他再也不向山湾湾那里望一眼。

白天他可以不想,可是羊冬梅竟然在他梦中出现了。在梦里,他觉得羊冬梅比躲雨那天还要美,美得令他情不自禁想要去搂她、抱她、亲她。

梦中惊醒过来,安康青的心"怦怦怦"跳个不停,浑身上下淌着汗,青春的体魄还有股难耐的冲动。他慌乱地想,是不是老乡说的骇人听闻的麻风附体了?是不是麻风的魔力在发威?

做过梦不久,他在山坡上遇到了羊冬梅。那天他是在山坡上割草,用扦担叉起满满两大捆茅草挑回鸭子口寨子去时,路过了茶坡。茶坡上的茶树覆盖了满山满岭,一坡一坡望过去,绵延无尽地连着远山。云遮雾罩的远山,层层叠叠,渺渺漾漾。安康青看着看着走了神,一脚踩在一块滑溜溜的石板上,身子一晃,先是肩膀上的扦担失了重心,两大捆茅草遂而逮着他一起跌落进了幽深的峡谷,只觉得脑壳上撞得钻心地痛,脚杆上也像挨了一刀,随后他就啥都不晓得了……

醒过来时,他已躺在谷草铺的床上,身子稍动弹一下,谷草就索索发响。他的脑壳痛得钻心,他的脚脖子上也疼得难忍。不过他的意识是清醒的,睁开眼的当儿,他一眼就看到了羊冬梅。

羊冬梅正坐在床头俯身关切地望着他。她太美了呀!美得让头脚疼痛的安康青都忘了痛。她的一双大眼睛在两条细弯细弯的长眉下流波溢彩地瞅着他,她红润黝黑的皮肤光滑细腻,她的身体漫溢着山野少女的体香,她的气息弥散在床头,有股诱人的味道。安康青呆呆地望着她,看得憨了。

她说话了,说话时的气息直喷到安康青的脸上。安康青贪婪地嗅着她芬芳清新的气息,只看见她的嘴巴在动,竟没听见她在说啥子。

羊冬梅以为他被摔憨了,支身站起来,连声叫着阿爸退了出去。

羊冬梅的阿爸进屋来了,他像所有的山乡农民一样扎着黑色的头帕,头发、胡子连眉毛都白了。安康青头一次见到他,他是个大眼睛、方脸盘的汉子,如果不是眉毛胡子头发全白了的话,看上去比一般农民还要壮实一些。安康青光是看他一眼,就发觉羊冬梅的眼睛,特别像她阿爸。

羊老汉只说了一句话:"我已经喊了话,鸭子口寨子上马上会来人,送你去公社卫生院。"

说完转身自卑地退了出去。

羊冬梅像补充一般,柔声对他说:"是阿爸救了你!你摔在岩下,脑壳和脚杆上流了好多血呀!"

她还想坐在安康青身边,羊老汉在门外叫她,她一步三回头地退了出去。

鸭子口寨子上很快来了七八个汉子,他们扎起担架把安康青抬回寨子,又派马车把安康青送进了公社卫生院,卫生院做了急救处理,怕有闪失,又把他送进了县医院。

安康青在县医院恢复得很快,县医院的医生明确告诉他,是敷在他脑壳上的草药和脚杆上的伤药救了他。如在当时没及时止住血,他脑壳和脚上的伤口那么大,脚杆上的骨头都看得见了,就是淌出那么多的血,他也必死无疑。

安康青明白了,是身患麻风病的羊家父女救了他这条命。

医生还对他说,那一对父女,其实身上并没患麻风,当年患上麻风的,是羊冬梅的妈。如果他们父女患了麻风,早把他们收治回麻风村了,哪里还能允许他们在村寨上生活。你放心吧,在他家菌棚里的床上睡过,喝过他家的水,敷过他们采的草药,绝不会染上麻风。

是医生的话,才让安康青晓得,羊家父女救他的地方,是山上的菌棚,昏迷之中,他还喝过父女俩的水。不过这个时候,他除了心存感激,对他们父女,一点也不忌讳了。

病愈出院,安康青提着上海家中寄给他补养身子的麦乳精、炼乳、奶糖、乐口福、糕点,背着鸭子口寨上的乡亲,送进了山湾湾里那幢茅草屋。

羊老汉仍没在家,孤寂地待在屋头的羊冬梅欢天喜地接待了他。她从没见过这么好吃的东西,一样一样拿起来嗅,凑到鼻子前闻,连声说着好香啊我好喜欢。当她拿着果酱罐头怎么也不晓得如何打开时,安康青为她打开了果酱,还用小勺舀了一小勺让她尝,当她伸出舌头尝到那么甜的果酱时,她拍着巴掌叫安哥哥,你是世界上最好最好的人。

是羊冬梅的纯真,是羊冬梅绝色的美貌,是出于对他们父女救命之恩的回报,是对于他们处境的同情,多种因素的会合吧,安康青不知不觉地爱上了羊冬梅。

他仍像其他男知青一样出工劳动,他仍然和丘维维搭伙吃饭过日子,他一点也没把对羊冬梅的感情向任何人透露。

但是鸭子口寨上的老乡感觉到了,丘维维风闻之后也警觉到了。她发现安康青客气了,她察觉安康青瞅人的目光平和了。她五官端正,她正青春年少,作为女知青她不难看。但是她比任何人都明白,她只是相貌平平的女性,尤其是同妖艳的诱人的羊冬梅相比,她是难有一比的。

她忧虑,她恐惧,她怨恨。一个偏僻山寨上的麻风女,怎能夺去她的心头之爱呢?她找到公社革委会,说麻风女羊冬梅破坏上山下乡运动,利用安康青的感恩心理,诱惑上海知青,现在知青点集体户的男女青年个个都人心惶惶,生怕安康青染上了麻风,知青们都说要逃回上海去了。更令人不安的是,鸭子口寨上的老乡们也都无心搞生产了,他们怕安康青把麻风带回寨子,传染给全寨老少,鸭子口寨上弥漫着一股恐慌情绪。人人都在说，不把这事儿解决，鸭子口没有太平日子过。

丘维维去公社的时候，还找了几个知青伙伴。出于对麻风的恐惧和惊慌，知青们慷慨激昂，义愤填膺，直到公社的头头明确表了态，他们这才气愤难平地回了寨子。

公社把大队革委会的班子叫去了，他们是如何商量决策的，详情无从所知。当丘维维去找大队革委会主任时，主任只是跟她说，知青和老乡们的要求都晓得了，事情会圆满解决的，会按传统的方式解决的。

所谓传统的方式，就是自古以来流传下来的对待麻风病人的方式。那是由德高望重的寨老牵头，在夜深人静的时候，寨子上的家家户户，每户人抱一捆干柴，悄没声息地堆在麻风病人家的房墙上。随后指派几个青壮小伙，每人点起火把，在茅草房的四周，一起点起火来，将麻风病人活活烧死，将麻风病菌灭绝。

在天高皇帝远的偏僻村寨上，历朝历代都是这么做的。

于是就有了那场大火，熊熊燃烧的大火，几十年来沉静下来时总在丘维维眼前闪烁的大火。知青们谁也没有准备干柴，知青们谁都不知这场火是由哪几个人点的，鸭子口老乡没一个人通知知青参加这件事儿，他们只晓得，那事儿发生的前两天，公社通知安康青到县里面参加民办耕读小学教师的培训班，走之前跟他讲明了的，培训班回来，就到鸭子口小学堂当教师。安康青是高高兴兴地去的，走之前他不管不顾地到山湾湾里去了一趟，把这个改变他命运的决定告诉了羊冬梅。长得老大却还从来没读过书的羊冬梅看他高兴，也喜欢得什么似的，对他说，你教了学堂里的娃娃，再来教我。那一天安康青再次吃了羊冬梅烤的红苕，他觉得那是世界上最甜最好吃的红苕。吃过红苕他就又像来时一样，悄没声息地回到鸭子口寨子，第二天一大早，背上铺盖卷儿往县城赶路了。

除了安康青之外，鸭子口其他男女知青都是晓得夜深人静时分要烧麻风的。几个男知青相约着，要站到后头坡的岩石上，爬到树上去看烧麻风的情形。

丘维维没去后头坡，也不会爬树，她只是站在知青点茅草屋的后屋檐下，远远地眺望着，火烧得太大了，她就是离得远，看得仍是清清楚楚的。

她就是这样把安康青从危险的道路上拉了回来。费了她那么大的心思，在他俩双双调回上海之后，她如愿以偿地嫁给了安康青，成了他名副其实的妻子。

事到如今,她费尽心机追求来的安康青,差不多成了一个废人,成了她即将步入晚年的累赘,她值不值呢?

丘维维闭着眼,靠在椅背上的脑壳左右晃动着。她不愿沿着这条思路往下想。

停止播音好久的喇叭又响了起来,空姐在给旅客们报告,二十分钟以后,飞机即将降落省城机场。

丘维维看了一眼手表,时间已是零点三十五分。

十一

在省城机场取行李的时候,汪人龙打开手机,接到一个电话。那是他答应方一飞、钱洁夫妇寻找蒙香丽以后,拜托此事的一个生意上的朋友打来的。这位朋友是收盘江石的,经常在西南各地跑,他不但打听到了蒙香丽的下落,还兴高采烈地告诉汪人龙,现在蒙香丽定居在省城,汪人龙最好在省城多耽搁一天,争取和她本人见上一面。

汪人龙没想到,不费啥周折,就把方一飞三十年来愧对的蒙香丽找到了,他连声道谢之后一口答应,把原计划明天上午驱车去桂山改到了明天下午。他请这位朋友明天上午八点,一定到他下榻的宾馆同吃早餐。

旅行社的地陪在驰往宾馆的路上,征求大家意见,现在已经过了半夜,上午是赶早吃了免费自助早餐,就去桂山,还是从从容容地睡个够,九点多钟起来吃早餐,随后坐着车走马观花地逛一逛省城,午饭后再到桂山去。

大伙儿都说后一个方案好,反正也没啥急事,下午走吧。多少年没到省城来了,看一看省城改革开放以来的城区景观,也是需要的。这就免去了汪人龙不少的口舌,他仍决定八点钟在早餐时会朋友,想法和蒙香丽联系上;随后与沈迅凤一道,去省城的沈迅宝墓地,献上一束花,缅怀故去多年的好友。

在宾馆大堂,安排大伙儿住房的地陪来询问汪人龙,你们这个团队,男女都是单数,男的我按你的要求给你安排了一人一个套间,女的单间给哪一位?

罗幼杏说:"我住两个人一间吧,可以节约点。"

白小琼跟着说了一句:"我也是。"

沈迅凤主动道:"那就把单间安排给我。"说着瞥了汪人龙一眼。

汪人龙明白她的心思,点头赞同:"那就给她吧。"

进入客房正在沐浴时,电话铃声响了,汪人龙撩开浴帘,摘下了挂在玻璃上的话筒:"有事么?"

电话里传来沈迅凤的声音:"是你到我的房间来,还是我过去?"

喷淋的水珠击打得浴帘"噗噗"作响,汪人龙迟疑了一下:"你不累吗?"

"不累!"沈迅凤兴致甚高,"我这里是标准间,两个单人床。你房里呢?"

汪人龙说:"是大床房……"

没等他说完,沈迅凤快言快语道:"那我过来吧。两个人挤在一张单人床上不舒服。"说着她就不由分说地挂断了电话。

沈迅凤就是这样,让你对她不能推托,也不会有疲倦感。汪人龙心头明白,就相貌而言,沈迅凤不如他的发妻,可她崇拜他、信赖他,对他言听计从,让他感觉到作为一个男人的自尊。她毫无顾忌地在他面前谈到自己丈夫的无能,没本事,下岗之后求爹爹告奶奶般央求来一个当值班门卫的工作,还唯恐保不住。况且,每次他们两个人独处,她都会给他带来新的惊喜。今晚上为整个团队安排完毕,他比谁都晚进客房,又已过了半夜,想早点躺下了,可她的电话一打进来,那种兴致勃勃的语气,一下子又逗起了他的欲望。是呵,从去看望方一飞、钱洁夫妇那天至今,他们有十来天没在一起了。

刚冲淋盥洗完,门铃响了。汪人龙打开门,沈迅凤头上扎了一块披巾,闪身进了屋,手上的提包往地上一丢,张开双臂就紧紧抱住他,在他耳畔慌慌地说:"洗澡时,我就想着今晚上一定要同你睡。"

汪人龙双手捧着她的脸,指尖触摸到她湿漉漉的头发,低声问:"你洗头了?"

"是啊,洗了头发冲一冲,精神焕发。"她一偏脑袋瞪大双眼望着他,"你不喜欢?"

"喜欢,"汪人龙抚摸了一下她的眼睑,闪避着她探究的目光说,"坐了这么长时间飞机,我以为你想早点睡了。"

"哪里呀,"沈迅凤努了一下嘴说,"换了一个环境,躺下去还睡不着呢。"

说着,她又忙碌起来,给门挂上安全扣,将双层窗帘拉严实,在床头柜的开关上一阵按,让整个房间里只亮着一小盏离地面很近的夜灯,顿时,屋里晦暗下来,显出一股幽静朦胧的氛围。随而,她让他上床先躺下,在他双目瞪瞪的注视之下,脱去了她的衣裳。哇,她穿着贴身的三角裤和一只掩盖了半边的乳罩。让他不由自主瞪大了双眼的,是她的裤衩和乳罩乌黑乌黑,镶着金边。更凸现出她身体的曲线。见他一副惊讶的样子,她又把头往边上一歪,轻声问:

"怎么样?喜欢么?"

他知道她这点小小的伎俩都是为了营造二人世界的气氛,不由得伸出了一只手。

她上了床,挨坐在他身旁,在他耳边要求着:"一整个晚上,我都在盼着这一时刻。人龙哥哥,你帮我脱了。"

汪人龙还能说什么呢?她自小知道他和沈迅宝是最好的朋友,他和沈迅宝快上山下乡的时候,她刚进小学读书,见到他俩手臂上戴着的红卫兵袖章,一心也想当红小兵的她,经常追在他俩屁股后面,吵着叫着要让她戴一戴红袖章。沈迅宝不理她时,汪人龙就摘下红袖章,戴在她手臂上,让她过一过袖章瘾。当她因夫妇双双下岗要求到他,特地来拜访他。当她坐到他面前时,他一眼看到她脸上那两只和沈迅宝长得极为相像的黑白分明的眼睛,心头"咯噔"一下,当即爽快地一口答应她到古玩店来上班,从那时起,她更把小时候的尊重变成了敬仰。这些年里,接触渐多,她几乎把他当成了偶像来崇拜。他让她做什么,她就做什么;他要她对客户怎么说,她就以女性特有的语调和手段把事儿办得漂亮而利落。他们是水到渠成般顺理成章地相好起来的。他用报答沈迅宝的方式开给她高工资,她以感恩的心态把他的生意当作自己的生意做。他想到的,她做到了;他没想到的,她替他做得妥妥帖帖。他记不起是在哪一次出差到外地时,她的手臂主动挽住他的。他也记不得,自己是在哪一次应酬过后带点随意地吻她的。

他没想到的是,她在他的面前那么放得开,反应那么强烈,她从来是无所顾忌地亲吻他、抚摸他,显示出那股压倒一切的占有欲。但她在疾风骤雨的性爱之后,又会令他放心,坦然地告诉他,我不会妄想你娶我,我也不要你同自己老婆离婚,我见过她,知道她很漂亮,美得让我妒忌,我只要求你爱我,在我们独处的时候爱我,好好地爱。

汪人龙承认,正是她如此坦率和主动地把话说白了,他才放心大胆甚至是无拘无束地和她保持着情人关系。也正是她说了这些话，才促使他买下了那套小小的专供他俩幽会的房子。

他们赤身裸体地拥抱在一起，沈迅凤热辣辣地吻着汪人龙。一边吻一边哼哼唧唧地说："抱紧我，抱得紧一点。我喜欢这样，一边吻一边抚摸。我就喜欢这样。"

汪人龙很快忘记了一切，飞机的晚点、生意、朋友。他搂抱着沈迅凤，抚摸着她滑爽的皮肤，感觉到的是肌肤相亲的欢乐。他和沈迅凤的亲密，还有彻底消除了紧张的安全感，一无所求的安心，一阵比一阵舒缓的温馨和陶醉。哦，这是一个可以彻底信赖的女人，对她可以想说什么就说什么，不必掩饰，不必吞吞吐吐，她什么都会按着你的吩咐去做。每次和她在一起，汪人龙都觉得性爱的趣味浓郁，对她的爱和感官上的美妙融为一体，他忘了她相貌平平，他只觉得和她在一起时心醉神迷，有几次，他几乎感觉到那种颤动心弦的稀有的欢悦。在和她纵情享受性爱的过程中，他不知不觉地爱上了她，一天比一天深地爱上了她。他想对她更好一点，他想对她的一往情深有更多的报答，他想对她奉献的爱给予回应。汪人龙已经意识到，只要和沈迅凤做爱，他就有一种狂喜入迷的享受。

此时此刻他又有了这种感觉，他更紧地贴住沈迅凤，沈迅凤当即有了反应，她柔声说：

"你想要了吗？"

"是的。"

"那么来吧，"沈迅凤舒展着四肢说，"不过，我有一个要求。"

"你说。"

"今晚上我留在这里。"

"呃……"汪人龙迟疑了一下，"不会有问题么？"

"有什么问题？"

"我是说，你走过来进我房间，宾馆的探头会……"

"哪个会管这种闲事啊！"沈迅凤打断了他的话说，"我就想，就想……搂着你睡上一晚。"

汪人龙明白，沈迅凤说出的是真情的心里话，每次他俩在那套买下的小屋相会，无论是上午还是下午，白天还是夜晚，他们从来没在一起过夜。到了九十点钟,他俩都各自回自己的家。心照不宣似的,两人之间谁也不曾提议过在小屋过夜。而今天,她是要了却自己的心愿。

"你愿不愿意么?"沈迅凤见他不吭气儿,一个翻身趴在他的胸前,"难道你就没听说过,一夜夫妻百日恩吗?"

汪人龙张开自己的双手,感受着和她相亲相挨相拥的温馨,紧紧地抱着她说:"我能不愿意么?我求之不得呢。"

十二

搜罗盘江石的朋友很准时,八时整就到了宾馆大堂,电话打进客房来。汪人龙从床上一跃而起,急急忙忙盥洗一番,对仍赖在床上的沈迅凤说了一声,就坐电梯赶往大堂。

和朋友在自助餐厅挨着窗户的位置坐定下来,朋友喜出望外地告诉他,真叫巧了,蒙香丽不仅就在省城生活,而且还是一个圈子里的人,她和老公在省城开了一家玉器店,专卖缅甸翡翠。

"那太好了。"汪人龙做事喜欢当机立断,他此番重返第二故乡,两大主要任务,一是给沈迅宝上坟,二是寻找方一飞当年的纯真恋人蒙香丽,初来乍到,就能办妥一件事,这是一个好兆头,"能不能约她见上一面?"

朋友一口答应:"你想怎么见?是我们上她的玉器店,还是喝茶、喝咖啡?"

汪人龙的手往桌上面轻轻一放:"方便的话,就在这儿见。你打个电话,请她打的过来。"

朋友当即摸出手机站了起来,汪人龙离座去餐桌上挑吃的,刚挑了半盘菜肴,沈迅凤神采焕发地走近他身旁。两眼显得出奇地亮。

汪人龙瞅了她一眼:"你不多睡一会儿?"

"我怕你有事,"沈迅凤脸上露出满足的微笑,"再说,我睡得特别甜。"

汪人龙知道她是为他高兴才这么说的,不过瞧她一脸心满意足的神态,他也信。昨晚尽兴之后,他们都睡得很沉。

两人脉脉含情地相对望了一眼,端着菜盘,一人要了一碗米粉来到餐桌旁时,朋友笑着告诉汪人龙,蒙香丽说她半个小时以后就到。

汪人龙把盘子和碗往桌上一放,摆手道:"你赶紧找吃的。等她来了,我们专心谈事情。"

安心吃早点时,汪人龙环顾整个餐厅,这才发现,除了他和沈迅凤、季文进、应力民、罗幼杏几个老知青,都没睡懒觉,连那个知青子女白小琼,也换了一身朴素的装束在挑选酸奶。唯独安康青和丘维维夫妇,没见着人影。也难怪,安康青行动不便。

白小琼见他们的餐桌上还有空位,选了一瓶酸奶,走到他们餐桌旁来。

汪人龙瞅了一眼她手中的酸奶,诧异地问:"你吃这么点?"

白小琼笑道:"我吃了一大盘蔬菜,还有一小碗面条,这是最后选的,我看这种酸奶上海还没见过,想尝尝味道,就去挑了一小瓶芦荟风味的。"

"你起得这么早?"汪人龙听说她已吃完了早点,不由得问。

"是啊,天蒙蒙亮我就起来了,"白小琼指了一下宾馆大堂外,"听爸妈说省城不大,我已经逛了一大圈,七点半回来的。"

说着,白小琼就要坐下。沈迅凤指了一下空座说:"我们约了一个客人,这是为她留的。"

白小琼顿时不好意思地红了脸,连声说:"对不起,对不起,我就坐这边好了。"

沈迅凤侧转了脸,敷衍地点了一下头。

白小琼走到斜对角的邻桌上,沉静地坐了下来。

收藏石头的朋友一手端一只碗,兴冲冲地走回到餐桌旁说:"到省城来,最有名的小吃就是肠旺面和牛肉粉。你们都尝一尝,怕辣的话,可以选近几年兴起的酸汤面,也很好吃的。"

说着,他坐下来,拿起筷子,"稀里哗啦"地一会儿工夫,就把一小碗面条、一碗牛肉粉吃了个精光。他边扯起一张纸巾抹嘴,边说:"宾馆的小吃,干净一点。味道嘛,还是街上小吃摊的美……"

话没说完,手机响了,他从兜里掏出来瞧了一眼,对汪人龙道:"蒙香丽到了,我到大门口迎她一下。"

汪人龙跟着起身:"我和你一道去。"

"不用不用,不用劳动你汪老板大驾,你们就在这里坐着。"朋友晓得汪人龙的实力,按住他的肩膀,执意不要他起身。

沈迅凤亲昵地扯一下汪人龙袖子:"那就坐着等呗。"

朋友点一下头,转身走出自助餐厅。他的声音虽然不高,坐在附近的几个老知青,都听到了他的话。他的身影刚在餐厅门口消失,应力民就朝汪人龙扬了一下巴掌:"汪人龙,你本事不小啊,昨晚上半夜才到,今天一大早就把蒙香丽给找到了。办事可以同公安比效率了。"

季文进和罗幼杏也从他们的座位上点头表示赞同应力民的评价。

汪人龙摆了摆手:"哪里呀,不过是托了收藏圈子里的朋友,他同我做过几单生意,双方都满意,你们绝对猜不到,当年的蒙香丽,现在也做收藏。"

罗幼杏隔着桌子拍了一下巴掌:"这真叫巧了。方一飞托你汪人龙办事儿,算是找对人了。"

一个不明底细的男知青说:"哎呀,方一飞也真是的,都过去几十年了,还翻这些陈谷子烂芝麻的往事干什么呀?"

季文进正色道:"这你就不了解了。我去看望方一飞时,他对我说过,人不能做亏心事,你做过的亏心事儿,以为没人知道,到头来它会来纠缠你。到了方一飞这阵,他想的是要清清白白地离开这个世界。他不想给自己留下遗憾,给这世界留下遗憾。"

正说得热烈,朋友走在前,身后跟着一位个头高挑、体态丰腴的中年女子款款走来。几个知青的目光不由自主地扫到了她的身上。尽管事前都已听说,蒙香丽是个布依族,当年在场街上不但迷倒了好多本民族小伙子,还被远道而来的省城知青、上海知青私下封为"桂山第一枝花",不少人暗恋过她。看到她本人,大家还是暗自愕然。蒙香丽身穿一件布依族妇女的斜襟衫裙,浑身上下,一色的宝蓝,既显得与众不同,又不觉张扬。从前襟绣到腋下位置的一朵杜鹃,是她身上唯一的装饰。她迈着小步,走得轻捷却缓慢,脸上挂着淡淡的微笑。定睛凝视,却又分明感觉她的微笑背后,蕴含着难隐的忧郁。

"介绍一下,"朋友提高了一点声气,指了一下汪人龙,"这是上海来的汪老板汪人龙,就是他受朋友之托要找你。我和汪老板是生意上的朋友,都是圈内人,圈内人。"

蒙香丽颔首轻笑,露出一嘴洁白的牙齿,同时伸出手来:"你好,汪先生。"

她的神态举止,竟带着少见的雍容华贵。

汪人龙离座起身,握住了她伸过来的一只手。汪人龙霎时感觉到了,旁边的几个知青也都看清楚了,蒙香丽的手白皙、柔软且出奇地大。汪人龙握住她凉凉的手道:

"谢谢你的到来,请坐,坐。"

蒙香丽在汪人龙的对面坐下,沈迅凤抬手请服务员过来,给她斟了一小杯茶。

蒙香丽也不客气,端起杯子,呷了一口茶,微蹙了一下眉,道了声谢。

汪人龙抬手环指了一下餐厅,问:"吃点什么?"

朋友连忙插进话来:"你说,我替你去端过来。"

蒙香丽抬起始终羞涩地垂下的眼睑,感激地笑道:"那就麻烦你要一碗酸汤面,加一只荷包蛋,和一块恋爱豆腐果。"

朋友答应着转身。

几位坐在附近的同行者,应力民、季文进、罗幼杏、白小琼都从自己的位置上,分别从不同角度不约而同地瞅着她。

蒙香丽的神态显出了一点紧张,她分明感觉到了周围扫视过来的目光。这些目光虽是善意的,却也使她有些不安。她抬起头来,望了一下沈迅凤,又把疑问的目光落在汪人龙的脸上:"汪先生,是哪个……托你找我?"

她的口音带着明显的桂山地区的腔调。可能是多年在省城经营,南来北去的客人打交道多了,她那乡音中还带了点普通话,这使得她柔柔地吐出的每一句话,甚至每一个字,都很好听。

这一点,所有上海过来的客人,都感觉到了。

"是这样,"汪人龙没料到她会直截了当地切入正题,他舔了一下嘴唇,接过沈迅凤递给他的茶水,抿了一口,说,"你还能记得,当年在桂山地区插队落户的上海知青方一飞吗?"

话音刚落,蒙香丽的双肩明显地颤抖了一下。

汪人龙骇然地盯着她,他真怕她在自助餐厅这公众场合,"哇"的一声哭起来。

不过他显然多虑了。随着蒙香丽双肩一耸一缩,她睁得大大的双眼里,一左一右溢出了两颗晶莹的泪珠。随着她眼睑的颤动,她那长长的睫毛一闪,两颗泪珠"扑簌扑簌"滴落下来。汪人龙看得呆了,她的眼眶边又溢出了两颗泪珠。

汪人龙忖度着,就凭这两颗泪珠,三十年来方一飞对她的思念也是值得。他仿佛明白了,为什么过去这么长时间了,方一飞还会对蒙香丽如此痴情。

沈迅凤扯了一张纸巾递给蒙香丽。

蒙香丽嚅动了一下嘴唇,似在道谢。她接过纸巾,却并没有用纸巾抹拭脸颊,而是从她的手心里展出一方手帕,轻拭了一下眼角,凝视着汪人龙问:"方一飞……他、他好么?"

汪人龙眼前浮现出临行前见到方一飞的情景,张口结舌地不知如何将他身患重病、处于弥留之际的情形相告。他愣怔了一下,讷讷地道出一句:"他……他惦念你啊!"

蒙香丽脸上露出明显的惊讶之情,那困惑的眼神从汪人龙脸上,移到沈迅凤及邻桌关切地倾听着这场对话的相关人士身上,他们几乎都停止了吃喝,全神贯注倾听着这场对话。毕竟,这批人的重返第二故乡之旅,完全是由于方一飞对于蒙香丽的思念和愧疚引出来的。蒙香丽的神态在说:真是这样么?她垂了一下眼睑:"三十年了,我一直想晓得,他过得好不好?"

汪人龙直截了当地:"他过得不好……"

"不好么?"蒙香丽受了惊一般,两只大手一起放上了桌面,"他哪里不好?唉,当年,他不辞而别,我……我不是没有怨恨,相处得好好的,即便分手离别,也该说一声,有个交代呀!可他竟是薄情……"

她吐出的最后一个字,汪人龙没听清楚。他征询地瞅了沈迅凤一眼,沈迅凤的眉头皱紧了,同情地望着她。

蒙香丽啜泣了一声,接着道:"我憨乎乎地一直在等哪!"

说到这儿,她泪如雨下,捏在一只大手中的小丝巾展开来,不住地拭着泪。

自助餐厅的这一角,一片沉寂。从现下米粉的汤锅那儿,飘来阵阵辣香味。

收藏盘江石的朋友一手端碗酸汤面,一手拿双筷子,走到蒙香丽跟前,放缓了语调道:

"吃口酸汤面呗,慢慢说。你也莫怪那上海小伙薄情,那年头,哪一个当知青的不想回城?"

他把面碗和筷子往桌上一放,环指了一下和汪人龙同来的老知青们说。

几个老知青纷纷默然点头。

蒙香丽端起酸汤面,拿起筷子,只撩了一下碗中的细面条,却并不吃,只是点了一下筷头道:"我也有错,看到桂山四乡八寨的知青们纷纷在走,只晓得等、等、等,只选择了等他来说,没去主动找他。待我如梦初醒般发疯样赶到他插队落户的村寨,才晓得他已经悄悄地走了……"

说着,蒙香丽搁下了碗筷,又伤心地哭起来。

身为方一飞伙伴的几个男女知青,面对当年如此痴情的蒙香丽,也觉无颜面对这个一往情深的布依女子。汪人龙舔了一下嘴唇:"方一飞如今也悔啊,悔得肠子都青了。他始终在说,为了回上海,他瞒着你一走了之,对不起你。"

"这话是真的,"收藏盘江石的朋友帮腔道,"汪哥汪老板早在飞过来之前,就把电话打给我,让我一定要想方设法找到你,桂山街上的蒙香丽。好在你是桂山大名鼎鼎的美女子,我跑了一趟桂山,全打听清楚了,说你就在省城观水街上经营缅甸翡翠,哈哈,兜了一个大圈子,兜回到眼面前来了。不瞒你说,蒙大姐,我背着你到观水街你那玉石铺子看过,嗨,还真有品位、有规模哩!至少比我这收石头的强。"

朋友的一番话,让蒙香丽情绪从波动中逐渐恢复过来。

汪人龙见她低头撩面条吃,身子往前凑凑,用征得她同意的语气道:"你愿接方一飞的电话么?"

蒙香丽的双肩又是一震,她抬起头来,凝定般望着汪人龙:"你有他的电话?"

汪人龙肯定地点着头,当即拿起手机,拨打了钱洁的电话。

上海方一飞家中的电话通了,汪人龙还记得,他家的电话是放在小客厅里的一张简陋方茶几上的,通常都是由日夜陪伴着方一飞的钱洁先接。

汪人龙站起来,走向自助餐厅角落的发财树旁,果然是钱洁接的电话,汪人龙把这边蒙香丽的情况一讲,钱洁随即爽快地道:"你这通电话才叫及时呢!一飞这几天总在唠叨,不晓得你们回桂山去,有没有办法找到蒙香丽,说着说着就哭,说他若得不到蒙香丽的消息,死都闭不上眼。太谢谢你了,汪人龙,他这会刚吃过早饭,我让他接电话,叫他和蒙香丽在电话上说。"

汪人龙转身大步走回餐桌,把电话递到蒙香丽手上,说:"通了,方一飞马上和你讲话。"

蒙香丽像不相信似的盯着汪人龙那款精巧的名贵手机:"是……是真的……"

汪人龙双眼直视着她:"你说话吧。"

蒙香丽用手中的丝帕抹了一下泪痕满布的脸,小心翼翼地接过汪人龙的手机,放在她的耳畔,手机里清晰地传来了方一飞的声音:"你好……"

蒙香丽哽咽着说不上话来,她激动得吞咽着口水。尽管方一飞的嗓音来自遥远的上海,她陡地觉得,这声音是如此亲切如此熟悉,似乎他俩从来不曾分离过。她的泪水忍不住淌下来:"真的,真的是你么?一飞,三十年了,我早先一直托晚走的上海知青给你捎话,让你给我来信,让你告知我上海的地址……电话……可……"

"怪我,都怪我啊!"从手机里传过来的方一飞的声音,竟是如此清晰可闻,就连待在蒙香丽身旁的人,都隐约听见了:"是我不敢,是我胆怯,是我怕捅破了那层窗户纸,我……我……我对不起你,我太自私,也太狠心,我……"

在电话那头,方一飞悔之莫及的抽泣之声,这边的人都隐约可闻。

蒙香丽的胸脯波动起伏着,手拿着电话,柔声劝慰起来:"你莫自责啦,一飞。怨过恨过你之后,我也明了事理。我晓得,你从上海到桂山来,你终究要回上海去,你们都是大城市人嘛!你、你近来好吗?听人说,你生病了,是啥子病?"

蒙香丽的语气充满了关切、怜悯和柔情,身旁的知青们都看得分明,她脸上的表情,身上的形体语言,全身心地倾注到了方一飞身上。汪人龙一抬头的当儿,惊异地发现,不知什么时候,丘维维推着安康青,也来到了他们身旁,一个坐在轮椅上,一个扶着轮椅的把手,敛声屏息倾听着蒙香丽和方一飞三十年重新相逢的这场通话。汪人龙先向沈迅凤扫了一眼,遂而又示意地瞅了瞅众人。沈迅凤已经领会了他的意思,悄没声息离座起身,走到餐厅的另一边去。汪人龙也不动声色地移步到放置了一排饮料的餐桌边。其他几个人,也都不约而同地走散开去,让蒙香丽一个人坐在餐桌边,轻言慢语地和方一飞通话。

十三

在宾馆大门口要出租的时候,白小琼不知什么时候出现在汪人龙的另一侧,笑吟吟地主动要求:

"我也跟你们去,好么?"

站在汪人龙身旁的沈迅凤朝她转过脸说:"我们这是去替我哥哥上坟。"

言下之意十分明白,不希望她这么个年轻女子插在中间。

白小琼语调柔柔地道:"我知道,汪叔叔邀约一趟活动的时候就说了,你哥当年和他是比兄弟还亲的朋友,他回来就是想替你哥上坟。"

沈迅凤斜了她一眼,意思是说,和你有什么关系?

白小琼像洞穿了她的心思,补充道:"在我们这代人中间,听到这种事觉得几乎不可思议。所以我特别想去看看。"

出租车已经开到了他们面前,保安殷勤地上前拉开了车门。汪人龙瞅了沈迅凤一眼,说:"那就一起去吧。"

说着又伸手指着副驾驶位,示意白小琼坐在前面。

一坐进车厢,沈迅凤就亲昵地挽住汪人龙的臂膀,示威似的显示她与汪人龙非同寻常的关系。两人只要出差到外地,她每回都是这样。

白小琼端正地坐在前座上,目不斜视地望着车窗前方移动的景物。

才一个起步费的价都不到,感觉不过是公交车二三站路,出租车就停靠在路边,司机说:

"到了。"

"这么近啊!"白小琼不由得惊讶,"散散步就能走到了。"

沈迅凤是第一次来省城,侧转脸望了汪人龙一眼。

汪人龙也感觉到近,他一边掏零钱,一边问司机:"我们是到滨湖公园……"

"是啊,"司机收了钱,指了一下斜前方,"大门就在这儿,你们不是要去公园里看那个墓地嘛!就在这儿,没错。"

下了车,环顾周围耸立云天的高楼,汪人龙真是感慨万千,他对沈迅凤道:"省城也在变啊!当年,我同你哥走进城来,马路两旁四五层楼的房子,就是可观的建筑了。现在你看看,啧啧。"

"而且这些楼房,都从山巅上往高处建,"白小琼道,"看上去的感觉,比上海平地上建的还要高。"

朝公园门口走去的时候,汪人龙眯缝起眼睛,贪婪地望着马路两旁,极力要从眼前焕然一新的街头景观中,寻找当年的痕迹。走到两幢高楼隔开的一个空当,他一眼看到了高楼后面的山岭,顿时停下了脚步,指着郁郁葱葱的山岭说:

"就是这个位置了!当年省城里的两派,'3·13'和'6·26',分别占据隔一条马路的四层、五层楼房,相互对打。手枪、步枪、机关枪都用上了。交通要道上堆起工事,路边上挖开战壕,十字路口设有路障,时不时有枪声响起。后面的山头上,疏疏落落的树林里,还不时地往对方放枪,炮弹可以直接打到湖边。那时候山上的树没有这么茂盛。楼房的窗户玻璃都震碎了,装着高音喇叭,一阵一阵喊话,一阵一阵念语录,一阵一阵谩骂对方,一阵一阵唱革命歌曲。他们太虔诚了,总想用自己的豪言壮语盖过对立派,有时候他们喊的是同样的口号,念的是同样的语录,可又枪炮相向,互相杀戮。"

白小琼像听传奇故事般,目不转睛地望着汪人龙。

汪人龙的眼里噙着泪,说话的声音哽咽了:"迅宝……迅宝他,就是在穿过马路时中弹的。"

沈迅凤顿时收住了脚步,转过脸来看看汪人龙,又向汪人龙手指的马路中央望去。

汪人龙的手臂抬了一抬,又垂落下去,声音低沉地说:

"到省城医院去看病,省医也是一片寂寥肃杀景象,窗户上都钉着木块,涂着墨汁或是红漆,厕所泛着恶臭,走完一条长走廊,才找见两个值班医生,说所有科室都停诊了。省城里在武斗、开打,哪个还敢上班啊!这两个医生都是骨伤科的,说是怕有武斗伤病员送进来。听说我们是看牙和过敏,两个医生说皮肤科、牙科半个月都没开门了。这样吧,你们是从乡下来的上海知青,我们给你俩一点消炎药,过敏了,牙痛了,吃一点消消炎,不要钱。"

既没挂号,也没收费处,药是医生直接从抽屉里拿出来给他俩的。虽没看成病,却拿到了消炎药,汪人龙和沈迅宝决定想方设法离开省城,回桂山插队落户的寨上去。头天晚上,因为大小旅馆、旅店、招待所一律不接客人,两人只得无奈地步行到火车站,想在火车站候车室猫一夜。猫到半夜时分,碰到"三支两军"进驻省城的白马团官兵巡逻,一家伙把在候车室过夜的所有人员全带到了警备区的收容站,两个人只能和一帮社会闲杂人员在收容站里熬了个通宵。天亮了,一个说广西话的解放军排长带了两个兵来逐一甄别收容人员,这才把他和沈迅宝放了出来。走出收容站大门,回头一看警备区的大牌子,两人才知道昨晚上是在哪儿过的夜。就是这当儿,他俩决定看完了病,哪怕找不到车,走也要走出省城,回桂山去,再不在省城里待着了。走到滨湖公园门口来,他俩就是想到前头不远客车总站,去打听一下有没有开往桂山的车。

买了门票,顺着左侧一条缓缓通向山岭上去的路,一面攀登,汪人龙一面沉浸在回忆之中,给沈迅凤和白小琼讲着他俩那次省城历险的往事和细节,讲着沈迅宝究竟是如何中的流弹。

准备过马路的时候,马路两旁楼房上的枪声已经沉寂了好久。嘈杂刺耳的高音喇叭也像断了电,既没声嘶力竭地号叫,也没有播放雄壮的革命歌曲壮势,连一丝儿杂音也没有。一个中年妇女腆着大肚皮安然无恙地过了马路,躲在墙角里张望的沈迅宝对汪人龙说:"你看,她走过去了,一点儿没事。"

汪人龙道:"你待着,我先过马路。"

"不,"沈迅宝按住汪人龙的手臂,"我知道你跑得比我快。但这会儿不能跑,只能笃笃定定像平常一样走,我先过去,你看看没有动静再过。记住了,不要慌,不要跑。我们一起回桂山去,将来的日子还长着呢。"

说着,像安慰汪人龙一般,沈迅宝朝汪人龙意味深长地挤了挤眼,露出一个甜甜的笑容,坦然地转出墙角,穿过人行道,朝马路对面走去。

汪人龙聚精会神地盯着沈迅宝的背影,这是他自小熟悉的伙伴的背影,这背影宽阔、壮实。汪人龙记得,弄堂里发大水的时候,沈迅宝还背过他,那天上学他穿的是布鞋,而沈迅宝穿的是塑料凉鞋,为了他的布鞋不被水浸透,沈迅宝背着他,走过了那截水面,汪人龙永远记得,从沈迅宝背上弥散出的那股浓烈的男子汉的气息。他俩是同龄伙伴,可从生理上说,沈迅宝发育得比汪人龙早,故而他时时处处照顾汪人龙,关心汪人龙,护着汪人龙……

就在这当儿,枪声响了,汪人龙惊骇地瞪直了眼睛。沈迅宝的手举起来捂住了腹部,他挣扎着往前走了一步,又一声枪响,像炸弹爆炸般汪人龙惨叫起来:

"迅宝……"

沈迅宝倒在了马路中央,血从他的腹部、头部淌出来。汪人龙不顾一切地扑过去,拿出手帕,脱下衣裳,试图捂住沈迅宝头部、腹部淌出的血。可是没用,没一会儿血就染红了马路中间的柏油路面。沈迅宝仰面朝天躺倒在马路中央,一双惊骇的眼睛瞪得老大,汪人龙想把他黑白分明的双眼捂上,可他抹了几次,沈迅宝的眼睛始终直瞪瞪地大睁着。

说话间他们走到了半山坡的一个岔道口,三个人的脸色沉郁,汪人龙讲起的往事也传染给了沈迅凤和白小琼。

沈迅凤的眼圈红红的,目不转睛地瞅着汪人龙。汪人龙把眼神移开,不敢接触沈迅凤的目光。沈迅凤的双眼,长得和沈迅宝太像了!

白小琼紧抿着两片薄薄的嘴唇,沉吟着什么。

收盘江石的朋友和一位中年汉子站在岔路口迎候他们,朋友指着个儿瘦小的中年汉子道:

"他是滨湖公园的负责人。"

汪人龙和瘦小个儿握了握手,轻声道一句麻烦了。

瘦小个儿的手往岔路高处指了指,五个人沿岔路走去。

往高处攀了二三十步,绿树掩映之中,出现了两扇未上锁的铁门。铁门边放着两只配色淡雅的花篮,收盘江石的朋友对汪人龙道:

"花篮我替你们办好了。"

瘦小个儿说:"这是全省目前留存的唯一的武斗墓地。"

白小琼疑惑地望着公园负责人:"武斗墓?"

瘦小个儿淡淡一笑:"你看过就知道了,不是为了纪念武斗,只是想留住这段历史的记忆。怪了,这几年,来祭奠、缅怀、甚至献花的,还真不少呢。原先是不开放的。"

推开铁门,高耸的枫叶和银杏树影间,高高低低、错落凌乱地坐落着一座座墓碑。

瘦小个儿指着墓碑群道:"武斗死了人,有钱的厂矿和单位,墓碑就制作得大一些,也考究一点。"

他指着几座耸立在树梢间的墓碑说着,还走近了身边一座碑,指着底座上的文字道：

"你们来看，这里清晰地写着：'为誓死捍卫毛主席的革命路线英勇献身的死难烈士永垂不朽。'"

白小琼抢在前面，俯身细看着，又从包里取出照相机，把这些镌刻得深深的文字拍摄下来。

瘦小个儿并不干涉她的举动，指点着几座矮小一些，有的底座已经开裂的墓碑说："没钱的单位或者红卫兵组织、造反派组织，做的墓碑就小些，粗糙马虎一点，但是上面刻写的文字都是差不多，都表现了'为有牺牲多壮志，敢教日月换新天'的豪情。"

"像我哥哥这样的无辜者呢？"沈迅凤不由得发问。

正朝着墓碑群拍摄的白小琼停止了摄影，回过头来。显然她对此问题也很感兴趣。

瘦小个儿道："有不少呢！这里埋着的死者，最年长的五十七岁，是个老太太，她当时正在半山坡上自己的家里吃晚饭，天黑了，她没熄灯，一发炮弹从天而降，房子炸塌了，她死在里头，生前她哪一派也没参加过。还有一个年龄最小的，才九岁，放学路上，被流弹打死。最惨的是湖滨，一场血拼式的武斗下来，打死的人倒在湖里，湖水染红了半边，那是酷暑盛夏啊！两派交战之地，谁敢去收尸？等到军管以后，事态平息下来，可以收尸了，尸体都腐烂了。收尸的人戴着皮手套，去抬尸体，腐烂的尸体一捞上来，血肉都随水碎了，剩下的是一把骨头。"

有轻风拂来，吹起几朵凋零的碎花。墓碑前寂静无声，几个人的脸各自朝着一面，都不向别人瞧一眼。

唯有瘦小个儿还在介绍："看，这儿呀有个全国著名的作家，悄没声息地来看过之后，写下的一首诗，可他不署名，我读后觉得颇有意味，让人刻在这里。"

顺着他手指的方向，众人移步到一堵大理石砌起的墙边，镌刻着一首古体诗：

祭山城墓

四月春浓到山城,
清明时节祭故人。
多少热血染湖红,
冲天豪情化烟尘。

一个同时代书者于乙丑春日

白小琼刨根究底地追问:"这是哪一个全国著名的作家呀?我们知道么?"

瘦小个儿双手一摊,淡淡地笑道:"我说出他的名字来,你们一定都晓得他和他的作品。不过,他写下这首诗以后,我要求他允许我们公园镌刻下来,立在这里。他思考了一下以后,答应了我的要求。不过,他提出一个要求,不要公布他的姓名,否则他就不同意我们镌刻他的诗文。"

白小琼依然不依不饶地问:"你告诉我们吧,我们不对外传。"

沈迅凤不悦地横了她一眼。

瘦小个儿摆手:"我对他有过承诺,该遵守。不过我可以提醒你们,首先,他是你们同时代人,深切地了解这段历史。其次,书者已经透露了他的身份,是个作家。"

沈迅凤见快走到陵园的后墙边了,忍不住问道:

"我哥哥的墓在哪里?"

瘦小个儿显然已经事先搜寻过,他指着茅草足有半人深的一个角落道:"就在那儿。这是墓地里唯一的一座外省无辜者的碑,好几年没人来过了。"

大家随着他步履沉重地走过去。

深及腰部的茅草被拨开,幽暗潮湿的墙角边,竖着一座齐及女士肩部的墓碑,四四方方的一根水泥石柱,顶巅呈锥状。仿佛被水淋过的墓碑上,书着"上海知识青年沈迅宝之墓",旁边一行小字,注明了立碑的日期,一九六九年仲秋。

陡地,汪人龙发出一阵痛彻肺腑的哭声,只见他在众人身旁踉跄了一下,一个箭步扑到墓碑前,猛地张开双臂,紧紧地抱住了湿漉漉的墓碑,双膝跪在碑前,哭叫着说:"迅宝,兄弟看你来了!迅宝,你听得见吗?迅宝,兄弟对不起你啊!迅宝,我的好兄弟,我们多少次向往过的好日子,现在来了,迅宝啊,你知道吗?

你睁眼看兄弟一眼啊,呜呜呜……嗯嚇……"

说到最后,汪人龙情不自禁地将自己的额颅,"咚咚"有声地撞击着坚硬的墓碑。

他的这一番举动,所有的人都没料到,既没鞠躬,也不上香,更来不及将带来的两只考究的花篮献在墓前,他却已然哭倒在沈迅宝的坟墓跟前。

现场一片安静。

人人都镇静地瞅着他的几乎失态的哭号。

沈迅凤呆痴痴地伫立了片刻,忽然像苏醒过来一般,联想到了自己是沈迅宝的妹妹,她随之跌跌撞撞扑到墓前,也跟着凄厉地尖声哭了起来:"哥哥,哥哥,迅凤妹妹看你来了!是你下了乡,死于非命,我中学毕业时才得以留在上海,进了工矿。哥哥呀,妹妹……"

沈迅凤支支吾吾的嘟囔被一阵悲恸至极的哭声淹没了。

墓地寂然。

相关和不那么相关的人都低首垂肩,肃立在沈迅宝墓前。

一阵风吹来,浓密的树也被吹得飒飒发响,有几滴雨落下来了。

十四

白小琼深深地被汪人龙这个男子汉吸引住了。当汪人龙的额头叩击着墓碑"咚咚"作响时,她真想不管不顾地扑过去阻止他的莽撞和内心里深沉的悲痛。就在这当儿沈迅凤已经抢先一步扑了上去,可是沈迅凤没有阻止汪人龙发疯般的撞击。顷刻之间,汪人龙的皮肤撞破了,额颅上沁出血来,殷红殷红的血迹顿时染上了洇湿的墓碑。是收盘江石的朋友和瘦小个儿一人扯住汪人龙的一条胳臂,才把他扯离开沈迅宝墓碑的。

两只花篮献到不起眼的墓碑跟前,几个人一起朝墓碑鞠躬时,汪人龙又一次双膝着地,在沈迅宝墓前虔诚地跪下了。

目睹了这一切,白小琼内心翻江倒海,活了二十好几岁,人生第一次,白小琼发现世上真有这种比兄弟姐妹更真挚的友情。完全看得出,汪人龙是真悲痛,发自肺腑地对于朋友青春早逝而痛苦。白小琼还敏感地察觉到,汪人龙痛不欲生的缅怀中,还含有对他自己当年没有保护好朋友的自责。

这一点尤其令白小琼感动。她站在一旁,神情漠然地瞧着眼前突如其来发生的这一幕,内心深处却是极为震撼。瞧瞧,沈迅凤是死者的亲妹妹,她对哥哥的感情,都比不上汪人龙哩!怪不得这个女子会不离不弃地追随着汪人龙,也许她早就意识到汪人龙的非同一般之处了。

白小琼是知道汪人龙和沈迅凤之间的情人关系的。这在父母一辈的老知青中,不是什么秘密。

他听自己的父母讲起过他俩之间那么一层暧昧的关系。她的父母觉得,她必须要了解这一点,才有可能接近真实的汪人龙。

白小琼对自己的父母没多深的感情。她的父母当年在桂山地区插队,由于出身好,由于劳动表现过得去,她的父母插队两三年以后,就被抽调出来在县城里安排了工作,父亲被分配在供销社,先当营业员,后来当了个基层小干部;母亲被分配在城关小学教书,结束了知青生活,有了一份维持生计的工资,又是一起从上海来的,他俩顺理成章地恋爱、结婚,在县城里筑起了一个小窝。

在插队落户没有结束之前,他们的小家庭是成百上千对桂山知青、省城知青,尤其是上海知青羡慕的对象。碰到赶场天,逢到全县召开大会,他俩的小屋是难得到县城里来的男女知青们经常落脚的地方,他们进屋来环顾一下用石灰刷得雪白雪白的墙壁,望一眼收拾得干干净净的卧室,在卧室外的小屋里坐一坐,喝一口茶水,歇歇脚,时常来的人多了,外间小屋坐不下,还得去邻居家借来板凳,坐在门口抽烟、喝茶。不少知青,特别是暗中相好了却轮不上抽调的男女,当着他们的面,都会露出极为艳羡的神情。有的甚至说,哪一天我们能像你们这样,这一辈子也就值了。

那个年头,她的父母在知青中,是多么风光、多么得意啊!

白小琼生下来以后,由于父母都有工作,便把她送到上海外婆家。白小琼是在外婆的悉心呵护和抚养之下长大的,和父母多半处于分离状态。不过,只要父母回上海来,总是尽力满足她的一切大大小小的要求。她对父母还是思念和依恋的,但她感觉更亲的,仍是外婆。她小时候,外婆总是用掉了牙齿漏风的嘴喃喃地对她说:"你是外婆的心肝宝贝。"

长大以后,白小琼由衷地感觉到,她真是外婆的心肝宝贝。她考上了大学,到学校去住宿,外婆哭了。泪水从外婆布满皱纹的脸上淌下来,白小琼深切地体会到"心肝宝贝"是什么滋味。每个周末,逢到白小琼回家的日子,只要白小琼不进屋,就是再晚,外婆是绝对不会上床睡的。白小琼给外婆画过一张肖像,就是这张充满了她对外婆深情的油画,让她在同学中脱颖而出,学校里一位饱经沧桑的老画家,油画系的创办人,美术学院的院长,看到她这张画,主动对她说:"你该继续深造,读研究生。"

白小琼听了院长的话,考上了研究生,成了著名油画家的关门弟子,院长亲自当了她的导师。她的绘画才华得以循序渐进地不断进步。没等她研究生毕业,没等到享她的福,外婆去世了,父母赶来上海为外婆奔丧。趁奔丧的那些天,父母洞悉了上海的房产形势和动态,当机立断地办理了提前退休手续,双双回到了上海,恰逢外婆和小琼相依为命的那间后厢房轮到动迁,他们一家三口在浦东的卢浦大桥堍分到了两室一厅的房子。用他父亲的话说,总算在退休之前,踩准了一个点,赶上了末班车,终于回到了梦寐以求的大上海。曾经是千百万知识青年中佼佼者的父母,看到一起来桂山的伙伴纷纷通过病退、顶替、商调等各种途径回到了上海,而他俩,因为早早成了国家职工,按照政策不能回调,陡然成为整个知青群体中的失落者。现在总算如愿以偿,回到了上海。如今即将研究生毕业的小琼和父母住在三菱小区里,父母对小琼说,他们卖掉桂山的房屋得到的钱,除了留下一小部分补贴养老之外,其余的都给小琼出嫁用。上海人都说,生儿子是建设银行,生女儿是招商银行。父母不指望小琼为家庭招徕多大财富,嫁妆还是会为她准备的,决不会让小琼出嫁时丢脸或寒碜。小琼只是笑笑,其实外婆生前说过不止一次,她那间地段在上海市中心的后厢房,是留给小琼的。现在外婆已去世,她对自己的亲生父母,又能说什么呢?再说小琼因为是学美术的研究生,又受到导师的影响,心气甚高,她对上海滩为婚房引出的无数烦恼事儿,房产证上要不要加名啊,挂名该出到房款的多大比例啊,一概不感兴趣。这几年来,中国的美术作品受到海内外画廊的青睐,她的导师一幅油画动辄卖出几十万元,白小琼心底深处自认为她的画作不比导师差到哪儿去。导师快八十岁了,而她正是风华正茂的年龄,她虽然没像导师那样出过国、留过洋,但她的油画自有青春的长处,女性的优势。还在上美术系本科时,她的一幅习作就被画商以几千块的价格收了去。读了研究生,有画商看中了她的精品,报出价来就是一二万,她还舍不得出手呢。和导师相比,它缺少的是名气,除了潜心绘画,画她心中有深切感受的好画之外,她需要有人替自己包装、炒作。不是一般意义上的包装和炒作,挤进某一画展啊,请人写篇评论啊,对于小琼来说,这都是雕虫小技,意义不大的。她需要的是那种一鸣惊人的效果,需要一个从心底里真正能帮助她的人,这个人要有能力、有办法、有人脉资源,更主要的是有相当的财力,而且真正懂画,懂得她白小琼的价值。父母亲参加完知青聚会,说及汪人龙在组织重返第二故乡之行,爸爸妈妈回来得晚,根本不想回到住厌了的桂山去,在饭桌上一说,讲到了汪人龙这个回沪知青几近传奇的发迹经历,白小琼萌生了认识汪人龙、接近汪人龙、随汪人龙到桂山地区游历的念头。恰好学校对即将毕业的研究生有这笔资助费用,白小琼让父母和汪人龙联系,参加了这个自费旅游团队。

在桂山地区插队时,小琼的父母不认识汪人龙。他们是在上海的联谊活动中相识的,汪人龙听说他们的女儿是个画家,毕业实习恰好有费用,愿意参加他组织的团队,高兴地一口答应。他还哈哈大笑地乐着说:"我正愁这个知青团队尽是年过五十的老头、老太,没跑腿的小青年呢。"

白小琼就是这么参加进来的。刚进入这个松散的团队,她已感觉到,这些当年和父母年龄相仿的老知青,人人都有一番非同寻常的经历,个个都有自己的人生故事,决不像他的父母那样,过得是平平淡淡的一辈子。

今天随汪人龙、沈迅凤来到这个墓地,她的心灵受到极大的震撼,这一片掩映在绿树林荫里的坟墓,那个不肯留下姓名的著名作家写下的诗句,埋葬在这里的每一个死者,对她而言都是一次又一次极具冲击的心灵撞击。如果她在学校领取了毕业实习费用,自己走一趟桂山之旅,她绝不可能来到墓地,绝不可能听到这些闻所未闻的故事。

她这一趟来得值。

太值了。

她觉得自己的心灵中萌动着一些什么东西,想要把握它,一时却又无从捕捉。

在宾馆结账,午餐之后,坐上直驱桂山的客车,白小琼双眼时不时地盯着坐在前面二排上的汪人龙。她觉得这个书画文物经销商,这个当年的桂山知青,身上有着许许多多她所不知道的东西,她无法破解的谜团。你看他没和自己的妻子同行,却公然带着一个情人,一望而知就是情人关系的这一对男女,几乎不避讳任何同行者。直到去了墓地,白小琼才知道,这一对情人还有着和死者沈迅宝的关系。是什么原因,使得汪人龙对沈迅宝有如此深重的感情呢?

难道插队落户的生活,真能使共同生活的伙伴、同学变得比亲兄妹的感情还要深?仅从表面上看去,沈迅凤和汪人龙是不般配的。汪人龙潇洒、淡定、从容自如,有着一股成熟男人的魅力和成功人士的自信,相貌比他的实际年龄年轻多了。而沈迅凤呢,除了收拾得十分讲究,穿得名贵得体之外,无论素质,无论相貌,都只能算是一般般,她以什么秘诀,吸引住了汪人龙呢?

白小琼百思不得其解。凭着女性的直觉,白小琼已然感到,沈迅凤的存在,是她想要接近汪人龙的最大障碍。种种迹象已经显示,沈迅凤几乎是本能地反感白小琼和汪人龙的任何接触。

从相貌、气质、学识和才华来说,白小琼自觉处处都能胜过沈迅凤一头,相信汪人龙不是瞎子,不会不明白。可她有什么办法,能和汪人龙进一步交往呢?

白小琼的心头一片茫然。

客车翻过一道山岗,又向山谷里驰去。车上的应力民瞅着车窗外层峦叠嶂的山山岭岭,带着感情道:

"进入桂山地界了!"

十五

应力民也没有睡懒觉,他是缉毒警,从来没有睡懒觉的习惯。况且他有种莫名的亢奋。

早餐以后,汪人龙去为他的伙伴沈迅宝上坟,季文进、罗幼杏趁着空闲去逛省城的喷水池、大十字,就连行动不便的安康青,也由丘维维推着轮椅,到宾馆附近去转一转看街景。应力民借口去街上买蜡染,去了省公安厅缉毒处。

现代化的通信手段就是高速,省厅缉毒处把他要去桂山屯堡摸清楚毒贩线索的联系人都安排好了,看来局长交给他的任务,是不消费太大心思的。到了桂山,他可以专心致志地调查当年徐眉的失踪案件,想到即将要同桂山公安处的老同事们相逢,一早起床后就变得少有地兴奋。以往,唯有碰到大毒枭露头时,应力民才会有这样的感觉,今天这是怎么啦?莫非,这一趟和众多知青伙伴的桂山之行,真会有意外的收获。

客车上的男女知青们看到窗外久违了的景物,气氛随之热烈起来。他们感慨岁月的流逝,感叹高速公路拉近了漫长的时空和距离,指点着窗外某一处景观叙说当年在那里经历的往事,有几个人还把早上在省城逛街时买的傩戏面具、**蜡染、苗族、侗族、布依族服饰的小木偶、银饰、剪纸**等等旅游工艺品拿出来展示,高声惊叹着便宜,对比着同样的物品上海是个什么价格。有几位信息灵通的人士,说已经调查过了,他们昨晚下榻的宾馆附近,也就是省城市中心地段,最好的楼房价格不过只有四五千,上海现在就是在外环线以外,也不会有这么低廉的房价了……

没有一个人提及当年失踪的徐眉,没有一个人惋惜病入膏肓的方一飞,尽管当年的徐眉案件和方一飞与蒙香丽纯真的恋情传开时,几乎所有的桂山知青都惊讶、唏嘘、喟叹过。

应力民临行之前去拜访徐继阳家,走出那条即将全面动迁拆除的弄堂时,心头就泛起过这样的念头:时光和岁月真是无情,要不了多久,短则两三个月,多则半年一年,徐眉自小长大的那条弄堂,就会被夷为平地,在那个地处上海市中心的良好地段,无论是建起一片人工绿地,还是成片的楼房,抑或是某个文化设施,再不会有人记得徐眉,记得这个自小在那条弄堂里长大的漂亮出众的女孩。随着徐眉父母的离世,徐眉留在这个世界上的所有痕迹,都会被抹拭得干干净净。不是么,现在那条老弄堂还在,那点儿痕迹还依稀可辨,徐眉父亲续弦的林女士,恨不得赶快把它抹去,她急着要安排的,是自己以后的日子。

应力民往椅背上一靠,微张开嘴,无声地吁了一口气。

坐在他身旁的罗幼杏转过脸来,轻声问:"应大,人家都讲得那么热烈,你怎么叹息起来。"

应力民回头望了这个矮小伶俐的老知青一眼,他自认为只是轻吁一声,没想到还是被她听见了。他淡淡一笑道:

"触景生情,我是在感慨人生的易逝。"

"是啊是啊,"罗幼杏连声表示赞同,"而且变化多端。想想当年,都在山乡田土上劳动,戴草帽、挑担子、背蔸、扛锄头、打赤脚,都是脚碰脚一样的,谁能想象得到后来有人变成'瘪三',有人变成老板。"

应力民点一点头,合上了眼睑,表示自己不想多聊。他知道,罗幼杏上车后主动坐到他的身旁,又逮着机会同他说话,主要是在暗示他,别忘了她拜托寻找亲生儿子的事儿。其实上午在省厅缉毒处,和桂山地区公安处通电话时,顺便,应力民已经托了处里的朋友,是否能去户籍处寻找一对当年放鸭为生的沙姓夫妇,他们可能是川黔边境赤水河流域的人。年年放鸭子路过桂山客过亭一带时,该是秋末冬初时节。朋友答应会抽空查查,不会那么快就有回音,应力民也不便对罗幼杏说什么。一闭上眼,他的脑海里,盘旋着的仍是徐眉案件。

从徐眉失踪被公社洞察的第二天傍晚起,兴师动众的寻找工作就开始了。当夜公社组织了各大队的武装基干民兵,控制了全公社土地上的垭口、道路和进出公社的沙砾公路,一夜的盘查无果之后,第二天全公社紧急动员所有的贫下中农和民兵,像搜查县监狱的越狱犯一样,在整个公社的土地上搜寻失踪的徐眉,重点是密林、山洞等藏身之处。三天之后,搜寻工作的八个字也明确提出来了:活要见人,死要见尸。因为超过七十二小时,就有人提出,徐眉是不是活着的话题。随而大规模的盘查搜寻扩大到全县和整个桂山地区,一时间,每个知青点都在讲徐眉,每个村寨都在议论徐眉,春耕大忙季节,不少村寨根据地区革命委员会的要求,停工三天,在属于自己的辖地上组织了地毯式的寻找。

鱼塘、堰塘、山塘的水被抽干了,有可能藏尸的深深浅浅的山洞钻进去打着电筒搜罗了,难以走进去的密林也牵着狗走遍了。这件事惊动了从公社到县,从县到地区、省的各级领导机关,进出桂山地区的火车站,大大小小的客车站,交通要道,都一一进行了排查。如此大动干戈,固然是涉及人的生命,上海女知青徐眉的生命,可应力民清楚,到桂山各个县各个公社插队落户的两千几百知识青年中,游泳淹死的、被汽车轧死的、让裸露的赤膊电线电死的、精神失常跳崖死的、遭奸污后想不通自杀的……发生过不止一起,哪一个知青的死亡都没有徐眉失踪引起这么大的震动。关键还是徐眉的失踪,从一开始就带有神秘色彩,而且处在全国上下对知识青年的广泛关注时期。听说消息很快报告了国务院知青办,国务院副总理李先念发了话,叶帅也讲了话,连周总理听说后都十分重视,下令一定要把失踪者找到……

这一切尽管都是未经证实的传言,处于桂山地区的上海知识青年却都起劲地传播着,积极地参与到寻找搜索徐眉的行动中去。应力民身为知青最清楚,大伙儿热衷于猜测和传播这些消息,一来向老乡和各级干部显示,看,中央领导和各级政府多么重视知青,出一点事儿就传遍全国;二来也显示出知青之间对于各自命运的关切,知青虽然散在各个村寨,一旦有事,还是会极快地抱团奋起,显示一股潜在的力量;三来参与搜山、开会,参加座谈会,总比下田地干活轻松,乐得多找几天。有些生产队,队长安排知青干活,知青干脆以"徐眉还没找到,没心思"公然拒绝。

应力民正式从生产队知青点被刚成立的"徐眉专案组"抽调出来,做的第一件事情就是拿着徐眉的照片,专程步行几十里山路,找到县城照相馆,连夜翻印出几百张徐眉的照片。专案组只要求他翻印六七十张照片,够各个要道口用就可以了。由于应力民下乡之前爱好摄影,自己也在家里用黑布蒙住窗户印过照片,到了照相馆,他配合暗房师傅,一个通宵印出了二百多张徐眉的一寸照片。他还同暗房师傅商量,把徐眉的照片放大了十几张,出色地完成了专案组交给他的第一个任务。

照片被分送进车站、旅馆和各县各个乡镇及有关部门。应力民就此跟着专案组展开了活动,参加了一系列的座谈会和保密的案情分析会。

徐眉的失踪太为蹊跷,各种各样的猜疑、推测和假设层出不穷。

有人说徐眉去年春节刚回上海去探过一次亲,偏远山乡和上海的生活条件实为天壤之别,探亲回来,她会不会感觉对比太强烈,吃不起乡下的苦,又偷跑回去了?

这一推测很快因徐眉父母徐继阳和吕媚的到来而否定了。经徐眉父母在场一起清点,徐眉留在知青点女生卧室的物品计有:《毛主席语录》一本,毛选四卷一套,褥子和垫毯各一条,垫单两条,厚薄被子两条,枕头两只;布料、毛料内外衣裳共十二件;的确良衬衣长、短袖各一件;绒线衫厚、薄各一件,绒线毛褂一件;球鞋两双、布鞋一双、皮鞋一双、套鞋(高帮)一双、塑料拖鞋两双;箱子大、小各一只,旅行袋大、小三只,钢笔、圆珠笔各一支,手电筒一大一小两只;现金75元;布票一丈五尺七寸,棉花票一人份一张,信纸一本,信封四只。在徐眉张起的帐子后面泥墙上,挂着一只面具,雕的是一个古代英雄少年,眉目清秀明朗,涂的是白油漆。女知青们异口同声地说,这不是徐眉的东西。不知是哪个挂上去的。经老乡辨认,这是当地农民搞封建迷信跳神时用的傩戏面具,不可能是徐眉的物品。

除了她失踪当天穿去的衣裳和戴着的手表等随身物品,还有一套碗筷炊具之外,这就是徐眉失踪时的全部财产。

应力民是人生第一次参加查案,竟然把徐眉当年知青时代的物品在笔记本上全记录下来。其实,当年哪一个知青的人生财富,都和徐眉留下的差不多。

除了广泛发动群众大规模地搜寻之外,专案组综合种种反映和可能,还对徐眉有没有可能自杀、奸后凶杀、陷入情杀旋涡、遭人非法绑架甚至故意躲藏到上海附近的亲戚朋友家去、偷越国境等等众说纷纭的猜疑和议论,进行了一系列的排查。

通过有关部门联系到省军区,反馈的信息是徐眉失踪期间,边境上未有任何非法越境事件发生。

派驻江、浙两省和上海地区的外调人员回来报告,在同一时期都没有徐眉的踪影和消息。

而一再扩大的搜寻也未能发现和徐眉有关的任何蛛丝马迹。

在桂山地区公安处安排的招待所里住了三周之后,徐继阳和吕媚无奈而失望地回了上海。上海知青办陪同他们夫妇的一位工作人员,日夜陪伴着他俩,可说是关怀备至,形影不离。临上车前,他们留下了一句话:

"我们的女儿是响应伟大领袖毛主席的号召上山下乡的,现在音信全无,你们总得告诉我们,徐眉在哪里?"

徐眉在哪里?

直到两位老人分别离开人世,也无法回答他们。

两位老人回了上海,广泛地大规模地搜寻排查活动告一段落,专案组对经多次筛查而露头的几个人嫌疑人进行了重点讯问。

其中包括:一个以猛烈攻势追求过徐眉的省城知青,他是一位干部子弟,曾经公然放言要把桂山上海知青中的第一美人追到手。另一个是徐眉下乡的客过寨附近大队的革委会主任,他有过猥亵女知青的劣行。还有四五个前后不同时期和徐眉谈过"敲定"的上海知青。

不到一个月时间,这些身上或多或少比常人多一些疑点的人物,一个个被排除了嫌疑。唯一身上疑点重重，一时没有证据排除嫌疑的就是徐眉失踪当天约她去赶场的岑达成了。

岑达成上升为第一重大嫌疑人，最大的疑点是，他所说的和徐眉分手以后，到回进寨子上的时间之前，足足有好几个小时，他去了哪儿，说不清楚。他说买了酱油、盐巴之后去了另一个知青点上玩，后经核实，那个知青点的男女异口同声说他那天没来过。问他究竟去了哪里，他支支吾吾，吞吞吐吐，一会儿说记不清了，一会儿说坐在路边和出售天麻的老乡聊天，一会儿又说去了埠壳堰水库看风景。经查实，他说的全是瞎话，路边卖天麻的老乡说他只来问过一声，天麻多少钱一斤，拿起他的一只天麻看看，丢下就走了，没聊过天。埠壳堰水库看水员说："赶场那天是有一对上海知青坐在湖边谈恋爱，没见一个男生单独过来过，肯定没见过岑达成来过。通到这水库的只有一条路，一天到黑也没几个人来，哪个真来过，我会记得清清楚楚。"那一对趁赶场休息躲到湖边来谈情说爱的上海知青也找到了，他们说在湖边坐了三个多小时，在岑达成说的时间段内没有见过他。

岑达成为什么要编瞎话？

他的心中到底有什么鬼？

把查实的底细全告诉他之后，他的额头上爬满了豆大的汗珠，一脸的惊慌失措，眼神散乱。

再追问他，他就一言不发，保持沉默。

这样的情况，怎能轻易放他呢，他的嫌疑怎会不迅疾上升呢！应力民都认定了他是有罪的，或者说是知道徐眉行踪的。

在岑达成死不开口，拘审处于僵滞阶段时，专案组到岑达成插队落户的知青点上做外调。和他住在同一卧室里的男知青反映说，有一回喝了酒，岑达成借着酒兴讲起过约徐眉在青松林里幽会时，和她亲过嘴，还同她拥抱过。另一个显然对岑达成有意见的知青用揭发的语气道：岑达成还喜滋滋地讲过他摸徐眉乳房的感受，说她的乳房大，柔顺，摸上去的感觉如何如何，那一天他差点就能把"生米煮成熟饭"了，可惜正在两个人相拥相吻到如醉的地步，一个放牛的娃崽在青松林边"哇哇"喊了起来……

外调回来继续审讯时，点到这一节，岑达成全盘承认。他强调说，正是因为有过这些感情,两人之间有那么一层意思,他才敢于约她赶场时同行,也正是因为他深深地爱她,他才绝不可能伤害她,更不可能像他们分析的那样谋害她,他怎么可能去害死一个自己深爱的女人,你们想想不可笑吗?

拘审再次进入停顿状态以后,就进入了后来长达一年的"马拉松"。轻易放了他吧,无法向上级交代,无法向广大知青特别是上海知青交代,更无法向徐眉远在上海焦虑等待的父母交代。而继续关押着把他审下去嘛,找不着岑达成进一步的证据,疑点仍然是疑点,而作为公安部门,作为专案组,拖的时间愈长,以后会愈被动。必须找到案件的突破口,找到破案的途径,找到新的办法。

应力民可以坦然地告诉所有向他问及这一案件的知青,在他参与拘审岑达成以后,从未对他进行过逼、供、信,连一句诅咒斥骂的话都没对他说过。无论是主审的公安处审讯专家,还是抽调来的省城知青,他们任很好地遵守着拘审的纪律。可作为过来人,应力民得实事求是,在他们正式接手这个专案之前,岑达成作为第一号重大嫌疑人,在以公社为主进行审问时,或在县里有关人员审讯他时,是有过打骂行为的,这从他们接手案件时,岑达成皮肤上的伤痕看得出来,他本人也曾吐露过,他遭到过毒打。另外还有一点,应力民也得客观地说,毕竟以拘代侦的时间长达一年多,地区公安所属的看守所条件差,阴暗潮湿,污秽味浓烈,岑达成又是未结犯,既不能让他出去劳动改造,也不允许人探监,他又有抵触情绪,无论坐着、躺着,他都一个姿势呆痴痴地不动,时间长了,他的眼睛看人时傻呆呆、憨乎乎的,目光久久地凝然不动,更由于他情绪压抑,心事重重,整日里忧郁不悦,睡在床上的时间,一天比一天长,四肢不同程度患上了肌肉萎缩症,身体状况急剧下降。想想,他能作为徐眉这样一个眼界甚高的漂亮女孩的"敲定",进入徐眉的恋爱视野,当时也确实是个英俊健美的小伙子,知青中的佼佼者。后来他的身体恶化,不能不承认是和他这段被拘审的日子有关系。他的这段经历,同样影响了他回上海之后的求职、恋爱、结婚、组建家庭。由于害人的嫌疑始终没有消除,哪个上海姑娘敢嫁他啊!到头来他娶的是个苏北响水来上海做钟点工的乡下妹子,如今他还要依赖做钟点工的老婆打工来养活,日子过得是很寒碜的。

这也是应力民会一次一次想到岑达成,并且逮着理由就去看看他的原因。

一阵手机铃响,打断了应力民的沉思默想,他摸出手机的同时,陡地察觉到,刚才一度热闹非凡的车厢安静了下来。他接听手机。

"应大,到了吗?"手机里响起一个似曾相识的声音。

应力民抬起头往车厢外望了望,大客车正在一个大转盘拐弯,他连忙道:"进桂山市郊了,车子正在大转盘这儿。"

"那就快了,我们处长说了,你到了桂山,就由我们公安处全程接待,你是重返第二故乡,又是公安处的老职工,还身兼公务,我们理该把你包下来。"似曾相识的嗓门充满热情地道,"处长务必让你和同行的知青说一下。我们的车就在客车总站上等你,晚上为你接风。"

应力民拼命在自己的记忆里搜索,想回忆起这个嗓门是谁。但他想不出来,只得放缓了语气,客气地问:

"你是……"

"我是小桑啊,公安专科学校的毕业生,刚分配到地区公安处工作时,你还带过我三个月呢!可惜只有三个月,你就调回上海了。"

一个团团脸的小伙形象浮现在应力民眼前,大眼睛,板刷头,是个聪明灵活的年轻干警。应力民"哈哈"笑出声来:"小桑啊,我说声气咋这么熟呢!你先替我谢谢你们处长,就说我很快到。"

身边的罗幼杏,双眼瞪得老大,饶有兴趣地侧耳听着应力民通话,眼里闪烁着充满希望的光。

十六

车还没到目的地,已经有人打电话来,要为应力民接风洗尘,惹得一车的男女知青们羡慕不已。人们纷纷议论起来:

"还是应大神气啊,人都没到,行程就全给包了。"

"有权就是好啊!缉毒大队大队长,讲起来多么神气。"

"那也不一定,有人在机关里熬死熬活,熬成个处长,手下只有两个兵,有多大的权?"

"也要看人的,有的人官当大了,没几个知心朋友。"

"应大不一样,他在地区公安处干过,有贡献,有基础……"

……

罗幼杏欣喜地环指了一下车厢,悄声对应力民说:"你听听,都在夸你呢!看来你真是个好人。"

应力民摆了下手,只淡淡地道出一句:"谢谢!"

心里则完全不以为然。

罗幼杏窥视般瞅着他脸上的表情,像是看透了他的心思。她主动道:"看得出,你的头脑十分清醒。我正想请教呢!"

应力民的脸向罗幼杏转过来:"你说。"

"到了桂山,你看我是先在市里面寻找两个放鸭子夫妇的踪迹呢,"罗幼杏把声音压得低低的,有点不好意思地直奔主题,"还是赶到当年插队的村寨去,打听那两个人的情况?"

应力民脸上的神情显示,他完全理解她的心情。他沉吟着道:"受你之托,我今天上午和桂山公安处通话时,已经拜托他们处里做信息搜寻的人,打听一下这方面的情况……"

罗幼杏心头一热,没想到,应大真把她的事儿挂在心上,她连忙道谢:"那太谢谢你了。"

应力民又做了个不必谢的手势:"所以,就你所说的情况,我觉得你还是先从自己当年插队的村寨上,也就是从根子上把情况摸清楚好些。"

罗幼杏皱紧了眉头:"当年放鸭子的夫妇,本来就是从远方放牧游走过来的,我找什么人打听才好呢?"

"是有点悬。"应力民点头给罗幼杏分析,他习惯性地摊开一只手,"你要有思想准备,困难会很多。"

"我有这个思想准备,"罗幼杏赶紧点头,眼里灼灼放光,"不过我铁了心。"

应力民赞许地:"有决心就好。对于我们当警察的来说,只要有过事实,有过这样一对放鸭子的夫妇,而且知道男的姓沙,就没有查不到的。你下到插队的寨子,首先要打听的,是三十来年前这种放鸭为生的情况,现在还有么?"

"哎呀,你点得太好了,应大。"罗幼杏兴奋地欢笑起来,嗓门也一下提高了,她伸了伸舌头,又放低声音道,"让你这一点,我想起来了,那一对放鸭子的夫妇说过,他们是承揽了生产队里的活儿,放一批鸭子,要给队里交提成。提成之外,赚的钱,无论是鸭蛋、鸭群,都归他两口子。在那个年头,多少是有一点活钱赚的。"

应力民赞同道:"你这一说,我心中就有底了。那个年头搞大集体,都允许这么做。现在改革开放了,看来,这样的生产方式,还会存在。"

罗幼杏眉开眼笑,一扫之前愁眉不展的沉郁脸相,她拍着巴掌说:"我下去之后,就先找游走在溪河边的放鸭客打听,他们从哪儿来到哪儿去,打听到川黔之交赤水河一带来的,再慢慢打听当年那一对姓沙的夫妇。"

"对,就是这个方式。"应力民虽然觉得这事儿把握不大,但见她这么兴致勃勃,也不想扫她的兴,"我再通过地区公安处,从上面给你了解一下放鸭子这个社会群体的情况。"

罗幼杏又是一迭连声的感谢,可她的道谢之声,被一阵锣鼓的铿锵喧响淹没了。罗幼杏抬起头来,往车窗外望去。

嗬,客车正在驶进一座大宾馆门前的院坝,宾馆的台阶上,拉起一条大红横幅,上面写着:

"热烈欢迎上海知青重返桂山!"

红色的横幅下头,一帮扎着红绸的姑娘,在悠扬的音乐声中舞着秧歌,几个年轻小伙,有板有眼地擂响了锣鼓。

车厢里的老知青们面面相觑,季文进站起来笑眯眯地问:

"是什么人把我们来的消息告诉他们的?"

汪人龙在前头往起一站,拍了两下巴掌,对大客车上的老知青们道:"地陪刚才说了,他们把我们这个团队的情况给桂山地区,也就是现在的桂山市里面一说,市旅游局十分重视,说我们的到来是对桂山旅游事业发展的促进,桂山地区曾经有过几千上海知青,如果能吸引这些知青人人都带着家人、朋友来一趟,桂山的旅游就会上一个台阶,在上海产生影响。所以他们组织了一个简短的欢迎仪式。各位注意了,下车以后,不忙拿行李,先参加仪式。仪式完了,地陪会把每个人的房卡交到你们手中,行李也会有服务员送到你们的客房。我再说一句,进客房盥洗也好,到宾馆附近散步逛街景也好,每个人一定要在五点四十五分之前,到达二楼的青松厅吃晚饭……"

"不就是吃自助餐么,也要规定吃饭时间?"罗幼杏不解,放声问。

汪人龙正色道:"桂山市分管旅游的副市长和旅游局的局长一起,要宴请我们这个团队。这是大好事,请各位务必遵守时间。"

罗幼杏笑了,看来这正是个好兆头。人刚刚到,晚饭已有官方安排了。碰到了应大,形成了下村寨去寻找当年放鸭子夫妇的思路,比起离开上海时心中一点无底的情形,她现在对桂山之旅充满了希冀和憧憬。

人家都安排妥了,一切就进行得顺当、自然而又愉快。

欢迎仪式果然隆重、热烈、简朴。客房里的一切也让罗幼杏十分满意。她没想到,桂山市里,现在竟然也有了四星级宾馆,说真的,这些年来罗幼杏始终背时,穷得手头拮据,还没住过四星级宾馆哩。昨晚在省城住的是三星级,总以为越到下面,住得会越差些,没想到越住越高级了。由副市长出面宴请的晚餐十分丰盛,尝到了没吃过的风味小吃,又体验了宴会的场面。尤其是副市长说的那一番话,让当年的老知青们心头热乎乎的。副市长说他是在桂山村寨长大的农家娃崽,是上海知青的到来,在偏僻闭塞的寨子里办起了小学堂,他才得以读书、认字。是从知青老师的嘴里,他第一次晓得了大山外面的世界,故而他始终对桂山知青十分尊重,如果没有上海知识青年来到桂山,也许他这个农家娃,至今仍在村寨里当一个追牛屁股的庄稼汉……副市长的话引得老知青们热烈的经久不息的掌声。

在上海,有什么人会对这些老知青说出如此感人肺腑的一番话来呀?像罗幼杏靠打零工维持生活的下岗知青,人家不蔑视你,已经算客气的了。老知青们纷纷举起杯中的土酒向副市长敬酒,会喝的开怀畅饮,不会喝的也喝得脸红脖子粗。副市长说,这红红的土酒,当年由少数民族敬献给毛主席,毛主席喝了一口,连声说:"好酒,好香,好甜!"听副市长这一说,知青们喝得更畅了!酒喝多了,地位感、身份感消失了,随着酒意增浓,老知青们唱歌的、跳舞的、说短信段子的,场面空前热烈,个个兴奋异常,笑声不断。

罗幼杏回到客房的时候,脑袋沉沉的都有些晕了。辣香浓郁的地方菜,带一点甜味的酒,她也贪杯了。

她还是同白小琼住一间标准房,这小姑娘不知是随老知青们散步去了,还是去办自己的事,临近八点了还不回屋。

罗幼杏顾不得等她,在洁白如玉的浴缸里放了半缸温热温热的水,脱光了衣裳泡进水里。

不知是酒意使得血脉贲张,还是宴会热烈的场面使她处于亢奋状态,赤身裸体泡在浴缸里,撩拨着清澈晶莹的水波,揉摸着自己的胸腹,她有一种飘飘欲仙的感觉。

活过了五十多岁,半个世纪,她罗幼杏什么时候过过今天这样的日子?吃丰盛的宴席,住四星级的宾馆,泡在这么安逸温热的浴缸里,这么舒服自在的日子,全是何强给她提供的,这个冤家!

如果何强不让她到桂山来寻找儿子,何强不为她提供重返第二故乡的费用,她哪里有能力回归,哪能享到今天这样的福?她一定要想方设法找到亲生儿子,带着儿子和何强复婚,不,不是复婚,是正式结婚。她当年怀上何强的儿子时,没和何强结婚,结不成婚,也不敢结婚。

可是,平心而论,她同何强是有感情的。几十年过去了,她又嫁过,何强发迹以后也又娶了妻,扪心而论,幸福吗?

没有幸福可言。罗幼杏因为不能再生育,第二次婚姻几乎没有任何幸福感。何强是娶了个年轻貌美的妻子,可她除了会花他的钱,背着何强又去找小白脸之外,有什么爱情可言?何强也是经历了这番人生,才会在同罗幼杏重逢时,提出让她找回亲生儿子的。他一定从切身的体验中意识到了,他们当年在一起的时候,才是人生真正的爱情。

这已经是插队落户的后几年,正逢麦收季节,村寨上到了抢收小麦、栽种大麦的忙碌时节。那天天刚擦黑,在大院坝里晒了一天麦子的罗幼杏回到知青点,整了点吃的,才吃到一半,一场不期而至的雷雨哗然而下,罗幼杏心头一紧,丢下手中的碗,拿起脸盆和一根棍子,冲到屋檐下,向老乡遇到同样的情况一样,"咚咚咚"敲打着脸盆底,拉开了尖厉的嗓门,拼命地大喊大叫:

"下大雨啰!快来抢收集体麦子啊!咚咚咚!当当当!"

收了几天麦子,整个生产队的十几万斤小麦全摊晒在集体的大院坝里,为了防止鸡鸭啄食,防止偷盗,生产队长将看守摊晒麦子的任务交给了罗幼杏,让她每隔两三个时辰,就用笊篱将麦子翻晒一遍,逢到下雨,就敲响脸盆,让大伙儿赶来把麦子抬进集体的仓库里去。

这是一个轻巧活儿,一天二十四小时,算三个工。生产队长把这个活派给整日里郁郁寡欢的罗幼杏,带有照顾她的性质。几天麦子摊晒下来,眼看着这些弥散着香味儿的麦子即将干透了,罗幼杏会情不自禁把手心掬起一把麦粒来,凑到鼻子眼嗅一嗅那股令人陶醉的味儿。她对大院坝收获的麦子,无形中有了股感情。这颗颗麦粒里,也有着她的汗水哪!暴雨突然而至,要把摊晒几天的麦子都淋湿了,她心头一阵紧一阵惋惜。尽管回知青点吃晚饭时,为了防止夜间的露水,她已把十几万斤麦子收拢成堆,盖上了大簸席,可老天下这么大的雨,簸席也挡不住雨水啊!

集体的粮食是寨邻乡亲们的命根子,老乡们纷纷从院坝里、朝门口带着撮箕、箩筐、簸斗赶到大院坝麦堆前,把麦子往粮仓里搬运。罗幼杏敲打了一阵脸盆,把棍子一扔,也冲到麦堆前,用脸盆装起麦子,直接往仓库里送。

风狂雨猛,一忽儿工夫,就把来回跑了两三趟的罗幼杏浑身上下全淋湿了。

一顿饭工夫,麦子抢收进了仓库。淋得落汤鸡似的罗幼杏走进知青点,赶紧倒水抹干身子,换上一身干净衣裳,重新在炉灶上热晚饭吃。

不晓得是过了吃晚饭时间饿的,还是淋了一身透雨,饭还没热起来,罗幼杏突然全身颤抖,头晕目眩,站也站不稳,她摇摇晃晃走到床边,想扶住床栏,却不料双脚一软,一屁股坐倒在地上。

吓得同屋的女知青尖声拉气地叫起来。

住在隔壁的何强闻讯冲进屋来,背起脸色苍白、直冒冷汗的罗幼杏就往赤脚医生家跑。

赤脚医生稍一诊断,就下了结论:罗幼杏是打摆子!

果然,她一直在喊冷,春夏之交,身上裹了件棉袄,她仍冷得四肢发抖,脸色惨白。

赤脚医生说,只有奎宁能治打摆子,可是他的药箱里没有。这种病在村寨上很少见,赤脚医生也是在部队当卫生员时见的。

只有往公社卫生院送,可公社卫生院远在十多公里之外啊!

生产队长安排了马车,罗幼杏身上裹了一件大棉袄,一床被子,外头又盖一大张塑料布。赶马车的中年汉子说,马车上还需要一个人扶着小罗,要不他撑着马车飞跑起来,把病人颠落下去都不晓得。

同屋的女知青只晓得哭,生产队长瞅了何强一眼,何强一边往身上穿雨衣一边跃上马车说:"我去。"

风雨中,马车颠跑着往垭口上攀去。二十几里弯弯拐拐的山间马车道,马车忽而跑得飞快,忽而放慢了速度上坡。一路之上,何强自始至终搂抱着浑身打战不停地喊冷的罗幼杏。

赶到公社卫生院,夜已深了。

值班医生说,这晚上不送过来,罗幼杏的小命不保。

罗幼杏在公社卫生院住了三天三夜,何强在她床头,陪伴了三天三夜。出院回寨子去的时候,他俩自然而然地好上了。

周围的男女知青们,更觉得他俩的相好是一种缘分。况且,在村寨上,老乡们普遍觉得,晚恋晚婚的上山下乡知青,都是大小伙子和老姑娘,早该相亲了!观念上有一点差异的。

那年冬天,其他知青都回上海探亲去了。男生这边只留下了何强,女知青中唯有罗幼杏没回去。冬腊月间,农活本就少,寒风凛冽,茅草屋里阴冷潮湿,白天还能烤个火,去老乡家串个门,到了夜间,点起一盏煤油灯,更觉孤寂难耐。在一个飘洒凝雪的寒夜,他俩情不自禁地睡到了一起。初尝禁果的日子,虽然惶惑、紧张和恐惧,可他俩还是在暖和的被窝里享受到了两个人一丝不挂抱在一起时的男欢女爱,心灵上有过难以言说的欢悦和快乐。他们终究年轻啊,情深意切天天生活在一起的相互关照,又使他俩之间有一种相依为命如胶似漆的倾心感。到了白天,罗幼杏还有一种盼望,盼望夜间快点来,盼望夜深人静时有狗叫的那股茅草屋帐笼里的氛围,盼望躺在何强怀抱里的温馨和体贴。

孩子就是在这段时间里怀上的。可以说,在察觉到生理上有些异样开始,罗幼杏就处在不安和忧心之中,处在要隐瞒这一真实的惶恐之中。她觉得孩子来得不是时候,她觉得这是一个无法摆脱的麻烦和累赘,可她和何强又不晓得怎么应付孩子的到来。

他们又不敢声张,不敢和人探讨,只是无可奈何地任着孩子在她身体里面日夜长大。罗幼杏哭泣过,几次想过堕胎,对外她还要应付周围疑惑的目光和询问:为什么胖了?

正是在这种无尽的烦恼和忧愁氛围笼罩下,孩子生下来了,千不该万不该的是,他俩连给孩子的名字都没取,就把他送了人!可这能怪他俩吗?要是传开去,他俩没结婚就生下了一个孩子,那影响会传遍全县全桂山地区,那样的话,上调是绝不可能了,他们俩也将无颜面对所有的知青,所有的老乡。那个年头,整个社会风气和氛围就是这样啊!姓沙的放鸭子夫妇是何强认识的,事情也是他出面谈的,当一切都谈妥以后,这对夫妇拎着一提篮鸭蛋,走进了罗幼杏的卧室。他俩好像还留下了一点钱,让何强再买点鸡蛋、营养品什么的,是多少钱罗幼杏记不清了,孩子被抱走时泪水糊满了她的脸,她觉得产后本来就虚弱的身子一下被掏空了,空得她一无所求,一无所思,一无所虑。随着担惊受怕的消逝,她感到对何强的恋情,对生活的热情,对未来的激情也一起流逝而去……

卫生间外传来了开门声,好像是白小琼回来了。直到这时,罗幼杏才惊觉到,浴缸里的水温凉下去了。她一边拧开热水龙头,一边忙慌慌在浴缸里站起身来,一边对外喊:

"是小琼回来了吗?我在洗澡,马上就好,马上就好。"

"没关系没关系,你尽管洗,我还要忙一阵呢。"小琼的嗓音传进来。

卫生间的大镜子已被雾气遮住了半边,可镜子里仍清晰地映出了罗幼杏结实的裸体。是长年打工干体力活的缘故吧,罗幼杏一点没发胖,可她也不瘦。这年头,饭还是能吃得饱的。罗幼杏面对硕大的镜子,不由得双手托住了自己的乳房,她不无满意地看到,她的一对饱满的乳房没有下垂,而有些同龄女性,不是乳房缩微,就是往下垂落,她还没这么惨。这可能也算是悲惨命运中唯一令她聊以自慰之点吧。在心灵深处,她还真的指望,找到了儿子,有朝一日和今天的何强重燃爱情的火焰呢!

有这个可能吗?

她憧憬着。

十七

门搭扣一声轻响,穿了一身内衣的罗幼杏从浴室里走出来。白小琼瞅了她一眼,不由得发现"新大陆"一般道:

"罗阿姨,你的脸涨得好红。"

"是吗?"罗幼杏摸了一下自己的脸,转脸朝门边的立镜里瞅了一眼,顿时,她的脸绯红绯红,还透着几分羞涩。

白小琼乐了:"是你把水放得太热了吧?"

"可能吧。"罗幼杏的双眼晶亮晶亮,"我把浴缸洗干净了,一会儿你可以洗。"

"谢谢,我还要上楼去,回来再洗。"白小琼在她身前的画架上绷着结实细密的画布,双眼望着素白的布画,沉吟着说。

罗幼杏点头:"那好,我就先睡了。你这是要画什么?"

"心中有股想画的欲望,面对画布,我一时又不知从何处下笔。"白小琼凝望着绷得紧紧的画布,朝坐在床沿上的罗幼杏挥了挥手,"你先睡吧,我上楼顶的咖啡厅坐坐。旅游局很热情的,他们见大家兴致高,邀请我们都上去观夜景,喝咖啡。"

罗幼杏伸直了两条手臂,不由自主打了一个哈欠说:"你尽管去玩。终究年轻,精力好啊!我要睡了。"

白小琼带上门,沿着走廊向电梯走去。

走廊里铺着厚实的地毯,阒寂无声。一眼望去,长长的走廊有一股幽深感。其实她也有些累了,昨晚飞机到达省城已过半夜,今天一大早起床,随着汪人龙、沈迅凤去了墓地,下午从省城坐大客车近两个小时来到桂山,没休息多久就赴晚宴,可以说是连轴转,就体力和情绪上来说,她都感觉到了疲倦。但她的心中有一种莫名的亢奋,离开上海、离开熟悉的大学校园,不过就是一天一夜二十几个小时,各种印象扑面而来,一个一个老知青的形象,他们差别甚大的身份,他们每一个人的人生经历和鲜为人知的心事,都像有股吸附力极强的磁性似的吸引着她。她想了解他们,熟悉他们,接近他们,走进他们的内心世界。她预感到,他们每一个人的过去,都会有一个故事。特别是在省城墓地,陡然听说了那段武斗的历史,读到了隐匿名字的作家写下的那首诗,以及汪人龙异乎寻常的举动,都使她的内心感到阵阵震撼。她觉得她有股创作的冲动,什么东西在她的眼前晃悠悠晃悠悠地浮动。但她一下子又捕捉不住它,她不想趁着倦意躺下睡觉,她怕一觉醒来这种强烈的艺术感消失了。她的导师不止一次地盛赞过她的画和基本功,可导师每次又毫不客气地指出她立意上的不足和缺乏思想深度,并且明确告诉她,这是她的致命伤。基本功是可以学可以练的,绘画的技巧是可以通过勤学苦练不断提高的,而思想上的深度,则是需要丰富的人生体验和积累才得以提高的。

此时此刻,想起导师的话,白小琼深感得意。刚才她听到沈迅凤问汪人龙回不回客房,汪人龙让她先回去休息,他想去楼顶上喝杯茶醒醒酒,更促使白小琼克服倦意,也要上咖啡厅去坐一坐。她想趁这个机会接近汪人龙。

电梯把白小琼送上了顶楼,门一开,楼顶咖啡厅里一派温馨气氛。老知青们三三两两,各自坐在挨着窗户的位置上,相谈甚欢。悠扬低回的轻音乐,烘托出曼妙祥和的氛围。

白小琼信步走进去,汪人龙远远地朝她高举起手臂,放声喊着:"小白,到这儿来。"

白小琼答应一声,快步轻捷地走去。

只有季文进啜着一杯咖啡,陪汪人龙相对坐着,时不时瞅一眼窗外。

汪人龙移动了一下座位,把面朝窗户的位置让给了白小琼,说:"我们都看过了,你坐这儿,可以看得更清楚些。"

白小琼道了声谢,坐在椅子上眺望窗外。这是四星级宾馆的顶楼,居高临下,位置又好,整个桂山市区的万家灯火映现在眼前,真是别有一番情致。只是细细观望,自会发现,璀璨的灯光集中在桂山山麓一马平川的坝子里,顺着山势的起伏高低错落,其他地方的灯火就稀疏一些,可白小琼却已感觉十分意外和惊喜了。她的心中在为罗幼杏可惜,罗阿姨不上来看一看,错过了这么动人的夜景。

服务员小姐前来询问她要喝什么,白小琼怕喝了咖啡和茶难以入睡,便要了一杯葡萄汁。她望了望季文进和汪人龙,笑道:"两位叔叔的精神真好,看上去没点倦态。罗阿姨撑不住,睡了。"

季文进一摆手:"我是夜猫子,下岗后一直帮人家值夜班看门,天天拿晚上当白天过。"说完自嘲地一笑。

"我也惯了,"汪人龙道,"做书画文物生意,大一点的交易,经常要谈到深更半夜。小白,我看你两只眼睛瞪得老大地看风景,去过金茂大厦吗?"

白小琼摇摇头:"白天去参观过,没看过夜景。"

"以后有机会去看看,"汪人龙手舞足蹈地道,"夜里望出去,浦东陆家嘴楼群的灯光,会让你觉得恍然进入了空中水晶宫。实在嗲!"

白小琼点头:"以后有了机会,我一定去看看。"

她心里却忖度,大自然和城市的景观,对画家来说固然要尽情观赏,可这次来,她更想窥探的,是父母辈的老知青一代人,心灵的景观和人生的景观。

季文进一扬手招呼:"安康青,你们也来了!我以为你们两口子吃不消,回去休息了。"

白小琼转过脸去,坐在轮椅上的安康青,手里拿着卷筒状的一张报纸,正由丘维维推着走过来。

丘维维努了一下嘴道:"我是劝他早点休息了,今朝这一整天,活动量比往日多了几倍。可他不听,一定要上楼顶来。想想明天我们就要分手各自回插队落户的村寨去,我就推他上来了。康青,你要给汪人龙一个惊喜,快说呀!"

他这一说,几个人的目光都移到轮椅上的安康青身上。

安康青不慌不忙展开手中的报纸,说:"你们上来得早,没看到吧。我们走出客房时,服务员正巧送来今天的省城晚报。汪人龙,恭喜你,回第二故乡头一天,就上了报纸。"

众人听他这一说,全离座围了过来,连旁边几圈位置的老知青,都站过来争相一睹报纸。

汪人龙接过安康青递过来的报纸,他的姓名赫然作为标题跃入眼帘:

好心老知青汪人龙牵线搭桥

比这标题大一号字是十个红体草书:

上海知青哥 布依多情妹
一段埋藏三十年的纯真爱情

丘维维把头往前一探,手掭着报纸道:"记者的笔头真快,真叫作笔下生花,不比我们老安差,看,整整写了两大版,把方一飞和蒙香丽当年的恋情和无奈的别离,全挖出来了。还写了他俩这三十年来的经历,最有新闻价值的,是后面那一段,蒙香丽听说了方一飞的病情,竟然向记者表示,要到上海去探望方一飞……"

"方一飞的妻子钱洁同意吗?"季文进急不可待地打断她的话头。

丘维维斜了他一眼:"不可思议的是,钱洁的态度十分坦然大度,她竟然说,这故事,这经历让她只有落泪,没有醋意,有的只是温馨和感动。只要他们愿意相见,上海的家庭欢迎蒙香丽来。"

"钱洁真大方啊!"一个女知青叫起来。

"人家这是互相理解,尊重历史。"一个男知青振振有词道。

"看来当年的故事有续集了。"后面有个知青说。

汪人龙把报纸递还给安康青,拍了拍巴掌说:"反正每间客房都有报纸,大家回去细看吧。其实没必要登我的名字,这是他俩的故事。"

"哎,你的名字还是要登的,"季文进道,"我看你那个收盘江石的朋友,把这个故事透露给报界,主要是因为你。"

"对啊!"安康青也正色道,"你汪人龙是做大好事,要记上一笔。"

其他围拢过来的男女知青们,也都喊喊喳喳、七嘴八舌地议论起来:

"是啊,汪人龙,你是少不了的,没有你托人寻找,他们能联系上吗?"

"他们俩都会从心里感激你。"

"嗨,这件事一登报,人家又要骂上海人了,说方一飞为了回上海,把那么美的蒙香丽抛弃了……"

"不一定,人家蒙香丽都不怨。"

"那是你说不怨,她心里肯定怨过的。"

"总而言之,两个人都是情种。"

"说老实话,这种故事,也只有我们知识青年一代人中会有。"

……

上一代的老知青们越说越热烈,越说兴致越高,他们干脆把几张桌子围拢过来,聚在一起高谈阔论。

白小琼默默地退到咖啡厅一个清静的角落,自个儿啜饮着葡萄汁,眺望着落地窗外桂山市的夜景。

真的没想到,这座只有几十万人口的城市,现在也会有这么多的高楼,这么多闪烁的霓虹灯,这么璀璨耀眼的灯光工程。

不知为什么,也许是省城晚报及时报道了方一飞和蒙香丽的故事触动了白小琼的心扉,也许她心头本就萌动着许多朦朦胧胧的情愫和思绪,也许是她始终在勤于思索探究人生和绘画的关系,她不知不觉地想起了导师的教诲,想起了导师平时强调的人生体验和积累。就在这一瞬间,仿佛一道电光在她眼前掠过,她陡地一下子明白了,导师的画为什么比她的要凝重,要充实,导师是自小在江南水乡的温润环境中长大的,为什么特别偏爱画西部荒凉的戈壁滩和苍茫的大漠,那是和导师悲怆的命运和坎坷的人生经历分不开的呀!那是导师在用生命力创作呀!

白小琼的脑中不由得浮现出她的师兄、师姐零零星星告诉她的,导师人生中的一些画面。

导师获罪被送进牢房的第一夜,牢里正在狠斗一个秃顶老头。审讯者拍着桌子让老头交代,老头斯斯文文地说没什么可讲的,该讲的都讲了。审讯者一挥手,两个大汉逼着秃顶老头站上一把椅子,让他单腿站立做"金鸡独立"状,老头的另一条腿正在晃荡时,身旁的大汉一脚踢倒了椅子,秃顶老头倒栽在地,满脸满头鲜血四溅,惨不忍睹……

由于导师性格倔强,死不认罪,直到刑期已满,他还不认罪,不肯在服罪书上签字,相反写下了"我没有罪!",并签上了自己的名字。这还了得!那正是"文化大革命"的后期,姚文元发表"翻案不得人心"的风头上啊!导师被拉进虹口区的国际电影院公审,开完大会包括导师在内的十八个死不认罪和死不悔改分子统统都被拉出去枪毙。导师的嘴里被塞了一个馒头,衬衫里面的脖子上套着根电线,后面跟着押解的警察。犯人若要呼喊,必须吐出馒头,不等他喊出声,一拉电线,就无法呼喊了。广粤路的靶子场上,沿马路游斗完的十八个牛鬼蛇神被押进来,面对一排乌洞洞的枪口,枪声响起,十七个人应声倒地,唯独导师还活着。人家继续逼他认罪,导师已经什么声音都听不到了,他的耳朵里只有持续的不绝于耳的枪声、枪声,"啪啪啪啪……啪啪啪啪……"始终在回响。

这样的情形和细节,白小琼只在俄罗斯陀斯妥也夫斯基的小说中读到过,她万没想到就是自己跟着学习绘画的导师,也会有过这种经历。

当时听人绘声绘色地叙述时,她只知道导师受过苦,遭过罪,导师的以往经历不堪回首,那是"极左"年代的悲剧,已经过去了,现在导师仍是导师,应该向前看,趁当前的大好年华,多游历,多体验,多作画,作好画,作历史留得下去的好画。可在今天,在此时此刻,坐在桂山市四星级宾馆的顶楼咖啡厅里,白小琼回想起这一切,陡地感觉到了心头油然升起一股强烈的愧疚。

是呵是呵,她是导师的关门弟子,人家报道还经常注明是女弟子。可她了解导师吗,导师在他已然逝去的八十年人生中,到底经历了一些怎样的不幸,究竟遭遇了哪些苦难?除了师兄、师姐们零零星星说过的一件件听完就永不会忘的情节,她还知道些什么?

她不知道,她也不了解。她甚至从来没想过要去了解、要去解读导师的人生。

泪水糊满了白小琼的眼睛,是愧疚,是追悔,是懊恼。可能时间已晚,窗外桂山城区高楼上灿烂一片的灯光,已悄无声息地熄灭了。桂山的山峦在黝黑的天幕上勾勒出清晰的剪影。

泪光闪烁中,沉浸在惭愧之中的白小琼眼前,忽然掠过一个影子。那影子似乎飘浮在山巅岭腰间的雾岚中,那影子仿佛穿行在座座黑幢幢的高楼之间,那影子分明触手可摸,白小琼伸手揉揉自己的双眼,那影子却又看不见了。

可在白小琼心中,这影子却顽固地挥之不去。白小琼大睁着一双探究的眼睛,拼命想要把这倏忽即逝的影子捕捉住。

十八

季文进插队落户的寨子,他至今仍清晰地记得,叫白岩寨。

当时的知青们好问,为什么叫白岩寨。

老乡就指着一片峭壁悬崖说,你们自家看。

知青们顺着老乡手指的方向望去,陡峭的山岩上,有一片白色的岩石。太阳光照在白岩上的时候,白岩还泛着耀眼的光。

于是上海知识青年们都晓得了,白岩寨就是离这一砣石岩最近的那个寨子。

雷惠妹是白岩寨上的农家姑娘,她出嫁了,到白岩寨去是找不见她的。但是季文进必须得去,因为他记不得雷惠妹后来嫁到哪里去了。他只记得,那个隔一段时间来取同意的小伙子,是沿着悬崖峭壁边的那条溪河走来的,每回到白岩寨来,都是过了吃晌午饭时分。把"四个一"送到雷惠妹家中,雷家邀请他吃一顿晚饭,然后还得为他在白岩寨亲戚家找一个宿处。住过一晚上,第二天吃了早饭,他再回去。最后一两次他来取同意,季文进暗中已同雷惠妹相好,甚至已经偷尝了禁果。故而季文进对他的到来格外在意,他晓得这个人什么时候到,什么时候离去。一早出发,要在吃过晌午饭才到达,说明小伙子家离白岩寨至少有五六十里地,不会很近。最终雷惠妹嫁给了这个人,那么,雷惠妹嫁过去的村寨,离白岩寨是有一段距离的。

季文进不晓得今天的雷惠妹生活在哪个村寨上,他必须先到白岩寨,打听到雷惠妹婆家是哪个寨子,才能找到雷惠妹,了却他的心愿。

三四十年前,从桂山市到白岩寨去,必须先坐客车从桂山市到桂山县城,再从桂山县城坐车到河边公社,在公社下车后,还得步行十四五里地,才能到达白岩寨。路途是十分遥远的。一早从桂山市出发,到达白岩寨时,总得临近黄昏了。若是路上出点故障,还得赶夜路。

现在方便多了,从桂山市区发出的长途客车,可以直达白岩寨。从坐上车到白岩寨那个站下车,只要两个小时就到了。

季文进真是满心的欢喜,计划中视为畏途的,就是这一段路,他怕一整天不能及时赶到,怕白岩寨无处居住,怕短短的两天自由活动时间,找不着雷惠妹。现在这一系列的担心全都烟消云散了,客车上的售票员对他说,在站头上下了车,走进白岩寨去,只有一里多路,十几分钟就到了。要是晓得那条小路,直插过去,五六分钟就走进寨子。

季文进心里暗忖着,这样的话,原来计划一天要抢着办完的事,至多半天就能做完了。白岩寨上的老人们,想必都晓得雷惠妹嫁到了哪个寨子。即使打听不着,就是闯进雷家去,问也能问出来。毕竟当年他和雷惠妹的私情是瞒着雷家人的。

心情轻松了,季文进不由得透过车窗,眺望着这片既熟悉又陌生的山野土地,津津有味地观赏起来。

从省城到桂山市,已经通了高速公路。从桂山市到桂山县城,虽然不是高速公路,却也是来回分道的高等级公路,三十多公里路程,不过跑了半个小时。从桂山县城到白岩寨,七十公里盘山绕坡的路,一色的柏油马路,坐着也还舒服。当年那种灰尘扑窗、颠簸不平的沙砾路面,坐一天车就遭一天罪,只能留在他们这一代人的记忆里了。

昨晚上宴席结束之前,重返第二故乡的召集人汪人龙宣布了,所有的知识青年,都想回自己当年插队落户的村寨看一看,给大家两个整天的时间自由活动,到第三天,整个团队的知青,都到客过亭景区的宾馆集中,第四天集体游览完客过亭景区之后,桂山市旅游局还将同大家座谈,听取老知青们对于景点、景区及发展桂山旅游的意见。

季文进当时就计算了,说是自由活动两个整天,其实足足有三天。时间不够用的话,到第三天傍晚赶到客过亭,仍然是能和大队人马会合的。

现在路况这么好,交通如此便捷,他的时间是绰绰有余了。

客车翻过两山之间的一个垭口,前面的山乡公路顿时豁然开朗起来。车速也随着下坡加快了。

售票员回了一下头,瞅了季文进一眼说:"再过十几分钟,白岩寨就到了。"

"谢谢!"季文进道过谢,心作怪地"怦怦怦"跳荡起来。哦,白岩寨是他插队落户十年之久的地方,他的青春,他的埋藏心底的初恋,他的烦恼和忧愁、汗水和眼泪,他的憧憬和无奈的向往,都是在那里开始的。离开那个地方,毕竟三十年了,寨子上的老乡,还能认识他么?

季文进的手不由得触摸了一下身旁的小提包,他在提包里装了一些大白兔奶糖,那是当年知青们探亲回村寨时人人要带给农村娃娃尝一尝的东西。他还带了点烟,中华牌的和牡丹牌的,当年的知青同样带烟,不过带的是那个年头时髦的过滤嘴的凤凰牌,更多的则是便宜到只有一角六分一包的阿尔巴尼亚香烟,见人就散一支,看见干部干脆就给一包。季文进今天也在左右两只衣兜里分别揣了一包牡丹和一包中华,和认识的老乡相见,总要表示一点意思。当然他也给雷惠妹带了一点礼物,那是得视情况拿出来的。

疾驶的客车放慢了速度,售票员又朝季文进回了一下头,说:"前面就是白岩寨了。"

季文进拿起了不重的小提包,车子在一棵粗壮的梓木树树荫下停靠,季文进刚下车,车门就在他身后"嘭"的一声关上了。

原来这个站只有他一个人下车。

客车按了一下喇叭,开走了,带起路边的一些尘土。

季文进站在梓木树下,两条腿发软。噢,真的快要三十年了,当年他义无反顾地离去时,在山垭上回望着绿树掩映下的白岩寨,曾经忖度,这一辈子,我再也不会到这个留下无尽感叹和忧伤的地方来了。没想到,三十年的风水转来转去,他还会寻觅而来。

梓木树干旁竖了一块车牌,季文进抬起头来望去。没错,他下车的这一站是白岩寨,而下一站呢,也标得清清楚楚,岩脚寨。

季文进的头脑里"嗡"的一声响,岩脚寨,岩脚寨!雷惠妹嫁过去的那个寨子,就叫岩脚寨。他怎么把这个地名从记忆里彻底抹去了呢?真是混账,当年,雷惠妹是同他讲起过的,媒婆是代岩脚寨上的一个小伙子来说亲的,生长着白岩的那一片山崖,一直延伸盘旋到三十多公里之外,到了那里,山山岭岭低矮下去,也不像白岩这里那么高耸入云险峻挺拔了,那边的寨子,就被叫作岩脚寨。

现在怎么办?还要不要进白岩寨去?季文进懊恼地抬起头,再次细望车牌。车牌写得明明白白,路过白岩寨的客车,一天两班,上午这一班,十点十分到二十分之间抵达;下午这一班,是二点四十至五十之间。这就是说,他心头再急,也得耐下心来,进白岩寨去熬过这四个多小时。

季文进往前走出十几步,来到了路边的一个草坡上,把提包一扔,一屁股坐在草地上,摸出烟来,点燃一支,一面享受着白岩寨外山野的清静,一面喷吐着烟圈,向白岩下的村寨望去。他的双眼眯缝起来,这个他曾经栖身和生活过的白岩寨子,这个他整整度过了十年青春岁月的地方,如今不知怎么样了。

季文进只觉得,自己的心又剧烈地跳动起来。

十九

下午,季文进迈着凝滞的脚步走向岩脚寨时,恰好是三点半钟。

上午他走进白岩寨时,意外地受到了寨邻乡亲们热烈的欢迎。村民组长告诉他,县里面有通知,这两天有当年插队落户的上海知青要来,让各个乡镇和村民组热情接待,终究他们当年曾经和大伙儿一起出过力,流过汗。村民组长高声说:"还需要上面通知么?你们不通知,我们都会好好招待他们的。美不美,家乡水;亲不亲,故乡人嘛!"

原来季文进还怕这四个多小时不好打发,村民组出面一接待,让他看新农村的样板房,让他参观从泉眼里接过来的自来水,让他到新建的果蔬基地转了一圈,还把他奉若上宾,在白岩寨的馆子里吃了一顿丰盛的农家饭,满满一桌大组、小组干部,人人都上来敬了他一杯农家土酒,喝得他头脑二晕二晕的,险些误了客车。

二三十个认识的和不认识的白岩寨乡亲,把他送上大客车时,一个比一个大声地让他带着上海知青们再来玩,真把他感动得几次想落泪。

不过他头脑仍是清醒的,在和白岩寨乡亲交谈时,他印证了雷惠妹当年下嫁的寨子,确实是岩脚寨。有个老乡肯定地说,雷惠妹仍然生活在岩脚寨那个地方。她一把年纪了,不可能像年轻的姑娘媳妇那样外出去打工。

是喝多了点酒吧,微带一点醉意,昏昏沉沉坐在车上,季文进感觉只闭了一会儿眼睛,售票员就朝他喊:"岩脚寨到了!"

下车站定,嗬,眼前是一个偌大的寨子,顺着坡地和山势的起伏,青砖的瓦房勾勒出白线,一路铺展过去,在山谷里形成一个规模甚大的村寨。几株稀疏的梓木、榕树和古柏下,还摆设着一些出售小商品的摊摊。

季文进感到口渴,走到路边小摊上,五角钱买了一大碗苦丁茶,边喝边问卖茶的老奶:

"请问,这岩脚寨上,雷惠妹家咋个走?"

多少年了,不再讲山乡话,大半天在白岩寨上和乡亲们对话,这会儿又找着了说当地话的感觉。

"雷惠妹?"摆茶的老奶仰起扎着头帕的脑壳,眨了眨眼睛,不解地摆着头,"不得听说,你讲的是新媳妇?"

季文进正想说是,继而一想不对,连连摆着手说:"不、不、不!是三十年前嫁过来的,从白岩寨嫁过来的雷惠妹。"

老奶使劲地眨着眼睛,盯着季文进瞅了几眼,摆着脑壳说:"三十年前?记不得了,岩脚寨子大,我哪里记得住?你进寨子去问吧。"

季文进喝完了苦丁茶,感觉好多了。他抹了抹嘴,辨认了一下岩脚寨的路,信步走去。

一路走过去,从门口挂的牌子,季文进明白了,所谓岩脚寨,是习惯上的叫法。其实这里是一个镇,从牌子上看得出来,镇邮电所、镇供销社、镇税务所、镇百货商店、镇农推站……可以说麻雀虽小,却是五脏俱全。雷惠妹的父母,当年让她嫁到这里来,看中的就是岩脚寨比白岩寨繁华、热闹、富裕。记忆逐渐又浮现在季文进的脑子里,他想起来了,岩脚寨当年叫岩脚乡,也是一个赶场的大集市。腿快爱四处跑的知青,搭上卡车,曾经到这里来赶过场,回到知青点还吹嘘,这里的豆腐圆子如何香,辣子鸡面条怎么好吃,肉皮萝卜又是怎样爽口。季文进出身不好,又没几个钱,不敢跑那么远的路出来赶场,没到岩脚来过。

现在怎么办呢?镇子那么大,少说也有两三万人的规模,他到哪里打听雷惠妹的家?在白岩寨上插队将近十年,他懂得当地风俗,女子嫁了人,自己的姓名就淡化了,往往从夫姓,称呼起来,直截了当地说她是张家的、李家的,不会对着中老年妇女叫名字。而当年雷惠妹嫁的那个男的姓什么,季文进在尘封多年的记忆里搜寻,怎么也想不起来了。不过他又不急,在白岩寨上,他已打听清楚,岩脚寨有直达客过亭的班车,一天有几班,坐上车不到两个小时就能抵达。原来还担心在岩脚没有住处,这会儿一看岩脚镇那么大,一路走来就见到几个小旅店、旅社,晚上找一家干净点的,包一间房,克服一晚上没啥问题。他也忖度着去当地的公安派出所查询,可他没带介绍信,又不认识人,怕派出所的人不给查。于是他决定,不到万不得已,不进派出所去问。他心底深处还担忧,一旦求到派出所,警察问他为什么要查询雷惠妹,盘根问底的,他不好作答。

于是提着包包,沿着岩脚镇的街子,一路走来,表面上完全是漫不经心的样子。

幸好天气晴朗,有点儿花花太阳,不冷也不热,他又在白岩寨上吃饱了,逛逛街不觉累。

店铺一家挨着一家的繁华街市,不过就是一里多路。毕竟是大山深处的镇街,和上海是不能相比的,尽管服装店里也有花花绿绿、长长短短的衣衫,有的还赫然打出香港、深圳、广州、上海的牌子,季文进是不屑一顾的。这些店铺的橱窗,看一眼就觉得土,且别说店门口、店堂里杂乱无章的陈设了。无论是上午走进白岩寨,还是此刻置身在岩脚镇街上,季文进心中一次一次地浮起当年回归上海,是回对了的念头。现在他几乎不能想象,他这一辈子如果在这里度过,会是怎么个惨状。说真心话,白岩寨、岩脚镇,和当年相比确实是有变化的,可同外面的世界比起来,这变化算啥呢?简直微不足道。这也正是千百万上山下乡知识青年当年轰轰烈烈地下来之后,为什么又会退潮般回归城市的原因。城市终究是城市,和僻远的山乡是两个世界。城市引导着乡村,乡村受制和服务于城市。城市是政治、经济、文化的中心,城市里有权力;而山乡呢,山乡是边缘,是不变的大山和河谷,是陪衬。

季文进回到曾经插队落户的山乡不过才一两天,就从心中生出这么多的感慨。要不是心中对雷惠妹怀有一份歉疚,要不是想知道一下雷惠妹当年怀上他的孩子后来的结局,他才不会到这里来呢!他来干啥子呢?

沿着高低不平四处有裂缝的街面再往前走,市面明显地就冷清了。季文进想起来,像岩脚街这一类乡镇上,老乡曾经告诉过他,当年的户口分两种:一种是城镇户口,吃商品粮,除了宅基地,没有其他土地权,不分自留地;另一种则是农村户口,没有商品粮,不发粮票,有宅基地,有自留地,还有集体的土地权。雷惠妹嫁的那个男人,该是岩脚寨上的农村户口。如果是城镇户口,不会娶一个村寨农户家的姑娘。

想明白了这一点,季文进的目光望出去,寻找村寨的痕迹。在他的记忆中,即使是在场街上,镇上居民的住房和农家的住房是不一样的。

可他失望了,岩脚镇街面两旁的房子,都是差不多的。就连远处伸展到半坡上盖的房子,都是青砖的黑瓦房,还有二层三层楼的,有几幢楼房还带一点洋气,装着密封窗。

他想走进一家农户打听雷惠妹信息的念头打消了。

迎面有一家双开间门面的饭馆,上书"岩脚人家"四个大字,字体遒劲有力,季文进不由得打量了几眼。嗨,这饭馆楼上还有客房。

一个扎着蜡染布围腰的姑娘笑吟吟地迎到台阶上来:"这位客人,你是要吃点心,还是住宿?"

季文进明白,下午四点多钟,无论是赶场吃中饭,还是乡间吃晌午,时间都已过了。饭馆里正是最清静的时候,所以姑娘迎出来招徕生意。在白岩寨上吃得酒足饭饱,他哪里吃得下点心?不过一眼看到店堂里收拾得干干净净,他联想到

这家的客房也该是清洁的。于是踏上一级台阶,说:

"想在街上住一夜,有床位吗?"

"有、有!你进来坐啊。"姑娘听说他要住宿,招手请他进店堂。

店堂里铺着奶白色地砖,拖得一尘不染,桌椅板凳都给人一种洁净感,季文进踏进店堂的时候,忍不住低头瞅了一眼自己的皮鞋,大半天待在白岩寨上,他的皮鞋面上已蒙了一层灰。

"不碍事的啦,客人你请坐。"姑娘的嗓音十分悦耳,拉出一张方凳,拍了一下凳面请季文进坐。

季文进见她和蔼热情,笑容可掬,不由得在方凳上坐下来,胳膊支在桌面上,打量着宽敞明亮的店堂。

里面大玻璃后一个人影闪过,季文进晓得那是配菜间,看来是两口子在街面上开出来的夫妻店。

刚坐定,姑娘已端上一杯热茶:"客人你请喝茶。"

季文进也不客气,他端起杯子,呷一口茶,哦,比在寨门口花五角钱喝一大碗的苦丁茶味道好多了,有一股清香。

姑娘站在店堂中央,双眼眨巴地望着季文进:"客人你是一个人出差,还是……"

"一个人一个人,"季文进不待她说完,竖起右手食指道,"住一晚上,最多两晚上。"

"那太好了,就住我们楼上好了,临街,离镇中心近,办事方便。到了晚上,又很清静,吃饭也方便。"姑娘一迭声地介绍着。

季文进心头已决定在这家小旅店住下,他品尝着山乡的茶,问:"住一晚上多少钱?"

"一个床位25元。"

"我包一间客房呢?"

"一间客房两张床,那就是50元。"

季文进把茶杯往桌上一放,手一挥道:"50元就50元,上楼去看看吧。"

"要得,我这就带你上楼。"姑娘喜不自禁地解下蜡染围腰往桌上一放,伸手过来接季文进手中的提包,"来,我替你拿。"

季文进也不推辞,让她提着包,快步走在前头。

上到二楼的客房里,果然不出所料,无论是两张床,还是临窗的三抽桌,桌面上放的茶杯水瓶,看去都十分悦目。最令季文进满意的,是走廊尽头还有一个盥洗间,一点儿骇人的异味都没有。他爽快地掏出50元,先付了一晚的费用。

姑娘道着谢收了他的钱,又向他伸出手:"你还得把身份证给我一下,我下楼登记了,就给你送上来。"

季文进拿出身份证,交给了姑娘。姑娘扬了扬身份证,转身喜滋滋走出客房,顺手还给季文进带上了门。

季文进把姑娘拿上来的提包往另一张床上放下,身子一倒躺在床上,穿着皮鞋的双脚晾在床沿外。他需要躺下歇一口气,好好地思忖一下,用何种方法,尽快地找到当年嫁到岩脚寨来的雷惠妹。

一早就上车赶路,到了白岩寨又处于寨邻乡亲们的包围之中,始终在不停歇地走动,不停歇地应酬,不停歇地回答认识的老乡提出的种种问题,不停歇地赔着笑脸,又喝了不少农家土酒,他有些累了。真想闭上眼睛好好睡一觉,可若真睡着了,他又担心晚上会失眠,年纪大了,身体大不如前,他也养成了一些自己多年里形成的习惯。熬一熬,吃过晚饭再入睡,会睡得更沉更踏实一些。自从到手了三百来万动迁款,他是可以乐乐惠惠地安度晚年了。妻子是营业员,已经退休,有一份可以自食其力的退休工资。她平时经常提醒他:"你过去穷,现在算富了,我都没有吃你用你,我用的是自己的钱。"儿子不算有出息,连大学也没考上,不过他读的那一家中专,毕业后当一个有点技术的蓝领,自己管自己过日子还是够的。到儿子要交女朋友恋爱结婚时,他和妻子拿出一半的钱资助他,也算对得起他了。儿子有他和妻子资助,他自己当儿子的时候,有谁资助过他?只有苦命的妈妈一心护着他。

正在信马由缰任凭思绪七想八想时,楼梯上脚步声响了,继而门上轻叩了几下,房门被姑娘推开了。见他躺倒在床,姑娘愣怔了一下。季文进连忙坐起来,笑着伸出手:

"登记完了吗?"

姑娘把身份证递到季文进手中,还有那张50元的票子,摇头道:"不,没登记。季先生,对不起,今晚上你不能住'岩脚人家'了。"

季文进吃了一惊,他察觉了,姑娘的脸上透着无奈和冷漠,和刚才的和蔼可亲如沐春风般的态度判若两人。

他手中拿着身份证和50元钱问:"为什么?怀疑我的身份证是假的?"

"哪里,"姑娘的笑容十分勉强,"是我不晓得,在你来之前,我们家的客房都给人家包了,他们吃过晚饭都要来住。麻烦你,住到镇上别家旅社去,旅店很多的,也空……"

姑娘说着说着,垂下了眼睑,声气也越来越低。

季文进将信将疑,客房包出去了,待在店堂里的姑娘会不晓得?一定是另有隐情。

季文进追问一句:"连一张床位也腾不出来吗?"

"腾不出了,季先生。"姑娘说话的嗓音像蚊子叫,看得出,她也显得很委屈。

"我不相信,"季文进瞪了她一眼,"你骗人!"

"我、我没骗……"姑娘的脸沮丧地几乎要啜泣出声。

季文进拿着身份证和钞票的手剧烈一晃,做出一个责问的手势:"那为啥你下一趟楼,就不让我住了?怀疑身份证有假,你可以拿到派出所去验嘛!"

"不是的,季先生,"姑娘睁大眼,季文进看得分明,她那双亮晶晶的大眼睛里噙着泪,"是我妈说的……"

"你妈呢?"季文进的嗓门陡地提高了,"让她来,我来跟她讲。"

客房的门"吱呀"一声推开了。姑娘转过身去,惊慌地叫了一声:"妈……"

一个年过五十的妇人走进客房,两眼望着季文进。

季文进像床上着了火一样跳起来,整个身子朝前倾,两只眼珠弹出来,上下两片嘴唇颤动着,是她,是他多少年里时常想起,近几个月来梦寐以求想要见着的初恋情人雷惠妹,虽说快三十年了,可她的样貌没变,仍然是宽宽的额头,仍然是圆圆的脸,仍然是圆溜溜圆溜溜的下巴。当年相好时,他多少次抚摸过她柔滑细腻的下巴啊!噢,岁月不饶人,如今她的眼旁也有了鱼尾纹,她的鬓角,也添了白发。她、她、她……

"雷惠妹,这店子是你开的?"

"是我开的。"雷惠妹一点头,脸色显出几分严厉,她转脸对女儿道,"三妹,你先到屋外去,妈要和季先生说几句话。"

三妹不走,她身子往起一跃,声气欢欢地叫道:"妈,你们认识啊,你咋不早说?季先生,你是哪个时候认识我妈的?"

季文进颓然在床沿上坐下,恢复了一点镇定和自信,询问和迟疑地望了雷惠妹一眼。

雷惠妹的手指向门外,放低了声音,沉沉地说:

"三妹,听话,到外头去。娃儿不要来问大人的事。"

哪晓得三妹仍不服:"妈,我都不是娃儿了。都有人来提亲了。"

雷惠妹转过身,"呼"地一下拉开门,不由分说地对三妹道:

"出去!"

三妹噘起嘴,双手翻动自己的衣角,不情愿地走了出去。

门被雷惠妹不无恼意地"砰"的一声关上了。

客房里顿时一片寂静。季文进望着雷惠妹,雷惠妹同样目不转睛地瞪着季文进,季文进看得出,雷惠妹隆起的胸脯在起伏波动。

客房里的气氛凝滞了一般,让人感觉到窒息、紧张。

二十

客房里沉默了好一阵,季文进忍不住,一手扶住桌沿,一只手往起抬了抬,小心翼翼地打破了沉寂的气氛:"雷……惠妹,总算把你找着了!"

"我晓得了。"

季文进大为愕然:"你……你咋个晓得?"

"午间和白岩寨我哥家通电话,嫂子说的,你在寨子上。"

"我是去打听你行踪的。"

雷惠妹赌气道:"你找起来干哪样?"

"想看看你,"季文进放低了声音说,"也想晓得……"

雷惠妹仰起了脸,专注地盯着季文进:"你听说了些啥子?"

"啥子都不得听说。"季文进摇头。

雷惠妹的目光有些失落:"你真沉得住气啊!隔开那么多年,你才找了来。"

季文进毫不掩饰地叹了口气,透出的是深深的无奈:"不是沉得住气,是实在没办法。"

"没办法?"

"回上海之后,我的日子也不好过。"季文进双手一摊,"就是心头想,也无能为力。直到这年把,才缓过气来,手头宽裕了些。"

雷惠妹听到这儿,陡地一个回身,猛地一下拉开了客房门。

门口,三妹惊慌失措地站在那里,她尖厉地叫起来:"妈耶,你把我吓坏了。"

"好你个三妹,"雷惠妹斥骂道,"偷听妈和客人的讲话,你的本事真学到手了。是讨打还是讨骂?"说着把手举到肩头。

三妹在门口连连摆手:"不不不,妈,我不是偷听,我只是好奇。你一会儿要我赶客人走,一会儿又赶我走,自家和客人说起话来。这个外方来的季先生是谁呀?你咋个会认识他的?三妹想晓得。"

"该你晓得的时候,自会让你晓得。"雷惠妹嗔怒着道,"还不下楼去,灶上的牛肉汤,都怕要煮干了。"

"要得要得,妈,我下楼去看牛肉汤。"三妹往客房里探了探脑壳,睨了季文进一眼,"这么说,客人不走了?"

"不走了,不走了。"季文进在屋里扬起手抢先说。

"那好,我准备晚饭去。"三妹利索地答应着,转身踩得楼梯"咚咚咚"响,下了楼。

雷惠妹重又关上门,走回到房里,在对面的床沿上坐下。抬起头来,直视着季文进解释似的道:"这是最小的一个,老三,她上头还有个姐姐。"

"姐姐?"季文进机械地重复着,忖度着该怎样问及他和雷惠妹的那一个。

"姐姐出嫁了,嫁得远,在桂山市近郊,种蔬菜的,不常回娘家。"雷惠妹轻描淡写地介绍着,"不过,终究离桂山市近,日子过得去。"

"老大呢?"季文进支支吾吾地,总算找到了一个询问方式。

雷惠妹先是把眼睛瞪得老大,继而既羞且恼地斜白了他一眼:"亏你还想得起问他。"

一股热流,从脚底往头顶升起。听了雷惠妹这话,季文进明白,老大就是他和雷惠妹怀上的孩子。她当真说到做到,把娃娃生下来了。季文进又激动,又惶恐,他张了张嘴,默了默神,低声清晰地问:"他……还好吧?"

雷惠妹抬起手,手背抹拭了一下眼角的泪,赌气般说:"让你白捡一个儿子,咋不好?"

季文进跟着问:"他是和你一样开饭店,还是……"

"岩脚寨上的农户,喂猪、养牛羊、种蔬菜,十足一个农二哥,老农民,书读不上去,他还能干啥?"雷惠妹用同她性格相符的方式对季文进数落道,"娶了媳妇生个儿,你做梦也想不到吧,当祖父了!"

季文进愕然。一阵愧疚感随之浮上心头。这么说他不但在山乡留下了一个儿子,还有了个孙孙。只是,他还从来不曾见过他们。

雷惠妹说开头了,刹不住:"这几年他专给我和街上的饭店供蔬菜、豆腐、猪肉、牛肉、羊肉,日子过得下去。"

季文进百感交集,千头万绪一齐涌上心头,不晓得说什么好。多少年里猜测着、想象着、希冀着远方的儿女骨血,活生生地存在于人世之间,而且不再是一个人,是三个人,一个还是第三代。他们正以岩脚寨人的方式,山乡人的方式,和上海人完全不同的方式,打发着日子。他讷讷地问:"我、我能见他们一面吗?"

"见了干哪样呢?见了说啥子呢?见了你让我咋个介绍你呢?"雷惠妹一迭声地朝季文进责问道,"我看他安分守己地过着这一份农家生活,勤奋劳动,太太平平地过日子,已经习以为常了。你何必又来搅浑这一池清水呢?"

季文进无言以对,他惭愧而又茫然地望着一脸恼怒地横视着自己的雷惠妹,无话找话地说:"那……你们两口子,就和小女儿经营着'岩脚人家'?"

雷惠妹的脸刹那扭歪了,嗓音带着哭腔:"要能那样,倒好了。"

季文进惊讶地:"怎么了?"

"三妹的爹,前些年走了。他是为帮儿子建婚房上山去开石头,正遇邻近山上开石头的放炮,一块飞石砸中他的脑壳,当下就死在坡上。尸体都没抬回寨子。"雷惠妹说到这里,已经泣不成声,"这饭店,就是我和三妹……"

"对不起,"季文进没想到,他无话找话说出一句,竟触到了雷惠妹的痛处,他喃喃地道,"我真没想到……"

没想到雷惠妹如今会和女儿相依为命开着一家饭店兼旅社;没想到"踏破铁鞋无觅处,得来全不费功夫",会和雷惠妹母女不期而遇;没想到雷惠妹已经丧夫;没想到他和雷惠妹的儿子今生今世真能见上面。

雷惠妹低下脑壳,伤心地啜泣着,那哭声是从肺腑里涌上来的,双肩哭得不住地颤动,一副遭受了极大委屈的可怜相。

季文进心中老大的不忍,不过他在情绪上已经镇静多了。刚才在同雷惠妹对话时,他不时地提防着从未谋过面的三妹的父亲会突然出现,恐惧着三妹的父亲会从他和雷惠妹不同寻常的表情,看出点端倪来。而这会儿,他除了满是歉疚和不安,就是抑制不住的对雷惠妹的怜悯、同情和示好的心理。

他离座坐到雷惠妹的身旁,手轻轻搭上雷惠妹浑圆的肩膀,忐忑不安地叫出一声:"惠妹,我对不起你!"

雷惠妹浑身一震,断断续续的啜泣变成了低低的充满屈辱和伤心的凄厉之声。

手安慰般抚摸着雷惠妹的肩膀,季文进这才看清,雷惠妹身上穿的,是一身新衣,崭新的衣裳。联想到雷惠妹已从嫂子那儿听说了他的到来,季文进心头明白了,雷惠妹的心灵深处,还是有他季文进的,印着他季文进的。

季文进双手扳过雷惠妹的肩膀,一只手伸到她脸庞边,轻轻地拭去她眼里泉眼般不断涌出的泪珠。雷惠妹半仰着饱满的丰腴的脸,这脸庞红润、光洁,能清晰地看到皱纹,雷惠妹垂下了脑壳,任凭他轻抹轻拭着,微翕着眼睑,脸上呈现出一股温静柔顺的神情。两条细弯的眉惶惑地跃动着。季文进的指尖,几乎能感觉到她眼睑蝉翼似的颤动。

哦,这是他多么熟悉而又久违了的神态啊!当年在白岩寨,在他们俩都青春年少时,在林子深处,在她家后屋檐下,在他自个儿待着的知青点茅草房里,他们之间有过多少次亲昵的温存、热辣辣的拥抱和久久的久久的亲吻。他又闻到了她身上的气息,他又听到了她局促不安的呼吸,他又和她那波动起伏的身躯挨得这么近、这么近了。季文进凑过脸去,耸起嘴来,忍不住想亲雷惠妹的脸颊,他几乎就要亲着她了。雷惠妹的双臂陡地一下有力地抓住了他的肩胛,抓得他都痛了,说:

"不,你呢,你上海的家呢?咋个样了?"

季文进望着她明澈的双眼,照实道:"他们都在上海……"

没待他说完,雷惠妹把他重重地一推:"那你来干啥子?"

说着,离座而起,往门口走去。

季文进跃身而起,追到门边,按住了雷惠妹开门的手,激动地表白着:"惠妹,我就是道歉来的,向你赔礼、赔罪来的。我、我……"

他不顾一切地张开双臂,紧紧地搂着雷惠妹。

雷惠妹跺脚、手握拳头捶他的胸膛,季文进就是顽固地不松手,嘴里还说:"你骂、你咒、你打,随你,都随你……"

雷惠妹见他蛮横成这样,只得说:"不要,听我说,你听我说,晚上、晚饭后,三妹睡了,我……"

听着她语无伦次的表白,季文进松了手。雷惠妹把他一推,打开了门,身子一扭跑了出去。

一忽儿工夫,楼梯上就响起一阵下楼的脚步声。

……

"岩脚人家"的晚饭开得早。像所有乡场上的酒楼饭店一样,赶早吃过晚饭,四乡八寨的生意客、农家和基层干部,还要赶回各自的宿处。

"岩脚人家"有三四桌客,没有客满。不过,雷惠妹和女儿跑进跑出,也够忙的了。

季文进晌午吃得饱,一直挨到那三四桌客吃得差不多了,才在三妹的招呼下,下楼吃晚饭。

三妹要他点菜,季文进点的是豆花饭、素瓜煮豆角、洋芋酸菜汤。三妹说,妈讲了,不收你的钱,你尽管点肉啊、鸡啊,挑点好吃的。季文进说,中午饭吃多了,晚上只想吃点素的,尝一尝当年在白岩寨插队时常吃的味。

"哎呀,季先生,原先你在白岩寨当知青吧?认识我妈?"三妹发现新大陆般尖声拉气地叫起来,引得其他桌上的客纷纷回过头来。

不等季文进回话,雷惠妹在厨房里呼叫了起来:"三妹,快来给客人送菜。"

三妹伸了伸舌头,无奈地做了个鬼脸,答应着跑进厨房去了。

季文进只点了一个汤,雷惠妹还是给他添了一个糟辣椒炒肉丝,吃得季文进酸香有味,辣得胃口大开,十分满意。

晚餐后,雷惠妹母女清扫店堂、厨房。季文进表面上显得优哉游哉,背着双手又在岩脚镇街子上逛了一阵。

华灯初上,一些沿街的铺子仍亮着灯,却已没有多少生意。一圈逛回来,岩脚街上安寂下来。季文进回到二楼客房,冲了一个澡,换上干净内衣,有所期待地翻看一本杂志,时时倾听着饭店内外的动静,沉思默想着。他的脑际一遍一遍回响着雷惠妹惶惶然说的话:"……晚上,晚饭后,三妹睡了,我……"他猜不透雷惠妹这样说是为了脱身,还是当真的。不管她的真实意思是啥,季文进都等着。他也无处可去,只有等着。即便雷惠妹晚上不过来找他,他明天还有整整一天时间,可以缠住她说话,可以完成他赎罪般的小计划,可以了却他的心愿,减轻一点他在以后岁月中的自责。他就是为此而来的呀!反正第三天傍晚之前,赶到客过亭度假村,他的时间绰绰有余。

为这一趟重返第二故乡之旅,他思想上是有准备的。动拆迁时,所有的人包括他的妻儿,都晓得他的父母留给他的那几间市中心的房子,一家伙补到手三百万。他对家人对外头人都是这么说的。而在即将签约的关键时刻,季文进又学着一些钉子户教他的办法,拖了三个星期,强调了很多理由,费尽口舌,始终不肯签字。逼得动迁组最终只好让步,又给他加了15万。这15万元他卡了下来,瞒了下来,是下意识也好,还是有意为之也好,他把这钱悄悄地放进了另一张农业银行卡中。为怕在银行里遇见熟人,他特地跑到离家很远的淮海路社科院斜对面的农业银行去开的户头。一心想来会雷惠妹的时候,他是忖度着把这点钱补偿给惠妹的。如果她真生下了他的娃娃,那么这钱就作为他当年负心离去伤害了惠妹的补偿。现在事情已经十分明朗,他和惠妹的儿子仍生活在乡间,想必惠妹也不至于拒绝他的钱。

区区15万元,在上海也许算不得什么。但是季文进晓得,在偏远的山乡小镇和农家,这钱多少还是能改善一点他们的生活的。

怀着这一心愿,他充满期待地等候着雷惠妹夜间的到来。

岩脚镇的夜晚,静谧安宁。断黑没多久,街市上的喧嚣不知不觉消失了。除了偶尔传来食客们喝多了酒的猜拳喝令之声,就是时不时响起哪家院坝里的一声两声狗咬。

季文进听得清楚,起初楼下还有放水、刷锅和雷惠妹母女间叽叽咕咕的对话,后来就一点动静都没有了。

她会来吗?

季文进等得有些焦躁了。他不由得熄了灯,想蹑手蹑脚下楼去,瞅一瞅后院的情况。下楼吃晚饭时,他已经看过,店堂的后头,是一个上海人称之为天井似的院坝,院坝后头有一幢二上二下的小楼房,饭店的储物间、母女俩的卧室,就在小楼里。三妹说了,这是她和妈赖以生存的家,也就是她们母女俩在人世间的一切。

季文进悄悄地踮着脚下到楼底,刚刚拉开通向院坝的门,小楼屋檐下陡地蹿出一条白毛狗,"汪汪汪"一阵狂吠,那叫声在静夜里显得特别刺耳响亮,吓得他浑身的汗毛都凛凛然竖了起来。

遂而,就见小楼上头一间屋的灯亮了,窗口三妹的身影一晃,严厉喝问道:
"是哪个?饭店打烊了。"

白毛狗冲到院坝中央,昂起脑壳仍在狂噪。季文进连忙退进门内,掩上了门,一阵小跑,回到了自己的客房里。

不过,上床入睡时,他还是没闩上门。他怀着最后一丝希望,盼望着在三妹酣睡之后,雷惠妹会像她说的一样,过来找他。

不知咋搞的,想到雷惠妹可能会来,他的心头作怪地萌动起一股强烈的欲望,和雷惠妹肌肤相亲的欲望,和雷惠妹融为一体的欲望。这股欲望涌来时,丝毫不比当年他和雷惠妹相约幽会时淡弱。相反,还显得更为热烈。

回上海之后,他一直生活在底层,妻子不过是个营业员,无论是生活地位、经济收入和家庭负担,都不允许他风流,由不得他有异心。况且,他也不是那种拈花惹草的角色。倒过来说,在上海滩,又有哪个女人会看上他这么个杂务工,后来又下了岗专干保安的男子呢?

和雷惠妹之间,就完全不同了。他们当年在生活和劳动中两小无猜,雷惠妹纯粹是同情他,关怀他,又看他老实,可怜他,才渐渐喜欢上他这么个远方大城市来的知青。而他呢,完全是为雷惠妹的纯朴、真诚和一往情深所感动。雷惠妹给他后几年的知青生活,给他孤独寂寞的青春岁月,带来了多少欢乐和惊喜啊!她把一个乡间姑娘的纯情给了他,她把自认为最好听的情歌一首一首地唱给他听,她把寄托着村寨姑娘未来的希冀都托付给他。她把她视为最珍贵的贞操也给了他。他对她是有感情的,他对她是深怀歉疚的,收到可以回上海顶替母亲工作的信,他想走。但面对哭得衣衫前襟湿了大半的雷惠妹,特别是雷惠妹跺着脚说非要把怀上的娃娃生下来时,季文进犹豫了,迟疑了,两条腿沉重得像灌了铅,迈不动了。他拖拉着没及时去办迁移手续。他哪里想到,仅仅拖拉了没几天,他的母亲,一手苦苦把他拉扯大的母亲,所有的指望都寄托在他身上的母亲,插队落户十年来和他保持着从不间断通信关系的母亲会不远千里,坐了火车坐客车,坐了客车换马车,坐了马车还步行,在崎岖不平的山乡小道上赶了几里路,跑到他插队落户的村寨上来了。母亲逼着他丢下手上的一切,跟着她去办手续,母亲见他似还对村寨有点留恋,当着他的面就"呜呜"地哭出来了。

看着泪水在母亲布满皱纹的脸颊上淌下来,季文进惊惧地看到母亲是那么憔悴、苍老,母亲的眼睛里满是哀求的可怜巴巴的神情,母亲的头发全白了。季文进的心碎了,他本来就想走,他不能瞻前顾后不能犹豫不决了,他离开了插队落户的村寨,离开了缠着他不想让他走的雷惠妹。

是连续的旅途劳顿,是神经的高度紧张,是心情的剧烈演变,季文进在沉思默想间不知不觉地睡着了。

岩脚镇上的夜,一片静寂,从镇外的小河里,不时传来"哗哗"的水流声。街面上,连朦胧昏黄的路灯,也熄了。

可当门上稍有一点儿拨动声时,季文进就惊醒了。是他多年来给人家值夜班的缘故吧,他职业性地悄没声息地坐了起来。

没有闩上的门被推开了,窗户里透进来的些微天光映出了雷惠妹的剪影。

季文进激动地跃身而起,轻声叫着:"惠妹……"

两个身影慌乱紧张地抱在一起。季文进嗅到了雷惠妹发梢的气息和她身上洗浴过的香波味儿,他吻了雷惠妹一下,又吻了一下。

雷惠妹起先摇晃着脑壳躲避着,当躲避不了时,她微张着两片嘴唇,接受了季文进热烈扎实有力的吻。

哦,这是久别重逢的吻,这是深怀歉意和思念的吻,这是又怨又恨又爱又苦的吻。季文进觉得吻的时间再长也不够。时间拉开的距离消失了,一切仿佛又回归到了当年他们在白岩寨相爱的时候。当季文进摸索着闩上门,搂抱着雷惠妹将往床边移动时,雷惠妹在他的身畔说:

"听到嫂子说你在白岩寨时,我的身子一下子酥麻了!"

季文进的双手笨拙地褪着她的衣裳,说:"那你还要赶我走?"

"我心跳得站都站不住,脑壳里头一片空白,只差没晕过去,你让我怎么办?"说着,她拍打了他的手背一下,低低说了一句,"我自己脱。"

季文进在被窝里紧紧地拥抱着脱得精光、一丝不挂的雷惠妹,感觉到前所未有的温馨和亲切,他似乎又回到了和雷惠妹初恋时的青春年华,他似乎又找到了年轻时的甜蜜和幸福。他陶醉地吻她的脸,亲她的胸,啜含她的乳房。雷惠妹搂着他,不时地揉摸他,亲昵地抚慰着他,在他身畔慨叹:"文进,三妹家爹走之后,我都好些年没挨男人了!"说着一头埋进了他的怀里,惶惶然道,"你来,我给你!"

季文进的全身像着火一般烧起来,他紧搂着亲爱的惠妹,惠妹的身子丰满而结实,是从来不曾脱离体力劳动的缘故吧。她的乳房饱满充实,胀鼓鼓的,乳头硬得像还没熟透的樱桃,他抚摸着她的肩膀和脊背,只觉得她的皮肤有些粗糙,还有点儿毛茸茸的感觉。这一定是日晒雨淋的关系。季文进的感觉美妙极了,他抱紧了她,贴紧了她,感受她的体温和浑身散发出的气息,他真的想要她,愿意要她!

"嘭嘭嘭!"门上陡地响起了一阵叩击声,遂而,三妹的嗓门响了起来:"妈,妈!妈你在屋头吗?"

床上的季文进惊得身子僵直了,雷惠妹的一只巴掌掩住了他的嘴。

客房里静寂无声。

难耐的沉默。

夜,真深沉啊。

二十一

丘维维和安康青插队落户的鸭子口,既没被划入桂山地区重点的开发区,也没被县里面列为风景秀丽的度假村,原因很简单,就是因为鸭子口地处太偏僻了,无论是修路、拉高压电线杆、引水、建宾馆,投入太巨大,而真正建好了,也不会有几个游客坐几个小时颠摇的车子进来。还有一个不对外讲的理由,那便是当地人都晓得的,鸭子口村寨上有过麻风病人,虽然已是几十年前的事了,但考虑投资的人,无论是官方还是民营企业家,都会被吓得避之不及。

故而鸭子口的变化,在这三四十年间最小,回到村寨上去,就会感觉到这地方依然僻远,依然落后闭塞,依然荒蛮贫穷。

县、乡干部介绍在先,丘维维和安康青都有了充分的思想准备,故而他们夫妇的鸭子口之行,进行得还是十分顺利的。乡里面专门安排了一辆手扶拖拉机改装的运输车,把他们两口子摇摇晃晃地送到鸭子口村寨前的马车道旁,村寨上约了好几个中年人,有男有女,都是安康青从县里面进修回来在耕读小学堂教过的学生。五六个当年的学生推着轮椅,带着安康青夫妇走遍了鸭子口村寨上所有值得一看的地方,砖瓦窑、重新修缮一新的红砖青瓦的小学堂、新开的山塘、辟出的果园、知青点旧址。之所以强调是旧址,是安康青和丘维维男女知青们当年居住过的泥墙茅草房,早已倒塌。鸭子口寨子上在知青点原址,修建了三间村民小组的办公室。当寨邻乡亲们指点着知青屋的老地基时,不由得讲起知青们初来乍到时出过的一个个洋相,逗得乡亲们一阵阵发笑。安康青和丘维维也跟着老乡们笑。

根据乡里的安排,鸭子口村寨上为安康青夫妇的重返第二故乡,特地杀了一头猪,安排他俩就在村寨上一户学生家里,吃一顿农家饭。听说猪是特地为他俩宰杀的,丘维维和安康青执意要付这头猪的钱,村长死活不收,丘维维拿着几张百元钞票,一定要塞给村民。几个学生急了,说了实话,这猪的钱记在乡政府招待的账上,不要鸭子口村负担。说老实话,还是村干部和五六个学生沾了他俩到来的光,要不他们也得不到这一顿肉打牙祭。再说了,一头猪的肉,一桌饭怎么吃得完?村里还赚了。

听得这么介绍,丘维维、安康青这才收回了钱。五六个轮流推着安康青走的学生,在饭桌上一边敬酒一边提出了要求:鸭子口村寨逮不着开发机会,上级的投资少,变化不大,穷,唯望两位老师回到县上,碰到桂山市的干部,无论如何要反映一下,让鸭子口村所属的这个乡,能够享受贫困乡的待遇。有了这个贫困乡待遇,虽然得不到投资,至少在救济、扶贫款的拨付上,能多得一点。

丘维维当即明白了,乡里面之所以如此郑重其事接待他俩,指示杀一头猪,就是要他们给上头说这一番话。于是一口答应下来,并且说,在结束这一趟重返第二故乡之旅时,会和市、县二级干部座谈,座谈会上,他俩一定把这一点作为意见提上去。她的一番话又引来学生和村干部的轮番敬酒。

丘维维和安康青吃了特意为他俩宰杀的猪肉后,赞不绝口地称道这猪肉香,这猪肉味美,连肥肉都吃得齿颊生津,吃了还想吃。并且不止一次地申明说,在上海,就是花再多的钱,也吃不到如此美味的肉了。这里的肉是环保肉,原生态肉,卖七八十元一斤,都不嫌贵。

美美地吃过一顿农家餐,只剩下最后一个参观点了。那就是当年麻风病人羊家居住过的山湾湾了。自从麻风一家子被烧死之后,这个山湾湾几乎就没人进去过。转眼几十年过去了,嗨,山湾湾里的林木、竹子生长得郁郁葱葱,绿得悦目浓翠,一片茂盛。一年四季,繁茂葱茏的山林中飞鸟不绝,成了一片人见人夸的景观。鸭子口人说,无论是晴天还是雨天,无论是冬日还是夏季,无论是轻雾弥漫还是天朗水清,山湾湾里都像一幅画,让人百看不厌。县城里的官员和各级干部,到了鸭子口,都要专程到山湾湾前去看一眼,感受一下。

盛情难却,丘维维和安康青自然也被引到了山湾湾跟前,隔着一条清澈的淙淙潺潺的溪水,眺望山湾湾的景观。

空中果然有鸟儿飞翔,细细地顺着指点望去,茂盛的林中枝丫上,确实有鸟雀在栖息。

一个嘴快的学生指点着溪水说:这水是从山湾湾的那个泉眼里冒出来的,清凉得很,喝上去是甜的。当年麻风病人羊家,之所以把家安进山湾湾里,就是因为有这股水,没这股水,他们靠啥子活?

一个女学生,如今已是胖胖的中年妇女,斜了一眼道:"哪里有什么麻风,村寨上的人忌讳,不喝这股水。可鸡鸭鹅、牛马羊都喝过这水,哪里听说染上麻风的?"

安康青双手扶着轮椅,沉郁着脸,垂着眼睑,一声不吭地瞅着山湾湾出神。留神细看,他垂下的眼皮蝉翼般在颤动。

村干部有晓得内情的,给众人使个眼色,七嘴八舌争相给老师介绍情况的学生,都不说话了。

丘维维见状,脸上装出兴味浓郁的样子,连连点头说:"不错不错,真不错。日头偏西了,我们回吧。"

乡政府送他俩下鸭子口的手扶拖拉机还等在马车道口,五六个男女学生、村干部还有寨子上的其他乡亲,二三十人簇拥着他俩,推着轮椅来到道口边。村长代表满寨乡亲,送他俩一袋葵花子儿、一块米粑、一块腊肉,说是一点心意,千万要收下,这肉的味道,一点都不比中午的差。

丘维维和安康青推辞不了,只得把这几件礼品收下。他俩也给每个学生和村干部,一家送了两包烟、一包点心或是糖果,算是回了礼。

在寨邻乡亲们一迭声的叮咛和道别下,手扶拖拉机"突突突"地离开了鸭子口。

坐在手扶拖拉机车厢里,望着渐去渐远的鸭子口寨子,丘维维长长地吁了一口气。她总算是了却了安康青的心愿,把这一趟重返第二故乡之旅中最难应付的一幕,挨过去了。今晚上就歇在乡政府招待所,上午路过时丘维维就看过,小小的招待所收拾得干干净净,院坝里可以眺望奇秀的山景,客房里虽然没有双人大床,两张单人床上都是新垫单和被子,洁白洁白的。反正只睡一个晚上,明天搭上客车,如期和大部队在客过亭度假村会合,随队活动,她就不消操什么心了。

晚饭是乡政府一位民政干事陪他俩吃的,点的是肉皮萝卜、"金钩挂玉牌"、鱼干豆豉,都是当地的土菜。鱼干豆豉是油锅里炸出的小鱼,伴着干豆豉,又香又脆又下饭。"金钩挂玉牌"是黄豆芽煮一片一片白豆腐,很爽口。而肉皮萝卜显然是近年来推出的菜肴,曾经在这里插队落户的丘维维和安康青都没吃过。萝卜是白的,肉皮经加工后也是白的,吃上去有股别致的鲜味。虽然是一顿便餐,两口子都吃得心满意足。

回到小小的招待所里,丘维维说她的身架子都要垮了,催着安康青睡觉。安康青顶了她一句,两顿饭离得这么近吃,肚子胀鼓鼓的,怎么睡得着。他表示要待在屋檐下的院坝里,望一阵山峦夜色。这一片的山峦确实与众不同,一座座奇秀的山峰都呈锋利的尖锥状,直插到云空之中,却又高高低低,形态各异。在夜的晴空映衬下,别有一番韵味。

丘维维跑去给服务员打了一个招呼,等安康青看够了,想回屋休息,就请服务员推他回客房。

服务员爽利地答应了。

丘维维回进客房,沐浴盥洗之后,熄灯了,掩上门,躺倒在单人床上休息。

毕竟一把年纪了,一天接一天地赶路,她累得浑身筋骨酸痛,只想舒展四肢躺在床上,好好地睡一觉。

可真上了床,她又觉得眼角跳,耳朵里"嗡嗡"响,睡不着。

安康青今天回鸭子口,起先满面笑容,兴致甚高,和他的学生、和村干部、和寨邻乡亲们谈笑风生。可到了山湾湾之后,他的情绪明显低落下来,话也迅疾地少了好多,告别时浮起的笑容,都有点儿勉强。

丘维维明白,一看见山湾湾,他又想起了当年往事,想起了患麻风的绝色美女羊冬梅。那字也不认识一个的乡野姑娘,真的长了一张美得让人妒忌的脸蛋。

安康青是在从县里参加完进修培训回鸭子口之后,听说麻风女一家被烧死了的。听到这个消息的时候,他当即变得泥塑木雕一般,呆住了!眼神凝定凝定的,把周围几个男女知青吓得脸色都变了。一个男知青走上前拉他的手,还拍他的肩膀,他都无动于衷。

后来丘维维才想明白,其实这就是他患血栓的征兆。早为什么不清楚这一点,早预料到他会变成今天这副样子,她才不会在他的身上费那么大的心思,把他当个宝似的宠爱着呢!今天累是累,目的还是达到了的。安康青坐在轮椅上,她还把他推着上飞机、坐客车,长途跋涉带他到鸭子口来故地重游。安康青的学生、寨邻乡亲们,异口同声地称赞她的心好,对丈夫好,把一个病人照顾得白白胖胖,脸色红里透白,比健康人还幸福。换了一个人,腿脚不方便,不知要受多少折磨呢。

丘维维要的就是大伙儿的口碑,要的就是这样的效果,她还要安康青听听这些话,心中记着她的好。她也要鸭子口的乡亲把他俩正在安度幸福晚年的印象,留在记忆里。

她还指望什么呢?

看见安康青在山湾湾跟前脸色瞬间变了,幸好她当机立断,离开了那个鬼地方。待下去,她真不知他会爆发出怎样的脾气。这些年来,他的脾气越来越怪,越来越难以让人捉摸。在家里,他从来都不主动开口同她说话,人家说少年夫妻老来伴,她即将退下来和他相伴了,他却总是拿冷漠的脸色给她看。也不想想自己究竟是几斤几两,还有什么可神气、可端架子的?

正是想着要改善他们之间的关系,让他出来散散心,她才硬着头皮答应了他的要求,和他一起参加了这一次重返第二故乡之旅。本以为通过夫妻双双共同旅游,相互照顾,相互关心,他的心情会好一点,他们也能互敬互爱和睦地步入安详的晚年,哪晓得他又耍开了性子!真是的。

想着想着,委屈的泪水糊满了丘维维的眼眶。倦意袭上来,她怀着一腔对安康青的怨尤和不满,不知不觉睡着了。

二十二

安康青是在办《红卫战报》的那段时间崭露头角,显示出他的写作才华的。"文化大革命"头一年的初冬时节,上海爆发了震惊全国的《解放日报》事件。造反派和红革会的群众组织,说这张报纸是"保皇派"的舆论工具,传达的都是保皇观点。在一个晚上,冲进汉口路上的报社大楼,勒令报纸停办,把编辑老爷和记者们赶出报社大楼。

看这张报纸,在那个年头是上海市民文化生活的一个组成部分。一夜之间,订户们收不到报纸,老百姓日常生活中少了一个重要的信息来源,全市震惊。《解放日报》大楼附近的汉口路、南京路、山东路、九江路、河南路上,围满了来自全上海各区县的群众和无数雨后春笋般冒出来的造反组织,被斥为保皇势力的群众集会游行,高呼"我们要看《解放日报》"的口号。而已占领大楼的红革会和工人造反派,则旗帜鲜明地挂出"彻底砸烂旧市委的机关报《解放日报》"的标语。

僵持了十几天,《解放日报》出不来,而原来只是一张传单式小报的《红卫战报》,趁此时机推出了和《解放日报》一模一样的版面,且版面上清一色是造反派观点,并组织了一篇又一篇夺人眼球的大块文章。

安康青作为一名红卫兵小将,针对当前的"造反到底""红色恐怖""抓革命、促生产"等等争论不休的热门话题,接连写出了几篇观点鲜明的评论,尤其是对全国都在喋喋不休辩论的"老子英雄儿好汉,老子反动儿混蛋"的对联,一连写出了七篇评论,受到红卫兵组织的一致好评,得到社会的广泛关注。虽然每一篇评论他都署的是笔名,可在红卫兵笔杆子的圈子里,谁都知道这是他安康青的大作。

今天的妻子丘维维,当年一个英姿勃发的女红卫兵,就是读到了他的评论,击掌叫好,主动通过编辑部上门来找到他,对他说,他的文章说出了广大红卫兵战友,特别是像她这样的红五类子女的心声。她读报纸的时候,兴奋得忘乎所以,把报纸也撕碎了。丘维维认定安康青将来一定是夺权之后红色政权的笔杆子,会有一番大作为,会有可以预见的锦绣前程。也正是这一段难忘的"峥嵘岁月",使得他俩之间有说不完的话,有心心相印的共同语言,有志同道合之感,在伟大领袖发出"接受贫下中农再教育"的口号时,双双一起来到艰苦偏远的山乡鸭子口插队落户。

安康青的才华和犀利的文笔又一次被上海社会广泛认可,也是靠着手中的这支笔,在二十世纪八十年代报社公开向社会招聘时,在击败了同时应聘的数千人时他的文笔再次得到了公认。在进入报社理论组以后,他一年要在上海的大报上发表二三百篇短小精悍的评论文章。大至上海改革开放的重大走向,小至普通百姓人人都会关注的公交车改革、煤气费、水电费涨价、下岗就业、房价波动;蔬菜供应紧张时说蔬菜,名人出丑时作点评论,有谣言时辟谣,流言蜚语甚嚣尘上时提醒广大市民;无人购买商品房时他及时敦促市民将现有住房出钱买下,房价过高时他抨击房产商心黑,楼市低迷时他分析房地产业一波三折的形势,房价一波接一波轮番上涨时他大声疾呼调控手段要多样,调控目的要明确,调控措施要到位……总而言之,上海这座二千万人口的特大城市里的焦点问题、热点问题、百姓关注的话题和全国各省市间的关系,都是他涉笔的内容。他的文章一般都不长,长的一千五二千字,短的仅六七百字,一事一议,一种现象一评,有时只讲一个观点。时常在报纸上露面,说的又是人民群众、普通百姓、一般干部普遍熟悉和关注的人和事,久而久之,人们在闲聊时会引述他的观点,会对他提出的问题讲一番自己的看法。他的影响亦在这一过程中逐渐大起来,以至于当社会上有什么风吹草动,哪位气功师被人揭发出了欺骗的内幕,哪一个大师欺世盗名,哪一种饮食方式误导了读者,"毒奶粉事件"食品加工中的误区,添加剂中的"谜",人们不由自主就会提议,听听他是怎么说的,看看他的观点是什么?报社上至总编,下至编辑乃至小记者会这么说,报纸读者更是养成了习惯。电台里组织了某一专题问题的讨论,他往往成为嘉宾,和听众进行直线沟通,当场阐述自己的认识和独到的观点。

不过安康青始终掌握一个原则,守住一条底线,那就是:不出镜,不上电视。

电视台的各种栏目都盛情邀请过他,并且寻找出种种理由陈述和观众面对面的好处,他都客气地婉辞。时间一长,他的不出镜成了电视台的一个遗憾。

有接近的同事问过他,他每次都是谦逊地微微一笑,说我不习惯和人面对面争论。当红卫兵时,他就不屑和对手面对面地辩论。

越是这样,他的知名度越高,在关注他的读者群中,神秘感也越强。

报社给予他每篇言论的稿酬提高了,其他报纸约他写的短评更是开出了高稿酬,慕名而向他要稿、求稿、索稿的外地报纸和刊物,更是开出了一篇二千、三千、五千的稿酬。

不知不觉中,安康青达到了他的妻子丘维维早在青年时代预料到的高度。他自然地被提拔起来当了言论部的副主任,后来又是主任,成了报社里的正处级干部,成了新闻界一支上上下下公认的名笔。他的建议、意见和观点,时常会在各种理论会议上被人引用,核心领导部门重视他,同行尊敬他,下级和年轻一辈的理论工作者尊重他。他本人谨小慎微,谨言慎行,很少抛头露面,极少到外头应酬、出入各种宾馆酒楼。报社中层干部和群众中几乎形成了一个共识,他早晚会当上报社负责理论的副总编。

没有人会想到他在这样一个节骨眼上栽跟斗。连他本人都不曾预料到会莫名其妙地栽这个跟斗。

言论部有个联系了二三十年的通讯员,时有短小精悍的言论发表在报端。在他工作单位的内部报刊上,他写得更多。汇聚二十来年写下的长短文章,他编了一个集子。恳请安康青给他即将出版的人生第一本书写篇序。这个通讯员多年来人前背后都说,上海的作家、名人很多,安康青是他这辈子最崇拜的活着的名人,在写作上他一直是把安康青作为楷模,安康青写的有几篇言论,他读过不下十遍、二十遍,有的甚至能背下来。盛情难却,安康青凭着一二十年来对通讯员人品和文品的了解,大笔一挥,只花了一个多小时,就写下了一篇千余字的序。

通讯员拿到这篇序文,如获至宝,当即复印了两份,一份退给安康青存底,一份交去发排。安康青钢笔写在报纸稿面上的原稿,通讯员要拿回去珍藏起来。

通讯员在社会公众心目中写作地位不高,可在他本单位,不但是个笔杆子,还是个身兼要职的办公室主任。他最尊重的安康青写了序,除了付一笔稿费外,他非要请安康青和言论部的两三位编辑到外头去小酌一番,表示谢意。

言论部的两三位编辑你推我、我推你,在安康青的同意下,去了两位。

四个人一桌宴席,通讯员安排得周到细致。进了小小的包房,先在西式的圈手椅上入座喝茶。茶叶是产自西南山乡两省交界处的白茶,泡上茶来,茶汤碧澄碧澄,端起杯子品一口,唷啃,比驰名上海滩的安吉白茶口味更佳。一问,果然价格不菲,一斤西南白茶的价,要买两斤安吉白茶。通讯员特地申明,这茶是他带过来让小姐泡的,单位上买来,专门招待尊贵客人和外宾的。今天宴请安老师,我利用职权取来几小包。说完还要拿出豆腐干大小的小袋子,让老师们过目。

菜点得十分精致,四冷盆,四热菜,似乎并不奢侈,特别昂贵的,就是一道鱼翅捞饭。可是听上菜小姐一介绍,编辑们算是开眼了,比如其中一道红烧萝卜,是用三斤红烧肉熬出来的汁,烧一斤萝卜,味道是很别致的。尝一尝吧。

那这一斤萝卜,要卖到什么价?

结账的时候,价格出来了。四个人,吃得刚刚饱,斟酒的时候推来推去,都不肯多加,勉强喝完一瓶酒,连酒带菜,五千多,平均一个人一千出头。

安康青说,他的短短一篇序,值这么高的价吗?

喝酒的时候,通讯员就说了,宾馆房间我订下了,安主任住一个单间,两个编辑住一间,我住楼下一小间,都是以我单位接待客人的名义订的,你们三位的名字不会出现,你们天天坐办公室,太辛苦了,今天放松一下,餐后洗个脚,按摩一下,尤其是肩膀。我知道的,你们整天坐在电脑前,读稿子、编稿子、排稿子,两肩都坐得僵了,该轻松轻松。放心,不是豪华套房,我都是按规矩开的房,一点不过分,我每个月、每周都在搞接待,市里面、外省市、北京部里面来人,从来没出过纰漏。

两位编辑先后端起酒杯,感谢通讯员,异口同声地说:"我们是无功受禄,沾主任光了。"

安康青还有什么好说的?他默认了通讯员的安排。

上洗手间的时候,他给丘维维打了个电话,说要在报社赶一个稿子,今晚不回家了。

通讯员没撒谎,他给安康青开的是一个单间。安康青问他洗足浴是不是到地下室,他说不用,你就待在房间里,九点钟,小姐会来征求你的意见。我们就在你楼下。

九点钟,小姐进屋了。

安康青瞅她一眼,就呆住了。

小姐穿一件宽宽松松的运动衫裤,脚下是一双跑步鞋,没施一丁点儿粉黛。可小姐的脸,活脱似鸭子口村寨上当年的羊冬梅,那个美貌绝色的村寨姑娘,那个被人诬为麻风的女子,样貌、眼神、额头、身架子,活脱似同一个模子里刻出来的。不同的只是羊冬梅梳一条大辫子,这姑娘把一头乌发梳到脑后,盘成一个髻;羊冬梅黝黑一些,这姑娘显得更白净光润,两颊上泛着青春的光泽。

　　安康青几乎不相信自己的眼睛,世界上怎么会有如此相像的两个女子。

　　一定是安康青的凝视让小姐感觉到了什么,小姐走进卫生间,拿出两条雪白雪白的大浴巾,往床上一放,说:"躺在床上,把衣裳脱掉。"

　　安康青一怔:"我们做什么?"

　　小姐笑了:"你这单子上写的是精油开背,这不是你到服务台登记的嘛!还问我。"

　　安康青没再说什么,脱去上衣,躺到大床上去。

　　小姐"扑哧"一声笑了,一跃跳上床来,把一张大浴巾遮盖住他赤裸的背,用另一张盖住他的下身,又用命令的语气道:"把下身也脱了。"

　　安康青待着没动。

　　小姐笑嘻嘻道:"你紧张什么,精油开背,要全身按摩的。我不会强奸你的,你放心吧。快,我也去消消毒,准备准备。"

　　说完,小姐搓着手下了床,再次走进了盥洗间。

　　安康青在大浴巾下脱去了自己的裤子,躺倒在床上。酷似羊冬梅的小姐说出的每一句话,对他都有着一种神圣感。有一点他是清楚的,他还有自制力,他不会和这同自己女儿年纪差不多的小姐出什么事儿。

　　小姐从盥洗室出来,在茶几上自己带来的瓶子里挤出点油,在手掌里摩擦着,上了床,给安康青的颈部一把一把按摩起来。

　　随着她重轻有致的按摩,安康青觉得颈部和两肩灼热起来。

　　小姐命令式的口吻变成柔柔的了:"重不重?"

　　"不重。"

　　小姐的手掌上加了力:"这样行了吗?"

　　"行了。"

　　"太重了你跟我说。"

"很舒服。"

"那太好了。"

安康青感觉双肩和整个颈部都热乎乎、热乎乎的时候,小姐坐到了他的头部后面,双手托起他的后脑勺,说:"现在我要按摩你的头部和脸部了。"

"要得。"吐出声来,安康青才惊讶地发现,他说出的竟是鸭子口一带的山乡口音。

小姐显然没有在意,她好像在寻找他头部的穴位,继而找着了位置,她准确有力地按摩起来。

安康青脑部的血脉一忽儿就有了反应,他觉得晕晕乎乎地十分舒展和陶醉。他的头顶着小姐的胸部,隔着衣衫,他都能感觉到小姐的乳房在颤动。小姐在按摩的间隙不时伸过巴掌,抚摩他的脸部、额头、双颊、下巴,安康青把这都视作是按摩的程序,小姐的巴掌肉鼓鼓的,皮肤上擦了油,十分柔滑。安康青感觉到从未有过的享受,他合上了眼,情不自禁地抬起胳膊,抓住了小姐的手臂。哦,小姐的手臂皮肤也是娇嫩娇嫩的,光滑得像丝绸一样。

小姐笑了:"先生怎么了?"

安康青不由得说:"你和我初恋的那个姑娘长得实在太像了。"

小姐乐得抿不上嘴:"有这么巧吗?"

安康青蹙起眉:"我也在奇怪,世上竟有如此相像的两个人。"

小姐几乎把安康青的头部搂在臂弯里:"先生的那个人,是什么地方的?"

"西南山乡,你呢?"

小姐连连摇头:"哦,那对不上号,我是北方人。先生,你要喜欢,只要你愿意,你就把我当作那个人吧。"

安康青睁大了眼,小姐的双手轻轻地拂过他的脸部。像一缕微风。不知什么时候,小姐调暗了客房里的灯光,客房里有一股迷蒙而诗意的氛围。可安康青仍看得分明,小姐的双眼睁得大大的,脉脉含情地垂望着他,他几乎能感受到小姐身上挥发出的青春气息。见他望着她,小姐的脸微微有些泛红,朝他嫣然地抿嘴一笑,道:"先生,按摩一小时,时间是很快的。要按摩得舒服,最好按两小时。可以吗?"

安康青捏了一下小姐的臂膀,凝望着她。

小姐一偏脑袋："你答应吗？"

安康青道："行。"

"那好，"小姐的双手在安康青的脸上整个抚摸了一遍，推了他一下道，"现在我开始按摩你的背部，你翻过身去。"

安康青服从地翻过了身，小姐又在掌心里加了点油，在他的脊背上按摩起来。

几分钟工夫，安康青的背部就烤着了火一般热乎乎的。小姐一边按摩一边说："先生，如果要全身上下每一个部位都按摩，我也可以提供服务。"

安康青的脸从枕头上转过来："精油开背，不是按肩膀和后背吗？"

小姐笑吟吟地坐到他脸庞边来，用手在他腰部点了一下："按到这里，要按这下头，两面都要按，也可以的。"

安康青瞪直了眼："你这是什么意思？"

小姐让他翻过身来，用食指点了点他的腹部以下："按摩这里，你要吗？"

说着，小姐的手伸过来，安抚般摸着他的胸部，嘴微微地噘起来。

安康青当年在和羊冬梅相恋时，两人也从未这么近地坐在一起，像今晚和这位小姐如此亲昵和暧昧地待在一张床上，也是从未有过的事。他陡地明白过来，这位小姐归根结底是个按摩女郎，不是纯情的山野姑娘羊冬梅，但她俩确实太相像了，也美得太诱人了。他放低了声音问：

"你这么做，尺寸是多少呢？"

小姐的脸泛出光来："只是按摩这里，要额外收费800元；如果你要我把衣服全脱了，那就是1500，不过这个钱直接付给我，不能像你这张单子在卡上划账。在卡上划账，我们只能收到其中的百分之十五。宾馆是不允许我们直接收客人费用的。不过我看你先生是好人，又说我像你喜欢的初恋情人，我就大胆说出来了。"

说完，小姐双眼睁得大大的，含羞带娇地望着安康青，脸上绯红绯红，充满了期待。

安康青同样望着她，他的眼前不时地掠过羊冬梅的脸，羊冬梅脸上那对一往情深流光溢彩的眼神。

小姐的手不知什么时候伸到了他的腹部，轻轻抚摸一下，又问一句：

"先生,你愿意照顾我么?"

安康青只觉得全身的血液都在沸腾,他刚向小姐颔首,小姐就双手扯住了自己的运动衫,脱了下来,遂而利索地退下了裤子,赤身裸体地静坐在安康青跟前,让安康青尽情地扫视她青春的胴体和胸部。

安康青受惊地坐了起来,他脑际掠过一个念头:我这是在干什么?

小姐同时掀起了安康青身上的大浴巾,往安康青的身上挨过来。安康青张开双臂,紧紧地搂住了这个和羊冬梅像极了的诱人的小姐。两人一起倒在床上。

……

查房的警察是什么时候站到他们床前的,安康青已经说不清楚了。第二天,沪上大报的名笔招按摩女嫖娼的消息传遍了上海的新闻界、理论界、文艺界、出版界。这四届中的领导和名人年年春节前都要参加例行的团拜活动,安康青的丑这下出大了。

安康青是名人,是理论界的实权人物,他开的栏目是名栏,他供职的报馆是上海的大报。报纸、电台、电视台虽然碍于种种原因,没有发消息,但是无孔不入的网络没有放过他,网民们的挖苦、讽刺、嘲笑、痛骂阻止不了。他撰写多年的栏目被停掉了,他时常用的那几个笔名在各种版面上消失了,对他个人来说,糊里糊涂出了这么一档子事,他短时间内也写不出文章了。

他是被报社纪委的领导领回来的,他的职务被撤销了,他的工作调离了,从来不生病的身体在半年之内突发血栓,经抢救医疗,命是保住了,人却站不起来了,得依靠轮椅行走。幸好他的年纪也大了,于是办理了提前退休,于是拖着病体默默无闻地待在家中。

女儿留学美国,凭他与丘维维多年的积蓄和工资,他的生活是无忧无虑的,他们确实可以像丘维维对老知青们所说的,能够安享晚年。

真是这样么?

唯有他心头明白,他落到这一地步,真正是叫说不清、道不明。

他没有达到人生的巅峰,他的最大官职不过是正处级,算不上高位,他的名声靠的是大报的版面和论说林林总总的热点话题,缺乏永恒性,这些他都明白。但他毕竟有过辉煌,有过众目睽睽的业绩,落一个如今这样的黯然退场,他心不甘哪。

暮霭低垂,坐在屋檐下的轮椅上,已有了点山里的凉意。两眼望出去,乡场外头远远近近的山峦,形态奇崛秀美地耸立在蓝黑蓝黑的天幕上,没有星星,月亮也不知躲哪里去了,这远离都市,远离尘世喧嚣的大山里的乡场,真安宁啊!

安康青吁了一口气,正在寻思如何招呼服务员推着他回房,忽然,从客房里传来丘维维的声声急促的惨叫:

"救命、救命啊!"

安康青把脸转向他和丘维维入住的客房那边,他听得清清楚楚,声音是从哪里传出来的,可走廊上静悄悄,幽暗一片,昏黄的路灯光影里,一个人影也没有。

客房里似乎也没有动静。

陡地,丘维维尖声拉气地呼救声又响了起来:"救命啊!妖怪杀人了。"

客房门上传来"咚咚咚"的响声,继而门拉开了,身穿睡衣睡裤的丘维维蓬头散发,双手高举过头,恐怖万状地跑到院坝里,跺脚舞手地吼着:

"救命啊!抓妖怪、抓、抓……抓魔鬼啊!"

凄厉的惨叫响彻了小小的乡镇招待所。

二十三

当着众人的面,汪人龙显得很有风度,把省城晚报让给同来的男女知青看,自己退避在一旁,倾听着知识青年们关于这件事儿的议论。可回到客房以后,他把登载了方一飞和蒙香丽纯情故事的版面,看了一遍又一遍,尤其写到他热心地从中牵线搭桥,请收盘江石的朋友寻找蒙香丽的那几行字,他看得几乎都记忆在脑子里,背得下来了。

这年头,上报纸不算啥难事,也不是什么稀奇事。像他这种经营古玩书画店有点名望的人物,要上文物收藏版,花点钱塞一只信封,就可以搞定了。不过,为方一飞和蒙香丽能够重新联系上,他纯粹是心有所动,做好事儿。只是做了这么一点好事,人家也不忘记他,把他写成一个无私的好人,一个具有高尚情怀的人,其实他离这么高的境界差得远了。

是啊,方一飞和蒙香丽当年的分离是无奈的,这无奈的别离造成了他俩之间一辈子痛苦的思念。而这种由纯情引发的思念,时光越久越显得弥足珍贵,当永远不会老的情谊穿越时空,让方一飞和蒙香丽重新联系上,让他们像双方盼望的那样重逢时,确实是能打动物欲横流时代里许多匆匆忙忙的都市人那颗麻木的心的。

这就是省城晚报会用如此大的篇幅来报道一对小人物悲欢离合的原因。

汪人龙不也是被方一飞忏悔的语调叙述过的往事所打动,而毫不犹豫地拨动收盘江石朋友电话的嘛!汪人龙为方一飞临终之前终于解开了心结了却心愿而欣慰。可在欣慰的同时,他自己的心结却越系越紧,紧得似堵在心口的一块石头,憋得他快要喘不过气来了。

重返第二故乡的男女知青们,都依照原先的安排,有的兴致勃勃,有的踌躇满志,有的带着衣锦还乡的心态,有的怀揣报答曾经生活过的热土的心愿,分头往各县、各自插队落户的乡镇、村寨上去了。他们都将在第三天或早或晚地到客过亭会合。

汪人龙和沈迅宝插队的寨子,就在去客过亭风景区的必经之路上,他不想在村寨上多待,只准备在车子路过的时候,带着沈迅凤去弯一弯,让她看一眼他和沈迅宝曾经生活过的寨子。故而他没有像其他知青一样,马不停蹄地离开桂山市,而是仍待在桂山的四星级宾馆里。

他的这一次旅程,只有两大任务,一是给沈迅宝上坟,祭奠一下这位故去多年的兄弟,以求得内心的慰藉和平衡;二是为重病不久于人世的方一飞,寻找到当年的初恋情人蒙香丽。原以为墓地会因为城市建设而变得面目皆非很难找,寻找蒙香丽也会大费周折,占去不少时间。没想到抵达省城后只花了半天时间,就把两大任务完成了。

而且还是超额完成,收盘江石的朋友把方一飞蒙香丽的故事报料给了记者,省城晚报及时做了充分报道。

用沈迅凤的话来说,后面的几天,就彻底轻松了,可以尽情尽兴地玩。

她是这么说的,也是这么做的。同来的知识青年们都走光了,她堂而皇之地住进了他的客房。

沐浴过后,躺在双人大床上,和他睡在一个被窝里,她比在上海他们幽会的那个小屋还要放得开。不知道是四星级宾馆的条件确实更好一些,还是改换了一个新的环境,抑或是招待宴席上菜肴丰盛,又喝了酒的缘故,她以出人意料的娇态和充满性感的媚态,一次一次贪得无厌地要他。还在他的耳边小声地问:"你会不会认为我太贪了?太贪了是不是不好?你说,你说!"

汪人龙从心底深处承认,就形象而言,她虽然不是美貌女子,可她贴心贴肺地爱他,他是感觉得到的;她巴心巴意地向着他,他也是深有体会的;她愿意把整个身心都奉献给他,他同样感同身受。在相搂相抱地亲热时,她总是毫无顾忌地叫着他"好老公""好丈夫""我生命中的第一位的男人"。

而恰恰是这种非同寻常的置她的丈夫和儿子于不顾、全身心付出的爱,让汪人龙在享受到瞬间感官欢悦的同时,感受到一阵一阵的不安和自责。他有自己美貌和财富紧密联系在一起的妻子,他从未想过要与妻子离婚;他有和妻子生下的钟爱的儿子,儿子即将赴澳洲留学,总以自己的父母为自豪。他不能抛弃这个家庭而和沈迅风做一家人。他只能像已经过去的几年一样,和沈迅风维持着情人关系。一直以来,他始终觉得他俩是水到渠成地发展而来,心安理得地享受着沈迅风热辣辣的情与爱。

但是自从方一飞忏悔对待蒙香丽的事件以来,他内心中的平衡打乱了。方一飞是没有多少日子可活的人,尚且为求得灵魂的平静,安然地离开人世而坦然地道出自己当年的不仁不义。面对方一飞的所作所为,汪人龙既对不住妻儿,也对不起沈迅风,更对不起当年比兄弟还亲的同学兼朋友沈迅宝。

没有人知道汪人龙今天所有的一切都来自沈迅宝。

永远不会有人知道汪人龙今天的荣华富贵都是沈迅宝促成的。

那是疾风暴雨中的 1966 年。

那是在一代人记忆中永远不会忘却的 1966 年的盛夏时节。

随着"文化大革命"如火如荼地在中国大地上展开,一股抄家风席卷着上海城。

居住着中国最多资本家的上海,每一个家庭都遭遇了抄家。那个时候社会上盛传,家有 10 万元以上现金存款的资产者,共有 268 家。

狂风骤起时,抄家是混乱的,只要是剥削来的东西,只要是不劳而获的财富,全都是工农群众创造的,理该属于劳动人民。"马克思主义的道理千条万绪,归根结底就是一句话,造反有理!"的最高指示,谱成了歌曲唱遍了全国城乡,回响在上海的街头和弄堂里,比"造反有理"更加震撼人心的,就是用墨、油漆刷的大幅标语:"红色恐怖万岁!"不论什么人,拉起一个组织,树起一个山头,套上写着"红卫兵""造反派""造反队"的袖章,都能冲进地富反坏右、叛徒、特务、走资派、资本家……统称为牛鬼蛇神的家里去抄没财产。

社会上盛传着谁家把金子埋进了煤灰里,垃圾箱里见到了首饰,四把沉甸甸的红木椅子只要二十元,哪个资本家的金砖砌进了墙里,哪个资本家小老婆的花园洋房装修得像富丽堂皇的宫殿……随着抄家风的肆虐,大批的抄家物资、金银珠宝、古玩书画成了必须看管的财富。

汪人龙和沈迅宝的父母都是劳动人民,汪人龙的父亲是船厂的电焊工,母亲是纺织女工;沈迅宝的父亲是工厂烧锅炉的,母亲则是菜场职工。同属于"红五类"。因此,他们两家很自然地也被排进看管抄家物资的名单中。父母亲都要上班,下班回家还要给一家人烧饭洗衣裳,哪里还腾得出时间和精力为堆在屋子里的抄家物资义务值班啊?轮到他两家值班的时候,他们往往就让因所谓"停课闹革命"而闲在家里无所事事的汪人龙和沈迅宝去。

汪人龙和沈迅宝本就是同学,又自小在同一个居委会所属的弄堂里长大,小时候在一起打弹子、飞香烟牌子、滚铁圈、抽疙斗、玩官兵捉强盗……"文化大革命"一开始,强调阶级出身和家庭成分,班上的同学自然而然因家庭出身而分类,他俩的关系就更加密切了。除了参加的是同一个红卫兵组织,经常联名写大字报之外,就是上学、放学路上,他们也待在一起。轮到他们家看管抄家物资的时候,他们有意识地把时间凑在一起。即使街道、居委会排出来的值班表上,他们两家不在一起,他们也私底下和其他家庭调换,排在同一时间段里值班。理由同样也是堂而皇之的,两个人说说话,时间消磨得快一些。街道居委会的干部们对这些纯粹的红五类家庭,完全是信任的。首先他们天生是革命的,是毛主席信任的人,是共产党让他们翻身解放,他们有很高的政治觉悟;其次抄家出来的现金、存折、金银首饰、古玩珠宝、翡翠玛瑙等一看而知的贵重物品,都已开列清单,上缴到国家指定的仓库里去了,堆积在街道库房里的,尽是一些奇装异服、绸缎丝锦、红木家具、真假难辨的青铜器、锡佛、家族谱、瓷器和蒙满了灰尘的书画文物,还有那些封建遗老遗少赏玩的鼻烟壶、玉如意、蟋蟀盒、麻将牌、佛珠之类,至于资本家家里抄出来的小火车、电子钟、八音盒一类,有的本就坏了,有的在抄家时被人砸坏了,这一类东西,谁要啊?谁敢要啊?退一万步讲,出身于劳动人民家庭的住房条件,都很逼仄,没有闹"文化大革命"时,家中来一个客人,或是家里添了一只小板凳,买了一把新菜刀,邻居都会知道,盗一件抄家物资回家,哪里避得开群众雪亮的眼睛?而恰恰就是为抄家物资值班时,让他俩发现了宝贝,准确地说,是让沈迅宝发现了宝贝。

虽然同属于劳动人民出身,烧锅炉的沈迅宝父亲,明显地要低汪人龙父亲一个层次。汪人龙的父亲是船厂有技术的电焊工,是造万吨大轮船的,道道地地的产业工人。而同样在工厂为职工们烧锅炉的沈迅宝父亲,只属于一般工人,不能算产业工人,不是直接为社会创造财富,在血统上要低一点。况且,收入也不一样,沈迅宝父亲一大把年纪了,每月只有六十多元;而汪人龙父亲是八级电焊工,每月能拿一百多元,超过一般技术员,差不多拿上工程师的钱了。同样,汪人龙当纺织女工的母亲,属于传统的产业工人;而沈迅宝母亲,在小菜场卖菜,原来还算不上是工人,只能和摊贩、个体商户归为一类,是闹了"文化大革命",全上海的菜场职工起来造反,一直造反到北京的人民大会堂,才承认他们是劳动人民,是工人阶级的一部分,享受和工人阶级一样的劳保待遇。在收入上,纺织女工也要比菜场职工高上几十元。故而,同样出身于工人阶级,属于正宗的劳动人民,细分起来,沈迅宝家和汪人龙家,还是有差别的。沈迅宝家祖孙三代人,一共七个,男男女女住在一间二十八平方米的房间里,那是把石库门房子的前后厢房打通,才有这么大。到了晚上,非要打地铺,日长夜大的孩子们才能睡下。汪人龙家住的是三十一平方米的大统间,另有一个小亭子间。随着年龄增长,汪人龙的两个姐姐住进了亭子间;而同样发育蹿起了个头的汪人龙,则住在统间后面父母特意为他搭建的小阁楼里。这个小阁楼是他私密的小天地,每天晚上,做完功课,汪人龙就把挨墙的木梯搭在小阁楼口,爬上去钻进小阁楼里睡觉。小阁楼里,装了一盏壁灯,还贴墙放了两块搁板,搁板上可以放书报杂志,床脚后面,堆起一排几只老式的旧箱子,那是上海滩逐渐淘汰的皮箱和木箱,其中一只,据说还是父母结婚时置下的,不舍得扔。汪人龙就在最上面那只箱子里,放置自己一年四季不多的几件毛衣、卫生衫、棉毛衫和棉袄,其他几只箱子就让它们空置着。

沈迅宝和汪人龙的感情好,时常到汪家来玩,小妹妹沈迅凤就是那个时候认识汪人龙的。那时候沈迅凤缺钙,两条小腿还有点罗圈,长大成人之后,已经一点看不出了。不过她疾步赶路时,仍容易摔跤,可能就是童年时代的罗圈留下的后遗症。

沈迅宝到汪家的次数多了,汪人龙请他上自己的阁楼小天地里待过,同样发育成人的沈迅宝,天天和祖孙三代七口人打地铺挤睡一间房,对汪人龙的小阁楼,羡慕得不得了。

正因为家庭居住条件的狭窄窘迫,沈迅宝十分愿意值班看守抄家物资。轮到他和汪人龙值班时,汪人龙想玩,沈迅宝时常爽快地答应他,你尽管玩,晚一点来也没关系,吃过晚饭我先过去。

那天夜里沈迅宝去值班时,汪人龙特地跑来对他说,弄堂里一个大学生,送给汪人龙一张批判电影《清宫秘史》的票,汪人龙早想看这场电影了,来值班要晚一点。

沈迅宝朝他挥手说,你尽管去看,我带一本书去值班室,一个人看书清静。说着还晃了一下书的封面,汪人龙看得分明,是一本热门书:《红与黑》。真正是,"文化大革命"之前看不到的书和电影,一闹大革命,都能看到了。电影是以组织大批判的名义放的,而书,则是"破四旧"时砸烂了各单位的图书室广泛流传到社会上来的。

《清宫秘史》的电影比一般片子长,电影散场时,正在下雨,汪人龙躲了一阵雨,说心里话,他不喜欢值班看守抄家物资。他嫌那堆得乱七八糟的库房里脏,除了抄来的各种物资,库房角落里纸片、污物、垃圾都没清扫干净。等到雨停下来,汪人龙不慌不忙来到抄家物资值班室时,已经过了11点。他以为沈迅宝这会儿一定仍在看着书等候着,没想到沈迅宝根本没在看书,而是神秘地把他拉到灯下,展开一幅卷起的画让他看。

这是一幅古代的仕女图,汪人龙根本不感兴趣,他不情愿地说:"封建时代的破玩意儿,都是'四旧',哪来的?"

沈迅宝朝里侧库房努了努嘴,悄声说:"抄家物资。"

"全是'封资修'的东西,有什么看头。"汪人龙不明白沈迅宝脸上为什么露出充满羡慕的神情,他对这类东西毫无兴趣。他放学以后喜欢逛中央商场,淘旧货,买那些实用的便宜货。学校里有个教他的数学老师,平常空闲下来就爱钻寄售商店,和学生们聊天时,聊着聊着就要讲马凡托手表,英纳格、欧米茄,那些外国名牌从旧货摊上买来,质量不比亨达利的新表差;还有蜡烛台、铜杯子、洋台

126

钟……汪人龙每次都听得津津有味,对那数学老师很崇拜。闹"文化大革命"了,有人贴数学老师的大字报,说他是宣扬洋货比中国货好,十足一个洋奴,用他那套淘旧货的生意经毒害学生。吓得数学老师当着全校师生面低头认罪,连连承认自己说错了,罪该万死,恳请学生们千万别信他说的话。自那以后,汪人龙也不敢公然表示自己喜欢逛中央商场淘旧货了。没想到沈迅宝比他还厉害,竟然会喜欢这种比旧货还旧的古画。

沈迅宝一把拉住了转身要走的汪人龙,一本正经地说:"大有看头呢!你知道这是谁画的吗?"

汪人龙不解:"管他是谁画的,反正是抄家来的垃圾。"

"垃圾?你真不懂,"沈迅宝冷笑一声,"这是唐伯虎的画,价值连城的宝贝啊!"

汪人龙听说过唐伯虎的名字,但是在什么地方听说的,他想不起来了,只是眨了眨眼睛问:"你说这幅画,价值连城?"

沈迅宝正色道:"少说值个几十万。"

"你怎么知道的?"汪人龙内心里吃一惊。

"你忘了,我是上海青年宫书画兴趣小组的,给我们这些人讲课时,上海滩那些赫赫有名的书画家经常介绍的。上课时,没有真迹,老师拿来的都是印刷品,看起来的感觉比这张差远了。"

沈迅宝这么一说,汪人龙有点信了。不过,他仍是一脸的不以为然:"给你讲课的那些家伙,都是享受'三名三高'的反动权威,现在全被打倒了。这种东西也无人问津了。"

"不!"沈迅宝道,"有名的书画家是打倒了,可这些东西的价值还在。"

汪人龙讥讽道:"你别痴心妄想了。有价值的东西,还会像垃圾一样堆在这种地方?"说着他指了指里侧的库房。那里面,他俩进去过不止一回,东西堆得乱七八糟,积满了灰尘。

沈迅宝耐心地把汪人龙按坐在凳子上,用冷静而深谋远虑的语气道:"真是垃圾,还要我们天天派人值班干什么?"

这倒也是。汪人龙两眼瞪着沈迅宝:"你的意思是……"

沈迅宝用推心置腹的语气,轻言轻语,远兜远转地说出了自己心底深处的主意:趁着"文化大革命"闹得一塌糊涂的混乱时期,趁着谁都闹不清这批抄家物资从哪送来,又准备送往何处保管的非常时期,与其以后让这批随时可能被损毁、撕坏、焚烧的书画作品莫名其妙地遗失掉,不如趁他们俩值班时,把这批据传是极有价值的宝贝收藏起来……

话说到这儿的时候,沈迅宝做出了一个偷盗的"三只手"的姿势。

值班室里鸦雀无声。外面又下起雨来,雨声淅淅沥沥,滴滴答答。汪人龙却只觉得心惊肉跳,盗窃抄家物资,那可是天大的罪名啊!如果偷的是现金、珠宝、黄金的话,确实有价值。捡这些破烂书画,除了沈迅宝以外,恐怕没几个人觉得他们值钱。何苦呢?可见沈迅宝又是一脸的严肃,不由得迟疑地问:"你真觉得这些玩意儿值钱?"

"哎呀,你还不信。"沈迅宝以一种恨铁不成钢的语调说着。"哗啦"一声又展开了一幅卷轴,那是一幅字,汪人龙的毛笔字写得像蟹爬,沈迅宝的毛笔字经常受到老师的表扬,汪人龙以往也羡慕他。可这会儿,连汪人龙都看得出,写在这幅古宣纸上、旁边盖满了各式章印的毛笔字,写得太好了。他瞅了两眼,转脸望着沈迅宝:"这是谁写的?"

"文徵明,大书画家。"沈迅宝双眼盯着这幅字,目光灼灼有神,"我告诉你,在四马路旧书古书店里,我看到过一幅文徵明的字,比这幅要小,标价十八万!"

在1966年的中国,十八万块钱是个天文数字。他对汪人龙的影响,要比现在听说一幅字画卖到一千八百万更具冲击力。汪人龙瞪大了双眼望着沈迅宝:"你是什么时候看到的?现在?"

"不,"沈迅宝摇手,"当然是'文化大革命'之前。"

汪人龙泄气地:"那有什么用。"

"笨蛋,"沈迅宝恨铁不成钢地骂了起来,"你也不想想,破'四旧'时烧了这么多古代书画作品,到了'文化大革命'结束,这类东西保存下来的就更少了,势必也更加值钱了!'文化大革命'不管怎么闹,总归要结束的,对不对?"

汪人龙这点是相信的,"文化大革命"闹得再激烈,总要结束的,不会永远是学校不上课,工人不上班。他不由得朝沈迅宝将信将疑地点了点头,在他身旁坐了下来。

就在这个雨夜,沈迅宝和汪人龙促膝谈心,多少年之后,汪人龙已在文物书画圈内混出点儿名堂,发了大财,自成一家,静下心来回首往事,他觉得那是沈迅宝给他上的具有转折性的人生第一课。也是在这么个雨声淅沥的夜晚,沈迅宝说服了汪人龙,把库房里的古代书画和满满塞足一箱子的扇面,盗了出来。汪人龙问沈迅宝,这些东西放在哪里?沈迅宝胸有成竹地说,就放在汪人龙小阁楼上的空箱子里,当然只有你知我知,天知地知,对任何人包括父母兄妹都不能讲。万一有个闪失,查出来了,你汪人龙就一推了之,全推在我沈迅宝身上,说是沈迅宝寄放在他那儿的,其他一概不知。一旦将来这批东西真正显示出它们的价值,就由两人平分。那么,如何把这些书画拿出去呢?沈迅宝取出几张红纸,说把书画夹在大红纸里,几张几张地拿回家去。汪人龙一听就觉得这办法好,闹"文化大革命",马路上到处是夹着大包大包写大字报用的白纸、红纸的造反派、红卫兵,谁都不会在意,而在夜深人静的时候,拿着白纸穿过弄堂,太醒目,不如用红纸。

直到这个时候,汪人龙才恍然大悟,沈迅宝考虑干这件事情,已经不是一天两天了,他把所有的细节都在脑子里过滤了一遍,可以说是深思熟虑。

一切都如沈迅宝预料的那样,抄家物资中的书画扇面,绝大多数被他俩神不知鬼不觉地偷盗出来,放进了汪人龙小阁楼上的破箱子里。1966年深冬时节,1967年的春节之前,堆在库房里的所有抄家物资被转送走的时候,谁都不曾发现少了书画作品,谁都没有提及这些物资中缺了什么。那些经常轮到值班的红五类家庭如释重负地说,总算送走了,我们可以不用熬夜值班了。春节前夕,凡是轮到值班的家庭,被通知到街道造反大队去领取补贴,按照值班一个晚上四角钱的标准,沈迅宝和汪人龙都分别领到了十几块钱。两个年轻人如愿以偿地达到了自己的目的。在把这批书画扇面放进旧箱子去时,沈迅宝每张书画之间,都夹了一张旧报纸,汪人龙问他这是干啥?他说一是防潮,二是怕书画和书画之间挤压涂抹,损坏书画的品质。在打开这几只箱子时,汪人龙这才知道,除了最上头那只箱子放置他一年四季的换洗衣裳外,爸妈还在最下头那只箱子里,放了一套为年迈的外婆准备的寿衣寿鞋。沈迅宝和汪人龙双双离开上海去插队落户时,沈迅宝建议把外婆寿衣寿鞋的那只小箱子放在最上头,理由是以后家人取用时方便;同时他和汪人龙一起去买了四把锁,共同把两只放置了书画扇面的箱子锁起来,以后插队落户回上海,只有两个人在场的时候,才能将箱子打开。对汪人龙家里人则说,这是沈迅宝托放在这里的日记和收藏的毛泽东像章。从这细密的安排中,都能看出沈迅宝对这批书画的精心和周到的考虑。汪人龙对这些书画始终持似信非信的态度,一切都按照沈迅宝的提议办。沈迅宝陪同他去省城里看牙遭流弹打死,处理沈迅宝的尸体时,从他皮带上取下钥匙圈,汪人龙顺手把沈迅宝保管的两把箱子钥匙取了下来,其他的交还了沈迅宝父母。

从此以后,这批抄家物资中的古代书画作品,这批后来的事实证明绝大多数是艺术珍宝的书画扇面,由天知地知、你知我知变成了唯有汪人龙一人所知。

他之所以能有今天,靠的就是这批书画产生的巨大价值。沈迅凤夫妇双双下岗,沈迅凤专程来求到他的时候,他一眼看到沈迅凤那双和迅宝极其相像的眼睛,一口就答应了迅凤的要求。后来之所以对迅凤欣然委以重任,经营的书画生意什么都不瞒她,还在短时间内让她拿到了古玩店里最高的薪酬,就是汪人龙以此来回报逝去的迅宝兄。当然,他不可能把那一段他同样承担风险的往事给迅凤讲,不可能对任何人讲,连妻子儿子都不说,他只能用这种方式报答沈迅凤。这些年里,他始终认为自己做得还是上路的,对得起逝去的迅宝的。同样,沈迅凤对他也是感恩戴德、死心塌地的。

直到方一飞出人意料地公然爆出了他与蒙香丽当年的恋情,直到汪人龙答应为方一飞、钱洁夫妇寻找蒙香丽。汪人龙陡地感觉到自己的卑鄙、无耻和低下。穷得只能勉强维持生计的方一飞临终之际,尚且还要求得灵魂的清白和纯净,他汪人龙如今衣食无忧,在知青群体中大小算是个佼佼者,却仍和好友、兄弟对他恩重如山的沈迅宝的妹妹沈迅凤维持着情人关系,让她心甘情愿地当着他忠实的情人,既没名分,又没未来。给迅宝上坟时,跪倒在昔日的好友迅宝的墓碑前时,汪人龙陷入了更深的自责自怨。不行,他对不起迅宝,他要结束和迅凤之间不明不白的关系,他要继续给予迅凤高工资,在适当的时候,比如说她做成一笔成功的生意时,给迅凤拨付几个百分点的股份,只有这样,他的良心上才会过意得去,才能对得起无缘无故死去的好兄弟迅宝。

如果说,牵头组织这一次重返第二故乡之旅,汪人龙还有什么事儿要做的话,那就是他要说服沈迅凤,把他们的关系恢复到她初来公司和古玩店时一样,她要做回一个好女人、好妻子、好母亲。他呢,仍做回一个对得起妻儿的好丈夫、好父亲。唯有这样,才能对得起冥冥中时常浮现到他眼前来的沈迅宝,才算得一个堂堂正正的男子汉。

主意是好定啊,只是,如何开口和沈迅凤讲这件事情呢?却让汪人龙犯了难。可汪人龙是个认定了是理就要去做的人,再难他也要对沈迅凤说,唯愿如此,他才能求得心灵的平静,他才会真正地活得舒坦、自在,他才算得一个真正的成功人士。

而这几天,恰恰是和沈迅凤谈这事儿的最佳时机,最适合的地点。桂山这地方,远离上海数千里地,关山阻隔,谁都不会晓得他俩之间有过这么一次推心置腹的交谈,谁也不会来管他们俩之间的闲事。现在汪人龙迫切需要做的,是选择一个说这番话的地点。

二十四

当年的桂山地区,如今的桂山市因桂山山脉而得名。桂山的主峰就在现今的桂山市近郊,桂山上有一座桂山塔,桂山塔下是一泓碧水的桂山湖。

1958年,为防洪蓄水,灌溉良田,建起了碧波万顷的桂山水库。快半个世纪了,当年的水库旁种植的树苗长成了参天大树,当年环水库栽下的杨柳,成了环湖的一大景观,春冒嫩绿清新的柳芽,夏成浓浓密密的柳荫,秋天柳叶儿随风摇曳拂上路人的脸。景色一年四季都很美丽,成了桂山市民节假日休憩游览常来的地方。改革开放以来,湖边的山岭上,这儿那儿修建起了一幢一幢高高低低的疗养院、度假村和宾馆,一些捷足先登的人士,多半是有背景的官宦子弟、发了财的民营企业家、房地产开发商,在桂山湖畔建起了一幢一幢小别墅。初始修建起来的时候,才卖二三十万元一幢,豪华点的,不过六七十万。没几年工夫,临山面湖的别墅,最便宜也得二三百万一幢,那些设备完善、用料讲究、面积大一点的典藏精品,价格标到了七八百万、上千万。终于,先是在人大、政协的两会上,接着在学界人士的研讨会上,有识之士提出了保护桂山湖生态环境的意见,说桂山湖水承担着全市人民的饮水任务,承担着千百万亩良田的灌溉重任,千万不能污染了。祖宗留给我们的如此之好的生态,应好生保护,要限制在湖畔建楼、建别墅,只允许栽花、种草、植树,保护水源,保护这难能可贵的环境。呼吁和建议提了多年,慷慨激昂的大声疾呼从桂山市叫到了省城,终于显现出了效果。如今的桂山湖、桂山塔和郁郁葱葱的桂山,已成了桂山市民一处引以自傲的风景点。没有到过桂山的人,或是初来乍到的客,问及桂山有什么值得一看的,当地人首先介绍的,就是桂山湖,其次才会提到古已有之的客过亭,介绍到客过亭时,往往还要补充一句:不过那地方偏远,来回得好几个小时。

汪人龙和沈迅凤留在桂山市里,吃饱睡足了,听到多人介绍,自然而然打的来到了桂山湖畔。沈迅凤只想亲昵地挽着汪人龙的臂膀,俨然是汪人龙亲密伴侣的模样,享受这二人世界的美妙甜蜜时光;对于汪人龙而言,则是顺水推舟的有意之举。因为他已从桂山宾馆的旅游图片推介上,看到了桂山湖上有游船,既有环湖游的大船,又有几个人自划的小船。在来桂山湖畔的出租车上,汪人龙对沈迅凤说,趁着天气晴好,不冷不热,我们租一条船,好好游览一下。美得沈迅凤在出租车里就往汪人龙的身上一靠。

桂山湖真的美,美得有别处不可攀比的地方。不用说清澈见底的湖水已经很少见了,桂山上那一座刷成奶黄色的宝塔,在阳光的辉耀下闪烁着纯净的光芒,既显出宝塔的高耸挺立,又蕴含着几分秀气。更令沈迅凤欢乐地叫起来的是,他们到达桂山湖畔时,桂山上的杜鹃盛开着,喇叭里正在用兴奋的语调给游人们介绍着:"……欢迎各位添喜添福的游客,昨天,桂山上的景色还是一片葱绿,春色宜人。一夜之间,桂山上的红杜鹃全开了,我们景区工作人员一早来到这儿,都欢欣鼓舞地跳了起来。游客们,你们也许听说过'万绿丛中一点红'的形容。现在,请你们抓紧这千载难逢的机会,欣赏一下桂山上'万红丛中点点绿'的景观吧,那是桂山在以它特殊的姿容欢迎各位来宾……"

"哎呀,真的,真的太好看了!"沈迅凤扯住了汪人龙的胳膊,指点着开满映山红的山山岭岭,兴奋地叫了起来,"那是老天在为我们难得地出来游览助兴啊,对吗,人龙,你说对吗?"

汪人龙看着她乐成这个样子,不由得也笑了起来。插队落户时,他和沈迅宝都见过野杜鹃盛开的景象,那时只觉得苦,没心情欣赏山野美景。如今站定了细看,真是美得有点诱人的。

看过了桂山塔和满山红遍的桂山,他们包了一条自划的小船,在两头尖尖的小船上相对而坐,一人一支桨,坐在小船上游起桂山湖来。沈迅凤兴味浓郁地划着桨,脸上始终挂着心满意足的笑容。小船划到湖面上的时候,汪人龙对沈迅凤说,不用划了,桂山湖那么大,就让它随波荡漾吧。沈迅凤答应一声,把桨收拢在船上,离座站起来,两步就走到汪人龙身旁,一屁股坐下来,偎依在汪人龙的怀里,朝他格格地笑道:"你要的是这个,对吗?"

不对,汪人龙很想直截了当地对她说。可他张了张嘴,看到她那双像极了迅宝的眼睛,看到她脸上的笑容像绽开的花朵,实在不忍泼她的冷水。小船由于她的走动晃荡着,湖面上的小船里,也有相依相偎亲昵的对对情侣,可人家那都是少男少女,正处在青春恋爱期。汪人龙已经步入老年的门槛,沈迅凤也四十出头了,还在公众场合如此亲密,汪人龙觉得别扭。

汪人龙仰起脸来,指点着湖面,分散着沈迅凤的注意力,他说:"你看,这桂山湖水,果真有它的奇妙之处。"

沈迅凤把双手搭上汪人龙的肩头,凑近他的脸,女性柔情的气息一阵一阵地拂上他的脸庞悄声问:"奇妙在哪里?"

汪人龙把手伸出船舷,掬起一掌水说:"除了清,这湖水饱满丰盈……"

沈迅凤噘起嘴来:"只听人家形容女人的胸脯这么说,没听人讲过湖水鼓起来的。"

"真的,"汪人龙手指湖岸,"这一湖的水,像要满出来似的。我们不划船,小船也在随着湖水飘荡。"

沈迅凤凝神望去,信服地连连点头:"就是你看得准。我们不划船,它会把我们漂到哪里去呢?"

"漂到桂山湖下游的溪河上去。"

"你怎么知道?"

"你没看游览指南么,那上头都写着。"

"我才不看呢!我只晓得跟着你走,你带我到哪儿,我就去哪儿。哪怕去的是天涯海角。晓得么?小时候,你跟迅宝一起出去,我总是在弄堂里跟在你们后面,好想跟你们出去玩。"

汪人龙淡淡一笑:"这我倒不知道。"

"现在说给你听嘛!亲我,人龙。"

汪人龙环视着波光粼粼的湖面,远远近近星星点点的都是游船,他显出为难的样子:"这湖面上那么多人……"

"这样子才浪漫嘛!"沈迅凤坚持着,"让这么美的天地山水证明我们的爱情,回想起来心里都是甜的。"

说着,沈迅凤努起两片嘴唇,朝汪人龙凑过来。

汪人龙拗不过她,蜻蜓点水一般,在她的脸颊上轻轻啄了一下。

沈迅凤不依道:"你敷衍了事,再来。"

汪人龙拍拍她的手背:"这里人太多了,况且是山乡,风气不像上海。我们到清静点的溪河上去吧。"

说着,汪人龙拿过沈迅凤那支桨,递给了她,自己也操起船桨,划动起来。

两人坐在小船的后座上,尖尖的船头微微翘起来,顺波而下,又加两人一齐划桨。哈呀呀,轻舟绿波,小船轻捷自如地荡漾着划进了湖边的溪河中去。

溪河不宽,水质更为清凉,溪河两岸,除了绿树垂柳,因为开发了旅游,又夹种了当地百姓喜欢的茨藜和凤尾竹。茨藜的枝丫朝着河面伸展出来,凤尾竹弯弯的枝条伞盖一般遮住了阳光,溪河上一片清静。

沈迅凤把船桨往舱里一扔,双手一环,抱紧了汪人龙的脖子:"你的提议太好了,这里简直就是专为情人们开辟的。这下你该好好亲我了吧!"

汪人龙放下手中的船桨,俯下脸来,亲吻着沈迅凤。

沈迅凤张着嘴,一口亲住了他。天哪,她这哪里是吻啊,她简直是在咬他,啜他,吮他,两片嘴唇贴着他不放。

这个女人真是爱他的。

一阵笑声从水面上传过来,沈迅凤这才心有不甘地松开臂膀,移开了她的嘴。但她仍紧挨着他,在他耳畔说:"人龙,自从跟着你来,时刻形影不离和你在一起,我比原来更爱你了。你真是一条有情有义的汉子,看到你在哥哥墓前那一幕,感动得我的心都在颤动。就是我父母,对我死去多年的哥哥,最多也不过这样了吧!迅宝死那么多年了,你还这样子待他,你……你……"

泪水涌上了她的眼角,她哽咽得说不下去了。

汪人龙的心一沉,他是想对沈迅凤开诚布公地谈一谈,做回一个正人君子的。而她,却因为跟着他出来,爱他比以往更深沉了。这可不是他要的结果啊。他决定趁这当儿就给她说,这里没有任何旁人,这里说什么也只有他们俩听见。他沉郁着脸说:

"你是这么以为的呀……"

"就是。"她打断了他。

"我的感受却和你截然相反。"汪人龙冷冷地说。

沈迅凤的脑袋撒娇地一歪:"你的感受是怎样的?"

"看到那块冷冰冰的墓石,我突然觉得,亲如兄弟的迅宝就像沉着脸站在我面前。"汪人龙字斟句酌地考虑着自己的措辞。

沈迅凤不解地:"怎么会是这样子?"

"真的是这样,我顿时心就虚起来,不安起来……"

"心虚?"

"是啊!你想想,迅宝要活着,他会允许我和你像今天这样相好吗?他会答应我们双方背着家庭,住一间客房吗?"

沈迅凤的脸色变了,困惑地瞪着汪人龙,讷讷地说:"那我们要相好,他也管不着。"

"不,他管得着的,"汪人龙正色道,"他会怎么对待你这个小妹,我想象不出来。可他会怎样对我,我猜得到。"

沈迅凤的声音低低地:"他会怎么对待你?"

"他会揍我,甚至会和我绝交。"

"唉呀呀,你越说越不着边际了,他死去几十年了,怎么会活转来?人龙,你也真是的,瞎操什么心啊。"

"不是瞎操心,"汪人龙的脸色阴沉下来,内疚地道,"那天我跪在迅宝的墓碑面前,除了痛惜他早早地离我而去,从心底里涌起一股对不起他的感觉。还有就是深深的不安和内疚,真的。迅凤,你是他的亲小妹,而我却和你发展成这种关系……"

"我们是真心相爱,不是么?"沈迅凤不无担忧地辩白着,两眼坦然地望着汪人龙。

"是的,我比任何时候都更爱你,更觉得你是我的贴心人,生意上的一切我都对你坦然相告,"汪人龙睁大了一双眼睛道,"可我们不能继续这样下去了,有多少次,我都不敢正面看你一眼……"

"那是为啥?"沈迅凤担忧地问。

"不为啥,就是见不得你这双眼睛,和迅宝活脱像的眼睛。一见你这双眼睛,我就觉得迅宝在看着我,我就汗毛凛凛……"

"那你想怎么办?"沈迅凤尖厉地叫起来,大难临头一般手足无措地望着汪人龙。

"迅凤,我们恢复成你初到公司时那样吧,你的一切都不动,职务、负责的事情、报酬,都同现在一模一样,工资以后我还会加给你。你不要插嘴,听我说完,说完你再讲,"汪人龙做了一个手势,阻止沈迅凤打断她的话,"你还是丈夫的好妻子、孩子的好母亲。而我呢……"

沈迅凤陡地发出一长串冷笑声:"嘿嘿嘿,我明白了,我完全明白了。"

汪人龙欣慰地:"你明白就好,明白我的心就坦然了,也觉得对得起迅宝的在天之灵了。"

"我明白你的狼子野心,明白你见异思迁!"沈迅凤断然地喝叫起来。

汪人龙的手指点住自己鼻子:"我见异思迁?"

"当然啰!你以为我看不出来?哼!"沈迅凤一撇嘴,"我在旁边看得一清二楚,你这次出来一眼看到白小琼又年轻又有姿色,又恨不得讨好你,你心动了是不是?你是想把我甩了又把她勾上手是不是?你快去啊,我保证你不费任何口舌,就能把她钓上钩。"

汪人龙双手一摊:"哎呀,迅凤,你想到哪儿去了……"

"不要赖,我早在一边看出来了,"沈迅凤振振有词地发泄道,"所有的人都离开桂山下去了,看见我们没走,她白小琼借口要画画,也赖在宾馆客房里不走。说什么罗幼杏走了,客房里就她一个人,她好趁着清静构思作品,她还不是想接近你?"

汪人龙苦笑着摇头:"她不是知青……"

"你别为她辩护,她不是知青,她父母是桂山知青吧?那么远路跑来了,她为什么不到父母当年插队的村寨上去看看?"

"她说一个姑娘家,孤单单跑下去……"

"是啊,孤单单是需要人陪,最好你陪她。"沈迅凤的泪水在眼眶里打转,脸青青的,"今天吃早饭时,她不是跟你提出,要你去看看她构思的草图么?你呢,连影子都没见,就表态说,会给她宣传,会帮她联系买主,会向朋友推荐她的画。你对那些名画家,都没这么热情。"

汪人龙辩解说:"我是有前提的,你没听见么,我说只要她画得好……"

"画得好画得坏还不是由人说,"沈迅凤蛮横地再次打断了他的话,"你不要以为我不晓得。"

汪人龙急得嗓音都提高了:"迅凤,你别误会了。我真是无颜面对迅宝,真是从心底深处想对你好,才这么说的。"

"想对我好,"沈迅凤也许觉得自己的态度太过火了,放轻了一点声音说,"就让我们仍旧好下去。我都不在乎,你在乎啥呢?真像你说的,你更爱我了,珍惜我,爱护我们相互的名声,你就要我啊!你娶不娶?你说声要,我回去就离婚,你明媒正娶,我们堂堂正正做夫妻,你良心上不是无愧了?你就对得起我的迅宝哥哥了。你娶不娶?"

沈迅凤咄咄逼人地说出这一番话,睁着一对睫毛上沾着泪光的眼睛,瞪视着汪人龙。

小船在随着溪河的水漂移,淙淙潺潺的水声中,传来远处游人们的阵阵笑语。两岸的茨藜、绿竹营造出的是一个清水幽梦的环境。汪人龙却在沈迅凤的逼视之下,感觉自己脸颊上阵阵发烫,头发根都竖了起来。

沈迅凤短促地冷笑一声:"看你脸上一阵青一阵白的,你以为我不知道啊!人家都说,男人有钱就变坏。汪人龙,你也想变坏,告诉你,有我在,我就不让你变。你以为我看不出啊,实实在在坦白告诉你,正因为不想破坏你美满幸福的家庭,正因为想到你在商圈里良好的名声,再加上我也舍不得自己的儿子,我才忍气吞声,和你保持着这种地下恋情。你要节外生枝,你要这山望着那山高,甩了我又去花白小琼这种女人,我就豁出去和你大闹,你信不信?"

汪人龙望着气愤得扭歪了脸的沈迅凤,做了一个手势:"你、你没听明白我的意思,我真的是……"

"我完全明白你的意思,"沈迅凤愤愤难平,"我不会放过你的,你记住!"

"嘭"的一声,无人关注的小船一头撞进了溪河岸上的乱石滩中,卡住了。

坐在船上的汪人龙和沈迅凤的身子不由得一颤。清澈的溪河水面上,几瓣茨藜的花瓣,在打着转转。

二十五

应力民记忆中的小桑,瘦削的脸,两条剑眉,高挑个头,是个高原上的英俊小伙子。二三十年没见,没想到小桑长成了团团的圆脸,身架子身板都厚实多了,俨然一个中年成熟的警官,哪里还有当年初入警界时的稚气。

离开重返第二故乡的知青大队人马,自由活动的几天时间,小桑给应力民安排得井井有条,不紧不松。

作为一个插队落户的老知青,第一站当然是故地重游,到应力民落户的村寨上去看一看,同时,拐到离他插队不远的徐眉、岑达成生活过的寨子,去看看知青点的旧址还在不在。当年的寨邻乡亲们,年纪大一点的,还有几个人记得徐眉的失踪,还有几个人想起为徐眉案被关一年多的岑达成。两处看下来,一天就差不多了,随后小桑陪同应力民去实地查看那条古驿道,这是分局长交给应力民顺便完成的任务,在上海被抓获的毒贩交代,为避开缉毒警的追捕,他们有时就利用这条地图上不曾标出、外界少为人知的古驿道,既可以抄近路,又能躲开缉毒警,风声紧时还能就近在荒山野岭的山洞里躲个几天,神不知鬼不觉地消失。为核实这个细节,应力民决定要实地去看一看,如果说湮没在历史的烟尘中的古驿道,竟然被今天的毒贩们利用了的话,上海警方还将会把这一详情,给省公安厅通报,以便日后请他们协助对这条不为世人所知的古驿道进行控制。

小桑说了,实地到古驿道上去,可以顺便看一看平阳屯堡。那可是现在的旅游热点,时间凑巧,还能看到被专家们称为中国戏剧活化石的地戏。那是值得一看的。

应力民问,这么好的东西,我们当知青时怎么从来没有听说过。

小桑坦然一笑,说那是你们调回上海之后才开发出来的。你们当知青时,那玩意儿叫跳神,属于批倒批臭的封建迷信,谁敢玩。

跳神啊,原来地戏就是跳神啊!应力民恍然大悟,那我晓得。

是啰,张艺谋拍《千里走单骑》,请来个日本人高仓健演主角,还把平阳地戏说成是云南丽江的。屯堡人正在嚷嚷要同大导演打官司呢。你觉得我给你安排的日程怎么样?

应力民说十分满意,他这不是客气话,该到的地方,都到了,该摸的情况,也摸准了。还能看到新的旅游项目,他拍着小桑的肩膀直道谢。

小桑说了,临时想到了什么,我们还能随时调整,反正三天时间充裕。

应力民没想到,一跑下去,实际的收获比预料的还要大。

那是头天下午,刚到徐眉、岑达成他们几个知青落户的村寨上。青岗石级铺砌的寨路似乎仍旧和当年一样,参加了专案组,应力民没少来过徐眉和岑达成插队的村寨。当年看惯了的黄泥巴墙茅草屋不见了,代之而起的是一色的青砖的房子,有的还是二层、三层楼的。到过外头打工的人家,学了点新的审美眼光,有的在砖墙外头抹了砂浆,刷了涂料,有的还贴上了瓷砖,外观看上去明朗多了,可在应力民眼里,村寨上原先的纯朴、古雅却淡弱多了,乍一眼望去,总有点不伦不类的感觉。唯独那坚实的青岗石级寨路,除了比当年更圆润了一些,更多地沾了点泥巴,其他都没变。就是在寨路上,在那棵有四百多年历史的沙塘树下,迎面走来了一个满脑壳花白头发的老农,让应力民陡地收住了脚步。

老农的脸色红润,绽开了满脸笑容,喜吟吟地一路走来,他的那一头花白短发,在太阳光影里银闪闪的。看见应力民和小桑停下了脚步,他也迟疑地放慢了步伐。

应力民和小桑,虽然穿的都是便服,可他俩一个敦实健壮,一个高大魁伟,多年的职业警察生涯,又使他俩身上有一股不言自威的神态。

老农的笑容倏地一下从脸上消失了,眼睛里掠过一丝惊慌之色。

恰在这一瞬间,应力民也把这个七十来岁的老农从记忆中搜寻出来了,一个名字从他脑际跳了出来:周再祥。应力民绝没想到会在寨子上碰到这个人,不是当面看见他,他的形象早已淡漠在时光的浓雾里了。可是一当见着他,所有的往事,所有的细节,所有和他打过的交道,全浮现在脑子里。

应力民迎着老农,大步走了上去。

老农似被应力民身上那股气势震慑住,放缓了的步子一下停住,并习惯性地退让到了青岗石级路旁。

应力民大步生风地走到他跟前,以不容置疑的语气道:"你是周再祥!"

"没的错,政府队长。"

一听他的答复,小桑已经猜出了他的身份,连忙紧跟在应力民身后,走了上来。

应力民语气平和地问:"出来几年了?"

"快二十年了!"老农的眼睛像害怕阳光似的,说话间眯缝了起来。

应力民疑惑地:"二十年?"

老农脸上浮起谄媚的笑容:"政府队长,我是获了减刑的。"

"噢。"应力民这才觉得对得上号。他记得清清楚楚,当年他是被判了十五年,照他的说法看来是减了一半刑。"现在的身体还好吧?"见他浑身紧张,应力民放缓了语气。

"托政府的福,好、好!你看我这身板,还能做活路,挑、抬都干得。"

说着,周再祥扬起胳膊,显示自己还有力气。

应力民索性把话问到底,权当作回访调查:"生活上有啥子困难吗?"

"没得没得,娃娃们都成家立业,单过了。"周再祥脸上浮起些不自然的笑,"我和老伴收拾自家那点田土,喂养点鸡鸭、两头猪,过得去过得去。"

"那好吧,好好安度你的晚年。"应力民说着对这个刑满释放的老人,伸出了自己的手。

周再祥受宠若惊地伸出双手,紧紧地抓住了应力民的手,使劲地摇晃着:"要得、要得!我一定好好过,好好改造自己。"

周再祥走远了,小桑忍不住问:"是你逮过的犯人?"

"哪里,"应力民做了一个否认的手势,"还不是卷进徐眉失踪案的嫌疑犯。"

周再祥那时是大队革委会副主任,负责民兵工作。就在对岑达成久审不果,又没新的线索的时候,周再祥把到他家来玩的妻妹强奸了,当妻妹哭哭啼啼跑到公社革委会把他告了以后,这家伙顿时成了徐眉失踪案的重大嫌疑犯。连自己妻子的小妹都要蛮横地奸污,见了花容月貌的徐眉,周再祥还能不动心?况且,他一被抓起来,就有老乡揭发说,周再祥不止一次在干活歇气时仰起脸向往地说过,得徐眉这种美貌女子睡一晚,也不枉在这人世间活过一回。揭发的人还学着他说话时的模样,做出一副色眯眯的脸相。

于是乎专案组认定,周再祥是条漏网之鱼,具有重大嫌疑。对他组织了接二连三的持续审问。

那时应力民已被借调到专案组,同样被排进了审讯小组。那种审问,当然是把各种方式都用上了。特别是押监他的民兵,有的人平时受过他的气,有人说他在分回销粮、救济粮时假公济私。逼、供、信,"一骂二打三捆绑,再不交代就上梁。"屈打成招的周再祥,为了不受皮肉之苦,就依照审讯者的思路,乱招乱供,承认是在暮色浓重的擦黑时分,看见从街上赶场回来的徐眉,就把她推进黑乎乎的青松林里强奸了。不料徐眉极力反抗不说,还指名道姓地叫着他的名字,说要去公社告发他,他害怕自己的罪行败露,就在把她奸污之后,双手紧紧卡住她的喉咙,活活扼死了她。临死前,她的脚乱踢乱蹬,把石头踢得老远。

久审无果的案子有了突破,专案组大喜过望,立即上报。各级领导在电话上表扬和鼓励的同时,马上传达了省公安厅的指示,活要见人,死要见尸。让周再祥交代他把徐眉的尸体埋哪里了。

没想到审这个问题时,比审他强奸更费劲。于是乎只得又用上老办法,周再祥惨叫了半夜之后,就开始交代,把徐眉扼死之后,就埋在了青松林里。

把他押到青松林子里,他胡乱指认了一处空地,十几个身强力壮的汉子把青松林挖翻了,也没见一丝尸体的痕迹。

再审,周再祥再招,说把尸体拖到下面的河沟里,埋在河底了。

河沟里有水,把上游的溪河水拦住了,挖开了一大截河床,仍不见尸体。

专案组直到此时,才警觉到是受了他的骗。这下子不仅专案组审他的人要揍他,就连被他骗得花大力气挖青松林、挖河床的汉子们,都斥骂着说要打他个半死。

幸好地区公安处和县公安局把他押走了。一到那里,周再祥全面翻供,对他在专案组面前说过的一切,全都不承认。问他为什么要胡编乱造地骗人,他撩起衣裳让警察看被打得伤痕累累的身子,警察除了摇头,无话可说。

最终,只得以他强奸妻妹的罪,判了他十五年。

估计,改革开放以后,他在狱中的表现还可以,又根据他家人的请求,为他减了点刑。

唏嘘感慨地听完应力民的回忆,小桑像被提醒了似的说,地区公安处在清理历年作为悬案积压下来的案件时,重新审查了当年轰动一时的徐眉失踪案,又发现一条新的线索。

应力民顿时扬起双眉,问:"什么线索。"

面具,小桑说,一只面具。

啥子面具?应力民在开口问的时候,已经想起来了,当年在参与清理徐眉失踪多日后的遗存物品时,确实在她床边的帐子后头发现有一只面具。问了和徐眉同住的几个女知青,几个女知青异口同声地回答,这东西不是她们的,肯定也不是徐眉的,谁也没见徐眉说起过这只面具,拿过这只面具,她们讪笑着说道:"有哪个上海姑娘会喜欢这种玩意儿?"问寨子上的老乡,老乡说这是跳神时戴在脑壳上的地戏面具,不可能是徐眉的。

故而应力民的笔记本上,没有留下关于这只面具的记录。

作为上海知青,他也深知,上海女知青没有人会对这种小时候见惯了的"野狐脸"感兴趣。要晓得,在他童年时代,硬纸壳做的"野狐脸"不过才卖三分钱一只。

没想到,这只无人认领的面具仍被搜罗进了封存的遗物之中。

小桑说,把它搜进遗存物品的依据是,所有的男女知青和满寨百姓,都说这只面具不是他们的;而它恰恰挂在徐眉床头帐子的后面,那么,也有可能是徐眉的。

清理积案的警官据此分析,会不会徐眉这个女知青偏偏喜欢这种面具。在那个年头,这种面具是搞封建迷信跳神的道具,而如今,面具已是各个旅游景点普通的纪念品,几块钱就能买到一只,品质好一点、艺术品位高一点的,也不过几十、百把元一只,不仅有男游客买它,女游客同样也有喜欢得爱不释手,一买就买几只的。当年的徐眉为什么就不能喜欢这种面具呢?也许这种面具恰恰就是徐眉的,只不过她没同女知青们讲过而已。一个人买了东西,为什么非要跟同一知青点的女知青说呢?她完全可以默不作声,这是她的自由。况且,这只面具雕得和流行于当前旅游商店里的不一样,它雕的是一个眉清目秀的小伙子,既有几分英武之气,还有书生的儒雅之态。徐眉怕女伴们嘲笑,不对女伴们讲,是完全有可能的。

应力民听了这一番分析,觉得清理积案的警官用今天的观念,做出这种大胆诠释,是有一定道理的。他脑子里还记得那只面具的形象,既然第二天要到平阳屯堡去,应力民决定到了平阳屯堡,顺道一定好好地考察一下面具销售市场,并且设法了解,当年的徐眉是从哪个渠道得到这只面具的。

万万没想到,第二天来到平阳屯堡,意外的收获还很大。积郁在应力民心中几十年的徐眉失踪案,竟也显出一线曙光。

沿着青石铺展的小路,走进平阳屯堡的时候,小桑的手摸着那些上了年轮的古石墙,兴奋地给应力民介绍着:"这平阳屯堡,实在是个石头的世界。屯堡的歌谣里唱:石头的瓦盖石头的房,石头的街面石头的墙,石头的碾子石头的磨,石头的臼窝石头的缸。有文人说,这里是石情一片,古情一片,你想得到吗?屯堡形成的村寨,在平阳的土地上,已经有了整整六百年的历史……"

"六百年?"应力民眼睛瞅着不时从身旁走过的女人们蓝色的大襟长袍,依稀记得,插队落户时,对穿着这种服饰的女子,也曾充满好奇地打听过,她们是哪个少数民族。当时有老乡告诉他,这是京族。他也就没再往下细问。今天走近了看,她们的服饰还真有特点,衣襟、袖口处饰有花边,腰间系着锦丝质地的长腰带,脚上穿的是尖头平底绣花软鞋。

看他大睁双眼瞅得仔细,小桑介绍说:"她们的穿着也有讲究,简而言之,就是四句话。"

"四句话?"

"是啊!叫作:

  头上一个罩罩,
  耳上两个吊吊,
  腰间两把扫扫,
  脚上两个翘翘。

罩罩是马尾编织的发网,吊吊是精致细巧的银耳环,扫扫是丝织的腰带,翘翘是鞋前端翘起的尖头,这个尖头讲究大哩,古时候是插着锋利的刀片的,屯堡妇女上街赶场,遭人欺负时,一脚踢过去,就能把对方踢出血来。嗨,这些从南京迁过来的汉族女子……"

"什么什么?"应力民叫了起来,"她们不是少数民族?"

小桑笑了:"你还以为他们是少数民族啊!跟你说,六百年前,朱元璋打下大明江山,让盘踞在云南的元朝梁王把匝剌瓦尔密投降,这家伙非但不降,还违反两国交兵,不斩使者的古训,把朱元璋派来的使臣杀了。朱元璋大怒,派出大将傅友德率30万大军征服元朝残余势力,在今天的云南曲靖白石江地方,10万元军被打得稀里哗啦,彻底被剿灭。嚣张一时的梁王逼着妻子投滇池而死。自己也在往北逃窜过程中同丞相一起自杀。傅友德为防止元朝的残余死灰复燃,又怕西南的土司待大军撤退又占山为王,于是参照自汉代以来就有的屯田、屯军的办法,上奏朱元璋,在这一大片高原上的平阳地带,屯田屯军,闲时为民,战时为兵。朱元璋批准了傅友德的奏请,为让几十万军士们安心,他还下了一道圣旨,在调北征南之后,又让军士们的妻儿老小,调北填南,让他们永镇西南。这些人就在平阳周围转,就地取材,把当年江南一带先进的农耕文明、建筑艺术、饮食文化全都带了过来。光平阳这地方,就建有二百多个军屯、民屯哩!和你们知青插队落户,差不多。"

小桑介绍得详细,应力民听得专注,只是他仍不解:"那么,六百年以来,他们怎么就没变化?"

"变化还是有的,只不过关山阻隔,天高皇帝远,变化小一点呗!"小桑笑起来,"直到改革开放之前,屯堡人仍照着六百年前始祖带过来的生活方式,过着人世间的日子。你插队那些年没见过?"

"见过。"应力民点头,只是当时没深究。

小桑接着道:"屯堡人几乎个个都会唱。

  屯堡是个好地盘,
  小桥流水像江南。
  河边杨柳长得好,
  石桥石院石栏杆。

屯堡人穿的衣裳,叫'凤阳汉装'。凤阳是什么地方?朱元璋皇帝的家乡呗!"

应力民信服地点头:"没想到,小桑你还这么熟悉历史。"

"哪里呀,"小桑连忙否认,"还不是陪客人来得多了,一遍一遍听人讲,晓得就多了嘛!听人说,你们上海知青作家中的叶辛,是最早写文章介绍屯堡景观的,听说他那篇文章,上海的《新民晚报》,一口气连载了10天呢!"

应力民双手一摊:"大约是我忙,没读到过。"

"那不要紧,"小桑道,"趁这头一次来,你就慢慢走,细细地看呗。也好增进你对第二故乡的了解。"

说话间,他俩跨过一座小石桥,走进了一家面具铺子。

应力民随小桑走进去一看,嗬,迎面的墙上、木架上,放满了各种表情、各种色彩、大大小小千奇百怪的面具。有把舌头伸出来舔到眼角上的,还有挤眉弄眼的,有将两个嘴角翘到耳根上的,还有装着长胡须的。小桑指点着形形色色的面具上的不同色彩介绍道:

"这脑壳顶上只有两三角角的,是小军面具,红色的表示正方,绿色的则是反方。那只黑色飘着长须的,额头顶上开着天眼,表示是一位刚猛的将军,黄色显示出老成,赤红则是忠勇,根据他们脸部不同的表情,分别标出他们不同的身份。你看,这是门神,这是土地菩萨的造型,这是将军,这只面具是判官,看上去凶不凶?"

面对小桑征询的目光,应力民点头道:"确有掩容增威的震慑功能。"

小桑环指着满壁的面具道:"乍一看去多种多样,细看就会发现,这些被屯堡人称为'脸子'的面具,也有一定的程式化倾向。比如说,武将刺刺眉,少将竹叶眉,女将则是柳叶眉。"

"用我们的话说,"柜台里头一个中年汉子,接过话头道,"女将一根线,少将一支箭,武将为烈焰。二位客人,要选几只脸子带回去?"

应力民从一走进面具铺子,始终在满墙满壁满架子的面具中寻找和徐眉床头看见过的那只相似的脸子,可他上下左右地来回扫视了几遍,都没找着那只面具样式的。他凝视了中年汉子一眼,只见中年汉子扎一条围腰,一双大大的眼睛似蒙着层薄雾,应力民猜测他就是刻师,由于久久地盯住面雕刻的缘故,他的双眼有些凝滞。应力民接着中年汉子的话说:

"你这里有那种样貌清秀、刷成白色的面具么?"

中年汉子抱歉地笑了:"客人要的是少将脸子,最接近常人,最讨少年和姑娘喜欢的,是我们地戏中的罗成。不巧得很,我这里的少将罗成,昨天傍晚刚被几个女大学生买走。"

雕刻师的话,仿佛在印证应力民的思路,应力民边听边沉吟着,今天的女大学生喜欢,当年的徐眉,一个风流女知青,说不定也会喜欢。

雕刻师把身子往柜台前凑凑,道:"客人若喜欢,我可以专为你雕一只。"

"要多少时间?"小桑插嘴问,又转过脸来说,"应大,订一只,算我送你的,不枉你游了一趟平阳屯堡。"

应力民掏出皮夹,说:"还是我来吧,要付多少定金?"

雕刻师连连摆手:"不消定金,不消付定金。客人订的是忠勇双全的罗成将军,屯堡人讲的是信用。做好了,我会通知你,请客人留下联系方式。"

小桑抢先一步:"我给你留个手机号码,做好了,你打电话通知我。我姓桑,你几天可以做好?"

说着,小桑在雕刻师拿出来的练习簿上写下手机号码。

雕刻师道:"十来天吧。"

"这么长时间啊!"小桑失望地把脸转向应力民,"应大,你自己带不回去了。刻师做好之后,我来取了,给你寄去。"

雕刻师解释:"十天时间不算长,客人定做的,我从下白杨木、丁香木、白果木开始,光是将料在阴凉通风处晾干,就得八至十天,锯开以后,还得将毛坯放在加入石灰的大锅中煮沸。罗成是忠臣良将,流芳千古,头盔上要雕白虎星,还有耳翅,我这店中,耳翅是出了名的。好多客人都买去当艺术品珍藏,就是我自己做,要做一模一样的两只脸子,几乎是不可能的。"

应力民听明了他的言外之意,信赖地朝他点头:"从你墙上挂出的这些脸子,我都看得出,你的浮雕、镂雕技法都很精细,取神遗形,大胆虚构,既写实又夸张,是值得收藏的好作品。"

雕刻师脸上露出喜出望外的笑容,热情地伸出双手来握住应力民的手:"知音,知音啊!客人,你要不嫌弃,我这一屋的脸子,你随便挑选一只带回去,我不收钱,算是交个远道朋友。"

应力民哈哈笑着,连连摆手。雕刻师见他客气,从墙上取下一只英武豪气的面具,用纸包了套进塑料袋,一定要送给应力民,还说:

"这是忠臣良将岳飞,头盔上雕的是大鹏鸟,是我满意的作品。来,进里头坐,坐下喝一口茶。"

刚才在墙上浏览时,应力民已经注意到了,雕刻师送他的这只面具,价格不菲。收了人家礼物,他不得不在主人一迭连声的邀约之下,在小方桌旁的椅子上坐下。

雕刻师斟上的茶,爽口甘甜,别有一番滋味。

小桑眯眯含笑地望着应力民说:"屯堡的茶水万家情,我是常来的,不用花钱就能喝。"

雕刻师见他俩一口都把茶水喝尽了,又给他们边斟茶边说:"那就多喝点,这位桑师傅,应该说屯堡的井水透心甜。六百年前,我们的先祖屯军来到这里安营扎寨,引来了山水灌溉农田,掘开了水源环绕二百多个村寨。前两年,中央电视台专为屯堡的水系,来拍了一个好长的片子,一个歌手唱:屯堡土茶喝一杯,满口清香暖心扉。来来来,再加一点。"

一来二去的,陌生人之间的隔阂全然被打破,应力民不失时机地提出了自己的话题:屯堡的雕刻师雕出的面具,能不能认得出来。

正端起小杯啜茶的雕刻师呷了一小口,把杯子往桌面上重重地一放,用肯定的语气道:

"当然认得出啰!屯堡二百多个村寨上,和日常生活息息相关的手工技艺,应有尽有。除了老百姓常说的四坊五匠,碾场、榨油坊、粉场、酒坊、豆腐坊、染坊、糖坊之外,铁匠、石匠、篾匠、泥瓦匠、烧窑匠、银匠、补锅匠、皮匠、剃头匠、骟鸡匠啥子都齐全。雕刻师只是众多木匠中的一种人,往往只会雕脸子,其他木匠活都不会干。客人你莫看旅游景点上脸子多啊,我们干这一行的,一眼就认得出,这副脸子出自哪个师傅门下。归根到底,会雕刻脸子的,就是那么几户啊。"

应力民感到自己的心跳在加速,他不动声色地瞅了一眼小桑。

小桑眨巴了一下眼睛,问:"那么,几十年前的面具,拿到你面前,你能说清是屯堡哪家雕出来的吗?"

雕刻师又端起杯子喝茶,店铺里一阵清寂,有山歌声清晰地从屋外传进来:

> 哥哥你呀好狠心,
> 把妹拉进刺竹林。
> 石头石头啃背心,
> 太阳太阳晃眼睛。

应力民毕竟也在山乡里插过队,他能领会这俏皮诙谐的山歌声中的言外之情,听到这歌声,他不由得微微一笑。

雕刻师轻描淡写地回答小桑的提问:"没啥子问题。"

应力民如释重负地和小桑交换了一下目光。

雕刻师接着道:"外人看脸子,只以为这是旅游纪念品。在屯堡人眼中,脸子是社会上各式人等的写照。雕师精心刻出的脸子,内心里往往将它视作神灵的化身,寄托着他的感情。"

"说得太好了。"应力民不由得赞道。

小桑一拍巴掌道:"我常来屯堡,还是头一回听到你把面具说得如此之神。"

山歌声又响起来,这回不是谐趣万分的情歌了,而是吟咏水泊梁山好汉的古歌:

八月里来桂花香,
立草为王是宋江。
梁山一百单八将,
不分男女动刀枪。

二十六

走出面具雕刻师傅的铺子,应力民寻思着如何开口向小桑提要求,小桑已经从衣兜里摸出手机,给桂山市公安局打电话,请局里赶紧派人,将徐眉失踪案遗存物品中的那个面具,送到屯堡来。他和应大要拿这一张面具,请教当地的雕刻师,看能否获得一点意外的线索。

打完电话,小桑对应力民说,先去看一堂屯堡地戏表演,然后就去吃一顿屯堡农家宴,估计饭吃完的时候,局里的那只面具也该送到了。如若因故有一点耽搁,并不碍事,我们可以去听歌,刚才有山歌声传来,我看应大听得入神,这回干脆去听个够。屯堡的山歌,没有本子,没有现成的歌词,就是嘴狠,叫作"山歌无本靠嘴狠"，这是屯堡山歌独特的魅力，一边喝着屯堡茶，一边听着年复一年传下来的山歌旋律，时间是打发得很快的。

应力民还有什么话说？小桑的安排，可谓细致周到。既办了事情，又让他在屯堡里玩了个畅，一点也没浪费时间。

完整地看一堂地戏，对于应力民来说还是第一次。虽然他在插队落户的青春岁月里就听老乡说起过跳神，可那是"文革"期间，跳神是公然的封建迷信活动，没人敢在他面前表演一番的。近几年来，随着屯堡文化的宣传，电视上时有地戏表演的镜头，那也只是一掠而过，看不分明的。

地戏地戏，有地就有戏。说的是在山间的地戏演出，或在村外平地上，或在寨中空坝上，演员们登场，老百姓四面围起，表演就开始了。好的地戏队演出，四乡八寨的老百姓围拢来，就着山坡站立观看，层层叠叠，气势还是很壮观的。

发展了旅游，定下了时间演出，应力民得以坐在长板凳上，面对着戏台子看，是很大的享受了。

应力民不能理解的是，他这个从未看过地戏的游客坐着等演员上场，为什么很多当地人，尤其是穿着水月蓝宽袖大袍的女子，无论小姑娘还是老太太，同样津津有味地等着看呢？她们不是生活在这块土地上吗？她们不是经常看么？重复地炒冷饭，有多大的意思呢？

不等他发问，地戏开场了。原来跳地戏的演员，个个头蒙青巾，腰围战裙，一只只表示自己身份的面具全都戴在额前，不是戴在脸上。他们个个手持大刀长矛尖戟一类兵器，绕开了场子。那场面像京剧里的武戏。

说唱的老者用道白一般的声调介绍，这是反映宋朝战争的传统地戏《三下河东》，只见两将相逢，锣鼓喧响，杀得难分难解：

  一似双龙来争宝，
  二如猛虎出山林，
  三似豺狼逢虎豹，
  四如仁贵遇苏文，
  五似敬德斗叔宝，
  六如哪吒斗行孙，

七星旗号狂风摆,
八洞神仙过海门,
九天降下真龙将,
十绝阵前大交兵。

朗朗上口地唱下来,从一唱到十。看得应力民只觉得台上刀枪飞舞,龙尾摆动,飞凤翻身。三十回合战下来,他以为该喘一口气了,哪晓得说唱的老音用更高亢的声调,又从十描述到一地唱开了。

应力民环视左右,嗬,台上台下,哪里分得清演员和观众。与其说台上的两员战将各为其主打得昏天黑地,不如说所有的观众伸长了脖子,看得如痴如醉,也成了颇值得一观的演员。

一场酣畅淋漓的激战看下来,应力民情不自禁随着众人拍响了巴掌。觉得不虚此行,值得一看。小桑看了一眼表,说时间不早,该去吃午饭了。

两个人吃饭不好点菜,点得少吃不舒服,点多了又吃不完。小桑还是让应力民美美地过了一回"食在屯堡"的瘾。

他点的凉菜是泡蕨菜和姨妈菜,配上血豆腐和荞凉粉,既有酸味,又有鲜辣。热菜则是素瓜、素豆、肉末炒莲花白和一条酸汤鱼。最让应力民吃得爽的,是他多少年没尝的小吃耳块粑和苞谷烧了,配上屯堡自酿的糯米酒,应力民一次次地举杯向小桑表示感谢,对他的精心安排由衷地满意。

酒喝完了,饭吃饱了,正在品尝切得细细巧巧的耳块粑,桂山市公安局送面具的警官已经到了。小桑接了电话,让应力民等一等,他去取了面具,结完账就去请教雕刻师。应力民把盘子里最后一块苞谷烧粑拿在手里,迫不及待地说:

"不等了,我和你一起走。"

不知咋搞的,应力民有些激动。如果这一回真能通过脸子,获得当年失踪的徐眉一点点线索,哪怕是一点点蛛丝马迹,那也是极有价值的事情。

徐眉床头帐子后墙上挂着的面具刚一展现在雕刻师的面前,雕刻师就笑朗朗地说:

"认识,认识,这种格式的少将面具,只有魔芋寨顾家能做。你们看嘛,那英俊的脸上,每只眼睛上头,画有两道眉毛。早晨我给你们说的,少将竹叶眉,它的竹叶眉下头,有两条往上挑起的弯弯眉。这样的做法,只有顾家的雕刻师想得出来。"

应力民正色道:"别人不会学着他家做吗?"

雕刻师笑起来:"怎么可能嘛。在屯堡,称得上雕师的,拢共没几家人。每家人都有自己的绝招、绝活,照着人家做,不怕人笑落大牙?"

应力民一把抓住雕刻师的双手,连连摇了两下:"太谢谢你了,雕师。"

小桑的动作更为迅疾,走出面具铺子,他一个电话打回桂山市公安局,让他们在电脑上细查一下屯堡魔芋寨面具雕刻师顾家的详情。

不待应力民和小桑坐下来喝完一杯热茶,回电来了。魔芋寨顾家确系世代制作地戏面具的雕刻师,他家制作的面具都属于精品,和市场上几十块钱就能买一只的商品不同。前不久,刚把他家报为国家一级非物质文化遗产的传人,一些专事收藏面具的人士,出高价订购他家的面具,付了定金,总要隔开几个月才能取到作品。有一只面具的头盔上雕了十八条盘龙的杰作,收藏界的拍卖价高到了三十万元,神秘的藏家仍不愿意拿出来示人,说是稀世珍品。寓意广泛流传于民间的隋唐时期十八路反王攻打京城的历史事件,据称这十八条盘龙每一条都象征一条好汉,艺术品位高,且具历史意义,升值空间巨大呢。之所以飙升得如此之高,是顾家嫡系传人中的当代三兄弟,雕这只面具的老二,不幸英年早逝,再没人雕得出如此出色的作品了。而就是这个老二,在"文化大革命"视面具为宣扬封建迷信的"四旧"物品时,仍在偷偷地向前辈学习雕刻技艺,躲在家中雕面具哩。

那么,出自顾家兄弟之手的这只少将面具,怎么会挂到徐眉床头的帐子后面墙上去呢?难道徐眉认识魔芋寨的顾家兄弟?

应力民的脑子里一片混乱,他向小桑提议,立即赶到魔芋寨去,解开心中的疑团。

退出屯堡街子,小桑让吉普车直驱魔芋寨。市局的司机熟悉道路,说魔芋寨地处偏僻,到今天也没规划开发旅游。吉普车只能开到离寨子二里地的路边停靠,进寨子非得步行走进去。即便是通得车子的这一截山路,也是弯弯拐拐,高低不平,坑坑洼洼不断,烂得恼火,只能慢摇摇地走。

地名叫魔芋寨,想必是盛产魔芋吧。应力民晓得,在他插队落户的贫困岁月中,这魔芋是最烂贱的食品,费劲地从土里挖出来,磨成粉吃起来,苦不说,还涩嘴,极难下咽。赶场天,只能卖一分钱一斤。上海女知青徐眉,怎会和这个偏远村寨上的农家小伙相识呢?真是不可思议。

山乡的路还是难走,颠簸摇晃得累不说,仍时有险情。不是拐弯处的路基垮坍一块,要避开走,就是悬崖上有飞石跌落,得绕开往前行。

下了车沿着小路朝魔芋寨迎面走时,应力民看见绿树掩映之中,一片灰白色的石头房子,仍感觉这个地处偏远的寨子,依山临水,俯阳抱阴,门前一大块平坝,是个世外桃源般的地方。

电话已经打到村寨上,村民小组长带了几个人在寨门口的大树底下迎候,寒暄了几句,直接把他俩带到了顾朝仁、顾朝武雕师家中。一路走进去时,应力民打听清楚了,最有才华的雕师叫顾朝杰,死去好几年了。

在两兄弟雕师面前展示带来的那只面具,年近六十的老大顾朝仁和五十出头的老三顾朝武交换了一下目光,以肯定的语气道:

"是朝杰的作品,年轻时做的。"

"何以见得?"小桑用当地话问。屋内的光线晦暗,小桑怕他们没看清楚。

顾朝仁摸了一把下巴上留的三寸长的胡须,随手将少将面具翻转过来,指着面具后头刻下的两处印迹道:

"你们自家看嘛!"

应力民凑上前去,借着铜钱窗射进来的一束亮光,看得分明,面具连接耳翅一个不起眼处,果然有两处依稀可辨的字迹,上面那一个字是"杰",下头那同样小指甲盖般的印迹,不是文字,而是一只形象的兔子,虽然小,刻得却也惟妙惟肖。

一旁光下巴的老三朝武道:"二哥属兔。他的面具,只要刻得满意的,他都刻上名字,同时雕上他的属相。从技艺看,这是他年轻时期的作品。"

应力民的目光从朝武脸上,又移到朝仁的脸上,他满腹狐疑地问:

"当年,顾朝杰是不是把这只面具,送给了一个上海知青?"

"有这可能,"朝武道,"二哥的面具,不轻易示人。可遇到信得过的人,他也会拿自己的作品送人。"

朝仁将着花白的三寸胡须,慢悠悠地叹了口气道:"人都死了,说一说也无妨。朝杰当年娶回的美貌女子,就是下江人。"

应力民兴奋得头发根根都竖了起来:"这女子叫啥名字?"

"二嫂叫余梅。"朝武搭话。

"余梅?余……梅……"应力民咀嚼着这两个字的发音,余梅当然和徐眉连姓带名都不同,可他翻来覆去默念了两遍,怎么总感觉其中有点蹊跷:"余梅,你家二嫂,她在吗?"

"哪里还有她的踪影啊!"陪同前来的村民组长插话进来,"说起朝杰雕师一家人,只能用上'可怜'两个字……"

于是几个人你一言我一语,讲开了顾朝杰家前些年的霉运。

天下暴雨,山上发洪水,把顾朝杰晾晒在大树底下的面具木料全都卷起冲进了河沟。那河沟的水,往常只齐及人的膝盖,不深的呀!顾朝杰心中一急,跳进了河沟就去捞那些他精心挑选的料子。哪晓得水涨得凶,河水没过了人头不说,水势凶猛得赛过虎口,先是上游冲下来的一根树桩撞昏了他,遂而洪水就把他连人带木料冲远了……大水退去之后的第三天,在十几里地外的河滩上,找着了朝杰的尸体。二嫂余梅哭得死去活来,家中没了顶梁柱,两个儿子非要随着打工的潮流出去打工,说爸爸是为了面具木料死的,他们再不愿学这门糊口手艺,宁愿外出凭力气吃饭。余梅拗不过两个儿子,放他们走了,两个儿子在宁波的码头上搞装卸。那一天,一只集装箱里的重物没装满,推斗车刚把集装箱铲起来,集装箱里的重物往一边倾斜,整个集装箱倾覆下来,怪两个娃娃书读得少,不知天高地厚,两个人竟然伸出四只手去阻拦倾倒下来的集装箱,想一想吧,最轻的一只集装箱,都有五吨重哩,他俩怎么阻挡得住。祸事就这么发生了,惨啊!消息传到魔芋寨,余梅人整个儿就憨了,两眼瞪得直勾勾的,好骇人!魔芋寨上传开了流言,说余梅这个外来媳妇,是克夫星,又是扫帚星。看看,好端端一户人家,男人个个都给她这来历不明的女子克死了!寨子上的男女老少,瞅她的眼神都变了。宁波的码头上发来电报,打来手机,让她前去料理后事。余梅收拾收拾,就走了,这一去就再没回来,打电话问过宁波那里,码头上回话说,这乡下女子十分通情达理,料理了后事,拿到了抚恤金,我们送她上的火车。但是,魔芋寨上,再没人见过余梅的踪影,再没人听说有关余梅的消息。当代最有才华的雕师顾朝杰一家,就这么在人世间消失了。

一面听着魔芋寨人介绍,应力民脑子里一面闪掠过无数的猜测和联想,当众人的叹息唏嘘平静下来。他抿了抿嘴,又把目光扫到两兄弟脸上:"你们家中,有没有余梅的照片?"

顾朝仁和顾朝武都摇头说没得。

村民组长提醒一般道,没有余梅一个人的照片,合影还是有的嘛!我记得你们顾家三兄弟,拍过一张合家欢的。

应力民感激地朝村民组长点头,他要确定的,就是这个顾朝杰的妻子余梅,是不是当年失踪的徐眉。

顾氏三兄弟合家欢的照片很快找出来了,是连一只蒙了点灰尘的大镜框一起拿来的,随即,又从顾朝杰的遗物中,找出老二一家四口的合家欢。乍一看去,两张照片上的老少女子,都穿着水月蓝的宽袖长衣,包着青布、白布的头帕,领子、袖子、襟边上都缀着花边,脚蹬尖头绣花鞋,腰缠丝质的腰带,那典型的凤阳古头饰,以现代人的眼光看去,有一种别具风情的美。应力民的目光在两张照片上的余梅脸庞眉眼间扫来扫去,心顿时"怦怦怦"地跳荡起来。

这个改名叫余梅的女子,确切无疑就是当年报案失踪的徐眉。

尽管她穿着古屯堡妇女的服饰,尽管她站在一群屯堡妇女中间,没人会认出她来。可应力民在照片拿到跟前的一刹那,就把她认了出来。他浑身的血液,也随之涌上了脑际。

二十七

一条溪河盘山绕坡地流过来,河水清静得喜人。空气中弥散着山野上莓子的清香,满坡散放的鸭群扑腾着翅膀,跃进了水里。有的余在水上不时地捕捉小鱼小虾,有的拍着翅膀欢快地嘎嘎乱叫。放鸭子的沙姓夫妻,男的在山坡高处放下担子,把搭鸭棚的竹席子、木板、篾编的鸭围和过日子的简单行李铺盖、生活用具,一一放在被阳光晒得白白的岩石上。有锅、有碗,还有晚上点的玻璃罩子灯。

自个儿坐上通往插队落户乡间的客车,依窗眺望着山乡的景物时,罗幼杏的眼前,总是浮现这样一幅画面。对于放鸭子夫妇的生活,她实在是不了解的。他们如何吃饭,晚上怎样在巴掌大的鸭棚里睡觉,鸭子又是怎会听话地回到鸭围子中间,鸭群生下蛋来,捡起后如何带走……她全都不晓得,她也不屑去了解。她的脑子里，留下的就是曾经看到过的那么一幅画面。而且仅有的这幅画面，她也是隔得远远地看到的。那时候，把娃娃送给了沙姓夫妻，她情愿他们早一点走，快一点走，走得越远越好。

现在，她仅凭记忆中的这一幅画面，和放鸭汉子的一个沙姓，就要找到当年的那对夫妻，内心惶恐不安得很。和随便哪个人讲起这件事，人家都觉得悬，觉得几乎是不可能找到的。比如说在桂山宾馆的客房里，她和同住一间屋的白小琼，讲起过自己参加这一趟重返第二故乡之旅真正的目的，除了听得白小琼惊讶地瞪大了双眼之外，年轻的女画家委婉地劝她要做好费尽周折的思想准备，要往最难处想。

这一点罗幼杏不是不晓得，她也掐指算过，当年那对沙姓夫妻现在至少六十多岁了。即使他们仍旧活着，也不可能风餐露宿地还在山野里游荡着放鸭子。可她没有其他线索，她只能从放鸭子人群中开始渺茫地寻找。

她和何强曾经插队落户的乡里和村寨上，同样接到了桂山市旅游局打下来的电话。客车来到乡政府所在地的场街上，乡政府一位民政干事陪着她一起来到几十年前插队的村寨，吃饭由村民组管，寨子上还约来了几个当年和她一起干过活路、薅过苞谷、收过洋芋的女子。那时他们不是新媳妇就是新嫂嫂，现今走到跟前，都拉着手自称老伯妈了。有的人还把小孙孙一起带了来。

幸好罗幼杏随身带了些糖果、糕点、饼干、一口酥、脆麻花之类，她一起从包里倒出来，堆在桌子上，让这些和她年龄相仿的伯妈、叔娘们边吃边笑，气氛是很欢快的。

名义上是故地重游，她真正的目的是打听现在山乡里还有没有放鸭子这一行当，有的话他们来自哪里。

天南海北地闲扯时，罗幼杏自然而然地把话题扯到了这上头。

老姐妹们一个比一个健谈，她们说放鸭子这行当还是有的，比原先还要多一点。只不过现在这季节看不到，现在这时节，那些放鸭汉子，才刚刚从川黔交界地方出发呢，鸭子也小，一路翻山过岭沿着山乡的溪河走来，走到这边的寨门口时，最快的也得是初秋时节了。

罗幼杏心里一阵失望，看来她的自个儿重返第二故乡，最大的收获就是这点信息了。她掩饰着内心中的颓丧，佯作笑脸问起："唉，你们还记得，那时候路过我们这里的放鸭客,有一对姓沙的夫妇吗?"

老姐妹们有的摇头说记不得了,有的说记得记得,那年女的还提着一篮鸭蛋,到我家来换鸡蛋,说鸭蛋吃得多了,想换换口味,恰好我妈说家中的鸡蛋不多了,女的也干脆,以多换少,提着鸡蛋走了。我妈要补钱给她,她连连摆手说不用不用,我们放鸭子的,就是鸭蛋多。两口子为人是可以的。

罗幼杏听得心惊肉跳,她心里揣度着,放鸭子的女人换了鸡蛋,可能就是为了给她的儿子吃。罗幼杏克制着自己波动的情绪,冒出一句:"现在有可能找到他们吗?"

"找不到啰!"差不多是异口同声地回答。老姐妹们诧异,罗幼杏要找这对放鸭子夫妇干啥呢?

罗幼杏掩饰说,是同来的一个知青让打听的,可能和生意有关吧。

老姐妹们摇着头说,好多年没见这对沙姓夫妇了。真要找,只有找到川黔交界的赤水河岸边去。

也只有硬着头皮找下去了。罗幼杏想到何强的期待,想到她对何强的承诺,想到她这一趟来的真正目的,她决定只身一人,往赤水河畔赶。

告别了恋恋不舍的乡亲姐妹,在民政干事陪同下回到乡政府,看到日头刚偏西,时间还早,她执意辞谢了乡里面让住一夜再走的挽留,买了一张客车票,就往川黔交界的赤水河畔几个县赶去。

一路询问,接下来的两天半时间里,罗幼杏始终沿着赤水河畔的几个县份赶路。饿了在路边的幺铺子吃一碗豆花饭,或是脆哨面,要不干脆吃两碗米粉,"稀里哗啦"吃下去,价格便宜,不费时间。随身挎包里,她总背着两瓶水,渴了就喝一口,为赶路误了吃饭时间,她备一份干粮。到了晚上,就住乡场、镇子上的路边小店。白天走累了,晚上躺倒了就能睡着。她吃得了苦,为找到儿子的信念支撑着,从一个村寨走到另一个村寨。才三天时间啊,她的脸晒黑了,始终为没有一丁点线索焦虑,她圆溜溜的脸庞瘦去了一圈。走得脚酸了,两条腿像灌了铅,她坐在路边上休息,望着连绵无尽的山山岭岭,望着眼前高高低低阡陌纵横的原野,望着从她面前擦肩而过的陌生男男女女,悲从心头涌起,她真想放声大哭一场,她真想伸出双手跑到电视台去求主持人,让她面对观众叫一声:"我的亲生儿子,你在哪里?"

命运仿佛在同她开玩笑,在她终于打听到有放鸭子习俗的村寨上时,人们告诉她,放鸭客刚在几天前吆赶着小鸭子出发了。放鸭汉子们虽然走走停停,停下一处来总要待几天,可他们的路径是随意挑选的,她想去追,恐怕也难得追上。功夫不负有心人,到了第三天,终于让她撞见了两个放鸭客,不过那不是一对夫妇,而是两个年轻人。一个成熟些,有二十六七岁了;另一个至多十七八岁,嗓音刚在变。当时他俩正在离山路不远的河岸旁休息,鸭围子敞开着,鸭群都在清澈见底的河床里嬉水觅食,在河堤大大小小的岩石和鹅卵石之间,时有小鱼小虾让小鸭子们争得不亦乐乎。

罗幼杏走到两个小伙子跟前,向他们俩打听,去往客过亭风景区,该赶到附近哪个镇子去搭客车。年少的那个小伙显然还是初次出门,摇头说不知;年长些的眯缝起眼睛辨了辨方向,说顺着河边这条路去,走六七里地,有个叫落水岩的小镇,那里有过路车去客过亭。

罗幼杏道了谢,长叹一声就势坐下来,表示走累了,要歇一口气。眼前淌过的小河碧澄清凉,河水也不深,河道在前方不远拐一个弯,就被一片随风飘拂的柳树遮住了。山野里出奇地安静,远远近近地都不见人。罗幼杏陡地想到,姓沙的放鸭子夫妇,当年领养了她和何强的儿子,要在和这相似的山野田坝之间度过多少日月!联想到这个孩子会在和鸭群相伴的岁月中长大,罗幼杏心头的感觉怪怪的,既有着苦涩的无奈,又有着深深的歉疚。趁着这机会,她向两个放鸭小伙提了好些问题。面对这个年过半百、个子矮小的城市伯妈,两个小伙就自己所知,对她提出的问题给予了答复。当罗幼杏拍拍屁股离开河岸往落水岩小镇赶路的时候,她对放鸭客的生活增加了好多认识。

现在的这两个放鸭小伙,买来孵出的小鸭子,在自家的村寨上饲养一两个月,到春耕大忙结束,秧子栽上坎,农活相对轻闲了,就吆赶着自己能觅食的鸭群上路了,一路行一路放鸭子,让鸭群沐浴着大自然的风雨长大,让鸭子吃着山野田坝间的螺蛳、小鱼、小虾、小虫子长大。公鸭长大了,一路散放,一路就卖给了场街上的客人。这种鸭子的鸭肉鲜美,很受欢迎。母鸭就留下,初秋时节,田野里丰收在望,陆续收割以后的田土间,有很多散落在地的粮食,鸭群天天都能吃得饱饱的。产蛋的季节来临了,每天在鸭围子里收拢的鸭蛋,一路收一路就卖给村寨上、场街上的人。饮食店、饭馆都喜欢收他们的蛋,说这种蛋比用饲料喂养的鸭蛋好吃多了。鸭蛋的丰产期过了,就把整个鸭群卖给农副产品市场、熏鸭或是板鸭加工厂,除了鸭子能卖钱,连鸭毛都卖得好价钱。这些年来,四处建羽绒厂,鸭毛好卖得很。放大半年鸭子,只要运气好,不遇上鸭瘟,收入很可观的。

原先,土地下户以前的放鸭客没有这么好,不过也比闷在村寨上干农活强。他们往往从生产队承包鸭群来放养,队里规定他们,一年到头交给集体多少钱,其余一概不管。鸭蛋卖给哪个,卖多少钱,鸭群如何处置,最后卖到哪里,全都由放鸭人自己决定。

罗幼杏明白了,当年领养她儿子的沙姓放鸭子夫妇,就是这种情况。生活是相对自由的,经济上也不至于穷得滴血。只不过,一年四季放鸭子,孩子长大以后,不晓得读到书没有?

沿着河岸边的路,往落水岩小镇走的路上,罗幼杏脑子里不断地盘旋着各种各样猜测和揣度,心情就如同路旁的河流,在河床狭窄处水流浮起浪花奔突湍急,在河床宽阔处水势平缓淙淙作响,始终平静不下来。

落水岩小镇也是落水岩乡政府的所在地,罗幼杏走进镇街的时候,太阳落坡了,山湾湾里浮起了薄薄的、透明的暮霭。有轻风吹来,天气不冷不热,正是春夏之交最好过日子的气候。

找到客车停靠点,一个人影都不见。罗幼杏询问路旁的小店主,店主说,这地方偏僻,只有过路车,要招呼了才停,故而也叫招呼站。今天该过的车,都开过去了。你要去客过亭风景区,只有等明天的车了。

罗幼杏的心在往下沉,第三天傍晚,赶到客过亭,是肯定不行了。不过她有这思想准备,她晓得重返第二故乡的大队人马,要在景区秀丽的客过亭景区玩上两三天,她明天赶过去,只不过少玩几个景点,不碍事的。夜里在旅馆里住定下来,给召集人汪人龙打个电话就行了。她失望的是,充满热情、充满希望地一路找下来,连当年那对沙姓夫妇的影子都没摸着。刚才在河岸边问那两个小伙子,听没听说三十年前有一对放鸭子夫妇,姓沙的,两个小伙子当即讪笑起来,三十年前,他们都还没出生呢,怎么可能认识?闹得罗幼杏只觉得自己撞了一鼻子灰般没趣。

这下该怎么办呢?

深入乡间来寻找,都没啥线索。到了客过亭风景区,更不可能打听当年放鸭客的信息了,两三天时间是很快的,难道就这么空手而归,去跟何强说?

罗幼杏拖着两条像绑了沙袋的腿,一步一步满脸疲惫地走进了小镇上一家既卖饭又供应面食、米粉的幺铺子。

暮色四合,天在黑下来。罗幼杏坐在幺铺子门口的一张板凳上,要了一碗饭,点了一盘回锅肉,一盘炒白菜,一碗牛杂汤,她想趁吃饭时间,问一问小镇上哪家旅馆干净点,然后去登记住宿。

幺铺子店主是个和罗幼杏年龄相仿、扎一块头帕的伯妈,个头瘦瘦高高的,端着一盘炒白菜上桌的时候,说肉和汤马上做出来,待菜上齐了就盛饭。罗幼杏默然点头,眼神直瞪瞪的。店主见她一脸沮丧,留神瞅她两眼,转身进了厨房。

落水镇外头的山野渐归沉寂,从幺铺子里望出去,山影浓重,弯弯拐拐的路啊,远远近近的田丘、村舍、草垛、树木啊,都被沉沉的夜色淹没。只有那条绕着小镇而过的河流,时而漾起点儿幽微的光斑。春夏之季的蛙声,如潮般喧响起来。黑夜中有萤火虫在飞。

瘦高的店主很快给罗幼杏上齐了饭菜,肚子是饿了,可罗幼杏只吃了半碗饭,就吃不下去了。她一手拿碗,一手夹着筷子,心胸间一阵一阵涌起颓唐悲伤之感。觉得后半辈子一片渺茫,她感到这一生活得实在太苦,她没有丈夫,没有儿女,她就是孤苦伶仃一个人,在这山也遥远、水也遥远、路也同样十分遥远的山谷里,在这偏远闭塞得几近蛮荒的地方,在今天的上海人做梦都不会来的乡场小镇,她就是死了,也不会让人晓得。

想到这儿时,泪水噙满了她的眼眶,她哪里还吃得下饭?她的脑子里不断浮现出一个模糊的面影,哦,儿子,她和何强生下的儿子,就是现在站在她的面前,她都不认得的儿子,你在哪里?

自责、自艾、自怨,全涌上心头。罗幼杏不由得啜泣出了声。她愧疚极了。

"这位大嫂,你有啥伤心事,说出来我听听?"个头瘦高的伯妈无声地坐到了她的跟前,声气委婉地劝慰道,"不要哭起吃伤心饭,那会伤身体。"

罗幼杏听话地点点头,放下了手中的碗筷,不待她抬起头来瞧店主一眼,她挎包里的手机响了。

罗幼杏几天没接到手机了,她神经质地扯过挎包,手指颤抖地摸出正在响的手机,打开一看,噢,是应大应力民打来的。罗幼杏连忙把手机紧贴着自己的耳

朵,手机里响起应力民浑厚清晰的嗓音:

"听着,我是应力民,你在哪里?怎么还没到客过亭来?我们都到了。"

"我在……"罗幼杏有点茫然地抬起眼皮,"我在一个叫落水岩的小镇上。"

"难怪哩。跟你说啊,我这里有好消息,那对姓沙的放鸭子夫妇,找到影踪啦!"从一开始通话,应力民的声音就是兴奋的。

"真的?太好了!"罗幼杏几乎是欢叫着应了声,这真是喜从天降,她连话也说不连声了,"他们在哪儿?你、你快说、快快快快告诉我。"结巴着说完这句话,她喜极而泣。

瘦高个儿的店主始终坐在一旁,双眼探询地望着她。

应力民在电话里告诉她,前些年山乡的放鸭客中,发生过一起凶杀案。桂山市公安局在侦破这件把一家三口全杀死的恶性案件时,把整个山乡所有放鸭客的情况梳理了一遍,留在档案里了。后来对案情有益的资料输入电脑时,怕放鸭客这一特殊人群中再发生案子,就让资料室把有关情况全部输进了电脑。当应力民详细介绍了罗幼杏想要寻找的沙姓放鸭子夫妇以后,电脑上一搜寻,放鸭子人群中没几个姓沙的,再一核对年龄,三十年前姓沙的放鸭子夫妇,就只有一对。他们俩只有一个儿子,叫沙家顺……

沙家顺,沙家顺。

罗幼杏一遍一遍重复着这个名字,她和何强生下这个儿子的时候,连名字都没顾上给他起。现在她晓得,他叫沙家顺。噢,作为母亲,她真是对不起这个儿子。

应力民还在给她介绍,说放鸭子夫妇俩早就不放鸭子了。他们发了,也是在鸭子上发起来的,他们开了家羽绒服厂,身价少说也有两三千万。沙家顺大学毕业之后,就在这家羽绒厂干,从车间干到管理层,现在是厂里的部门经理。放鸭子夫妇放出话来,很快就要把全部家业交给儿子打理。罗幼杏,你快点来吧,来了之后我们陪你去见儿子。

罗幼杏浑身颤抖地听完应大的这些介绍,挂断电话以后她才想起,光顾着朝手机喊:"我回来,我想法设法今晚上赶到客过亭来。"连谢谢应力民的话都忘了说。哇,她终于有了儿子沙家顺的消息,他都大学毕业了,家里开了羽绒厂,这么说儿子是幸运的。罗幼杏连带着涌起股对沙姓夫妇的感激之情,儿子跟着他们,没有受苦受难,没遭罪。

收起手机,罗幼杏顾不得抹试一下脸上的泪痕,端起碗来,大口大口地刨着饭吃。店主问她菜炒得怎么样,她连连点头说好吃、好吃。

转瞬之间,罗幼杏破涕为笑,情绪变得异常亢奋。瘦高个儿的店主正想起身离去,罗幼杏边喝着味道浓醇的牛杂汤,边问她,要赶夜路到客过亭去,有什么办法?

店主摇头说没办法,并劝她在落水岩镇上住一夜,明天上午九点半左右,招呼车准定会开来。中午时分,肯定能到客过亭风景区了。

罗幼杏说她有急事,天大的急事,耽搁不得,留在落水岩镇上过夜,她一晚上都睡不着,还不如赶夜路走。

店主见她说这番话时,额头上急得满是豆大的汗珠,默了默神,淡淡一笑说:"你一定要走,只有站到路口去拦车,拦那些拉货拉煤的卡车,给司机点费用,碰巧能走成。"

罗幼杏一听这办法,顿时笑逐颜开,说她吃完了饭,马上就到路口去试试运气。

二十八

离开桂山宾馆,坐上"考斯特"车前往客过亭风景区时,白小琼手里拿着她那张显示出初步构图的油画。

汪人龙看见了,一面问着这就是你说起过的那张画么,一面要求她展开看看,看看她究竟精心构思了些什么。

白小琼小心翼翼地展开了她的画,头天画上去的油彩颜料刚干不久,她怕画面受到损伤。

站在汪人龙身边的沈迅凤抢先走过来一睹为快,同车去客过亭的游客也有好奇地凑过来看热闹的。

汪人龙一眼看到画面,就被打动了。这一点白小琼是看得出来的,他毕竟是个书画古玩商人,懂行的。

画面上是一排鳞次栉比的楼房,乍一看活似很多当代油画家表现城市现代化的作品,要凝神细看,才能看明白,那耸立在油画上的,是座座墓碑。只不过墓碑顶部的尖锥,被云层遮盖了。最前面的那块墓碑上,镌刻着依稀可辨的文字:为有牺牲多壮志,敢教日月换新天!为捍卫毛主席的革命路线光荣献身,虽死犹荣!汪人龙目光久久不愿移开的,是墓碑前若隐若现的那个年轻女红卫兵形象,她的乌发凌乱地拢在脑后,她的娇美的脸庞和红卫兵服都已残破,她忧郁地睁大了一双眼睛,透过硝烟弥漫的时空,似在诘问,又仿佛惊讶无比,眼神里透出的是迷茫、震骇和恐惧。这幅画的上部,还是一片空白。墓碑和墓碑之间,同样留着空。

不过就这个游荡着的幽灵形象,已让汪人龙心动了。

汪人龙指着画面上的空白处,转脸问手中持画的白小琼:"这些地方,你想画些什么?"

白小琼先是一怔,继而两边的嘴角努了努,露出一个神秘的微笑:"到时候你看完成后的作品吧。"

"好,我期待着你的杰作,"汪人龙赞许地点了点头,"我们上车。"

白小琼从汪人龙的目光神情中,读出了他对自己的赞赏。她心里是高兴的,这个人终于对她刮目相看了。两三天了,她盼着汪人龙到客房里来看看她的粗浅的构思,他始终没来。没想到会在临上车之际,她画作的构思一下吸引了他的眼球。

上车之后,他们仨恰好坐在同一排。汪人龙和沈迅凤坐在双人座上,沈迅凤靠窗,汪人龙挨着走廊。而白小琼,则坐在同一排的单人座上。考斯特面包车的走廊窄窄的,他们隔着一条走廊,恰好可以对话。参加了这个老知青重返第二故乡旅游团以来,白小琼一直在等待这么个机会,她太想和汪人龙聊聊了,聊聊她的创作思想,聊聊她对他们这一代人的认识,听听他怎么评价他们的同时代人。沈迅凤坐在旁边更好,让她也晓得,我白小琼愿意接近汪人龙,绝不是她想象的那么回事。

车开出桂山宾馆,市中心稍有点堵。开出了市区,路就畅通了。没待白小琼开口请汪人龙对她的画作提提意见,汪人龙主动让她谈谈,凭一次简短的祭奠扫墓,为什么就如此迅疾勾画出这么一幅颇有深度的作品。

白小琼莞尔一笑,说这得感谢他的大师兄和导师。

汪人龙说在场面上见过她的导师和自称脾气乖戾的她的大师兄,不过不熟,愿闻其详。

白小琼轻松地笑起来,说她在省城去了墓地归来,心头就萌动着一股懊恼的情绪,她陡地意识到了为什么自己的基本功扎实,却总是画不出具有思想深度的作品。不要说对于往昔的历史和生活了,就是对于自己的导师,平时接触很多的人,她了解都是一鳞半爪的。当晚她就把自己的懊丧和失悔对大师兄说了。她的大师兄是二十世纪八十年代初投身导师门下的,现在接了导师的班,当上了美术系主任。美术作品这些年里价格连续翻番,大师兄的一平尺油画,也跃上三五万了。没想到大师兄在网上回答她说,你要补这一课,太容易了!我现在正编撰一本导师的画册,年近八旬的导师的生平纪事年表,特请上海大报记者写的对导师的访谈,以及同时代画家对导师人生的回忆,都是现成的文章。我都给你发过来。收到这些文字的那个晚上,白小琼一直读到下半夜。边读边为导师经历的坎坷磨难而垂泪。读完之后,她仍久久不能入眠。哦,原来导师在青少年时期讨过饭,当过"三毛"似的流浪儿,扒过火车,活似上海滩的小瘪三;原来导师还当过浙东游击队的队员,在游击队编刊物时喜欢上了画画,打下了基础,才能在新中国成立后进入中央美院学习;原来导师在中央美院时就得到徐悲鸿的青睐,现今中国美术界那些叱咤风云的大人物,都曾是导师的同学,而导师又是他们中间最出色的一个,正因为出色,才会让他在1956年成为中国第一位职业画家,成为学习苏联"画家职业化"体制的首个实验品,他确乎神气了一阵子,他的稿酬在北京城里是最高的,一幅登上杂志的画给40元,而那年头,一斤猪肉不过四毛钱。这样的作品,对于他来说,不过只是雕虫小技,一天能画出几幅。他成了美术同行中的首富,看中的一套沙发,被捷克大使馆订去了,他花更高的价钱,硬是将沙发买回了家。如此高调,如此神气活现,加上不愿批判他从心里佩服的美协主席江丰,导师还能不成为右派?从那以后,整整二十四年的炼狱般的苦难生活就开始了,阴风怒吼的北大荒劳改农场,饥肠辘辘的"三年自然灾害"时期,浑身浮肿两条腿肿得像大象腿般粗,还有无尽的牢狱和批斗。那些白小琼听过一遍就永远铭记在心的"陪斩"毒打都发生在这段不堪回首的岁月中。

读过这些文字,白小琼这才恍然大悟,导师那些作品,为什么这么喜欢选择西部的大漠戈壁和荒原。哦,那也是他人生的写照啊!茫茫的沙漠、苍凉的天空,看去仿佛是一片死海,离死亡不远了。可那弥漫的沙尘、缭绕的云雾、苍茫的远山,不也孕育着不息而顽强的生命嘛!导师的那些画,哪里是在画风景?他画出的干涸河谷里的生命之水,他画出的苍苍茫茫的山野里熹微的晨曦,于枯竭中读出希望,于苦涩中透出灵光。导师的绘画之所以让懂行的专家、藏家和不懂行的观众同时都能喜欢,是他的作品画出了苦难而荒诞的一幕人生,是让所有的观众都能伫立在他的画前怦然心动,目光被久久地吸引住。

白小琼在阅读和思考中感觉到了自己的差距,感觉到了自己的思想在升华,正是在心灵的感悟和撼动之下,她构思了这么一幅未完成的作品。"现在该听听你的了,汪老师,我很想听到你对这一构思的批评和指教。"

白小琼用沉吟平缓的语调刚开始说话时,挨窗户坐着的沈迅凤脸上露出不屑的神情,两眼望着窗外山野里变化的景致。汪人龙感觉得到,她的脸朝外,可一双耳朵始终支起来听着白小琼的话。听着听着,也许是窗外的景物让她看得乏味了,她渐渐地被白小琼的叙述吸引住,情不自禁地转过脸,仔细倾听着白小琼的每一句话。

要说收获,没有随着那些老知青下到村寨去的白小琼,这一次出来是有收获的。瞧她仅仅是跟着他们在省城公园里去上了一次坟,接触到了三十几年前的一点往事,她就由此掀开了历史的大幕,认识和感悟到了那么多东西。看得出,这是一个有追求、有思想的女孩子,她会有前途的。

汪人龙说,我希望你在现有的构思上,画出更为凝重和有思想深度的作品,留得住的作品。话锋一转,他笑着道:"你别看我们一同来的这些老知青,相互之间客客气气,其实,这一拨人,或者说这一代人,从来就是各不相同的。"

白小琼惊讶地张了张嘴:"是么?我还以为,你们相互关照,说话时嘘寒问暖,气氛很和睦的呢!"

汪人龙摆了一下手:"那都是因为他们不在一个单位、一个集体中,没有利益冲突。时间久了,你看吧。"

白小琼摇头:"这是我没想到的。"

"其实,"汪人龙往椅背上靠得更舒服一些,说,"你仔细观察一下,就是相约着下去的这些人,也都是物以类聚、人以群分的。有一定官职的,在一起话多;经商赚到了钱的,广发名片、广交朋友,自我感觉良好;即将退休的,时不时掐指算着余日,开口闭口我要退了;已经退休了的,时常在感叹人生易逝;也有脾性怪怪的,沉默寡言,和谁都不多言。"

"哎呀,"白小琼笑了,"真是这样的,让你这么一点,想想真是这样的。"

汪人龙道:"这叫人生沉浮,大浪淘沙。我们这些知青,都在陆陆续续走完自己的职业生涯。想想可怜啊,当年都是风华正茂的一代,充满了憧憬和理想,而当五光十色的理想被社会无情地掩埋之后,我们这些人或多或少自觉不自觉地在荆棘和炼狱中艰难地寻找和修复自我。直到今天,在我们这一次重返第二故乡的旅程中,几乎所有人仍在继续感知、忏悔和修补心灵上那一道道或深或浅的青春之殇。你感觉到了吗?"

"哦,对不起,"同行的白小琼脸上露出抱歉之色,她似乎想坦然承认自己并没有触摸到这一层,可她显然又像想起了什么似的,说,"我有感觉,不过没有你那么清晰的认识。你的意思是说,参加这一行的老知青们,并不只是生活安定,有一定经济基础,出来休闲散心的?"

汪人龙笑了一下:"那都只是表象。"

"难道……"白小琼转了转眼珠,"他们身上都背着各自的心灵重负。"

"或多或少、或重或轻而已。"

白小琼声调平和,话却问得很尖锐:"那么你呢?"

"也不例外。"汪人龙坦率相告。说着,他还转过脸去,瞅了细心倾听他们每一句对话的沈迅凤一眼。那神情,显然是希望沈迅凤也能理解。

白小琼同样留神地望了沈迅凤一眼,这个女人目光中的敌意消逝了,代之而射出的,是困惑而思索的神情。几天了,白小琼看得出,他们之间是情人关系。沈迅凤对自己始终持着股戒备和妒忌心理。尽管白小琼心底是坦荡的,她绝无想和汪人龙发展男女之情的愿望,但她作为一个亟须在事业上发展的画家,她又必须和汪人龙保持接触,和汪人龙打交道。毕竟,作为一个画商,一个从事书画古玩行业多年的老法师,他是有成就、有发言权的。在白小琼未来的艺术之路上,他也许还能帮上大忙。她得尽快地让沈迅凤明白这一点,不要无端地吃醋。

白小琼坐正了身子,目光投向车窗外。考斯特正在一个弯道上下坡,车速明显放慢了。白小琼再一凝神,哎呀,方才光顾着和汪人龙对话,不知不觉之间,面包车已经爬上了这么高的山巅。弯弯的山道边,砌着长长的一排白色的石墩,山道下面,就是万丈深渊,好怕人的。

二十九

像客人一样,季文进在"岩脚人家"楼上的客房里多住了一个晚上。这连头搭尾的两天两夜时光,是他人生中最幸福的日子,也是最痛苦的日子。

幸福的是他又与初恋情人雷惠妹重逢了,雷惠妹虽然怨他、恨他、寒心他,却还是接纳了他,陪伴了他两个晚上。于他,这只不过是重返第二故乡之旅中的出轨,对于雷惠妹这个一辈子生活在白岩寨、岩脚镇上的山乡妇女来说,是极不容易的,是需要极大的冲破传统习俗的勇气的。更加难能可贵的是,看出他们两人之间蹊跷的女儿三妹,并没有为难他,相反,在这街子上帮助妈妈经营饭店的妹子,趁季文进不留神时,还时常用她那一双探究的、欣喜的大眼睛偷偷地瞅他,好像她想洞穿他们之间的秘密,好像她还对母亲和他之间的关系,存着一颗鼓励性的、向往着什么的心。雷惠妹向他也提出了要求的,在第二天夜里,他们又相搂相抱躺在床上缠绵亲热时,雷惠妹表示了盼他留下,一起经营"岩脚人家"的愿望,不过她的语气本身就是虚的,底气不足的。季文进只能又一次伤了她的心,他在上海有一个家,他不可能舍弃上海好不容易安定下来的小康之家,把晚年抛掷在偏远山乡的场街上。想要补偿惠妹似的,他趁这当儿,把随身在农业银行存下十五万元的话说了出来。他的要求只有一个,想认儿子,他和雷惠妹的儿子。他说听到自己真有一个儿子时,他是自责的,他是深深地对不起惠妹的。多少年里,他没有对抚养这个儿子出力,没尽到一点儿为父的责任,他对不起这个儿子,让儿子在偏远的山乡里长大,他连儿子的样貌长得什么样都不晓得,他内心真是十分愧疚,对不住惠妹,对不住儿子,他要补偿……

痛苦的事也同时发生了,雷惠妹不要他的臭钱,说你想要用这笔钱买回良心的平安吗?不要,我就是不要!我就是苦死、饿死,也不要你这笔钱。季文进拼命否认这层意思,他说惠妹你误会了,这点点钱哪能买得了良心。我晓得你开着饭店,也不缺钱,我费尽心机从牙齿缝里卡下这些钱来,只是要你代儿子收下,代我们的儿子收下,生活在村寨上,说不定有个三灾两难的,这点儿钱可以帮贴点家用,渡过点难关。他哀求着说,软磨硬缠地说,诅咒发誓地说,终于把惠妹的心说动了,愿意收下他的这片心意。但惠妹死活不答应他认儿子,他们俩的儿子姓谌,自小他就认为自己是祖祖辈辈生活在岩脚寨上谌家的子孙。连惠妹后来嫁的那个丈夫,直到被飞石砸中死在坡上,都只晓得谌远能是他和惠妹生下的老大。现在你季文进拿出十五万元,就想认这个儿子啊,休想,趁早打消这个念头。不是我狠心啊,季文进,你想想,你细想想,你认他干啥子呢?你又不能把他带往上海,不能在上海给他提供一种比岩脚寨更好的生活,你这不是来搅浑一潭平静的池水,搅得山乡里多一桩花边新闻,不让人太太平平地活、好好地活嘛!说一千道一万,你都不能认儿子。你搅浑了水拍拍屁股一溜了之,你让我们母子如何面对世人的白眼和流言蜚语。你胆敢认他,我就敢让儿子抡扁担把你打走。

季文进让步了,冷静下来细想,他觉得雷惠妹说的尽管是气话,却也不无道理。如果他图一时痛快认了儿子,这个叫谌远能的儿子提出要跟他去上海,他怎么办呢?哪怕他不是去上海定居,而只是说带着婆娘孩子去上海玩一趟,他能答应吗?

权衡再三,他放弃了认亲生儿子的念头,只提出一个要求,见儿子一面。雷惠妹同意了。果然,在雷惠妹和女儿说过的时间,"岩脚人家"开张之前,岩脚镇上有一半店铺没开门,不少人家还在担水生火时,他的儿子送菜来了。他骑着一辆后面带拖斗的自行车,拖斗里装着雪白的豆腐、绿油油的新鲜蔬菜、新收上来的洋芋、一小篓仔鸡、鸡蛋和一塑料桶鲜活的鲤鱼、一腿猪肉。当他把"岩脚人家"需要的菜肴一一搬下车来时,坐在店门口板凳上的季文进目不转睛地盯着他的一举一动,一抬腿一举手,一展眉一抽鼻;当他把所有的农副产品一口一声妈叫着送进灶房去时,眼睛一眨不眨盯着他的季文进真想上去帮他一手。季文进真的离座站起来了,不是雷惠妹用眼色阻止了他,他真的会伸手过去的。他的这些非同寻常的神色举止,连谌远能都察觉到了,谌远能小声地问了谌三妹一句:这人是哪个?

谌三妹故意尖起嗓子说:"哪个?住店的客嘛,好像是大城市来的。"

直到谌远能在"岩脚人家"进出几次,骑上自行车又到别家饭店送货时,季文进才逐渐从失魂落魄中回过神来。儿子不像自己,样貌轮廓和雷惠妹十分相像,要说有几分遗传基因,那就是身架子和他相似,高高大大的,比他这个父亲还要健壮厚实。在岩脚寨乡间生活,劳力是不愁的。

随后的一整天里,季文进始终处在神思恍惚之中。不知是昨晚和雷惠妹久别重逢,说了大半宿的话,神经高度紧张呢,还是亲眼见到了从未谋面的仍栖息在岩脚寨乡下的儿子谌远能,心神不安。他的心思总是集中不起来,说话走路都提不起劲。一整天里,除了和雷惠妹一起去了街上的农业银行,把存折上的钱打进了雷惠妹的账号之外,他什么事儿都没干。平心而论,无论是午饭还是晚餐,惠妹都是替他准备得十分精心、丰盛可口的,可他吃起来味同嚼蜡,什么味儿都没吃出来。他一心盼的是第二天上午,再见儿子一面。见过这一面,他就得离开岩脚这个地方,搭坐客车赶到客过亭风景区去,和大队人马会合了。他心中明白,这一去,是永远不可能再来了。无论是惠妹,还是儿子谌远能,这辈子中和他们见面的机会是微乎其微,几乎就是不可能的了。

惠妹心中似乎也十分明白这一点,天一黑,"岩脚人家"饭店早早打了烊。火封了,店堂收拾干净了,还没熬到半夜,她就摸黑进入季文进入睡的客房。他们睡在一起,也不像昨晚上那样又哭又笑、又爱又恨、又紧张又恐惧地说个不停,惠妹光是把脑壳埋进季文进的怀里嘤嘤啜泣。季文进呢,除了安抚般紧搂着她,找不到更多的话说。那真是一种万般无奈的处境,季文进只想哭。

这天夜里三妹倒没有吵吵嚷嚷找过来,不像昨晚上,害得他俩心惊胆战敛声屏息待了好久,三妹才狐疑地喃喃自语着离去。

天亮之前,下了一阵雨,那是山雨,下不长的,惠妹在他额颅上亲了又亲后,像进屋时一样悄然离去了。季文进在细唰唰的雨声中睡着了。

一觉睡醒,天大亮了,雨是什么时候停的,他一点不晓得。吃过早饭他就坐在门口的板凳上,像昨天上午一样等,等着见一面他的儿子,最后一面。

可是左等不见那辆带拖斗的自行车从街上骑过来,右等也不见儿子的身影。焦躁的他一次一次地走下台阶,迎着儿子昨天来过的街面走了几个来回。

趁着三妹去生面铺取面条,雷惠妹走到他跟前,看穿他心思地说:"不要盼了,儿子在家砌猪圈,他要争取养生态猪,今天不来送菜。"

季文进像被打了一闷棍,他仰起脸来,不相信自己的耳朵似的讷讷道:"啥……你,你说什么?"

雷惠妹的眼里泪光一闪,抿了抿嘴:"儿子昨天在灶屋里就对我说,他今天不来了。你晓得的,村寨上过日子,就得一年到头忙这些事。走吧,到客车站去,往客过亭去的班车,快发车了。耽搁了,你今晚就赶不到那里。"

季文进还有什么话说呢？

谌三妹取回了面条，雷惠妹让她看着饭店门面，自己送季文进去客车站。三妹吵着要送季叔叔，雷惠妹说，店铺要人看，再说这是妈的客，还有话要讲，你听话。

其实要讲的话都讲了，惠妹也没有更多的话对季文进说。

客车开出岩脚寨镇街时，季文进看到，雷惠妹一边朝着客车挥手，一边把脸车转过去，掩饰着自己的泪脸。

镇街本就不长，客车开出了街子，就拐上了通往客过亭去的公路。

失望、无奈、颓丧的情绪包围着季文进。日夜思念的久别重逢就这么结束了？来之前想要解开的谜，解开了；来之前想要偿还的债，费尽口舌说服了惠妹，也算是偿还了。十五万块他私底下转出的动迁款，打到了惠妹账上。原先设想好的，重返第二故乡之旅想要做的事情，都如愿以偿地完成了。他满以为做完了这些事，多年来沉甸甸压在心头的负担可以卸下来，多少个夜深人静的晚上躁动不安的心可以平静下来。他呢，也可以在上海守着三口之家过一个幸福安宁的晚年。

谁知道全不是这么回事！

车子开出岩脚镇街看见雷惠妹掩面而泣的那一幕，他的心都要碎了。这个女人是爱他的，多少年里这个女人的心头也是存着他的，从此以后，这一幕将永久永久地留在他的记忆里，除非到了他丧失记忆的那一天。

来之前他只牵挂雷惠妹一个人，现在他不但要牵挂雷惠妹，还要牵挂他只见过一面的儿子，还要牵挂素未谋面的儿媳、孙孙。他不是有孙儿辈了嘛，他不是在稀里糊涂之间当上爷爷了嘛。爷爷，他有资格当这个爷爷么？

客车在爬坡了，从车窗望出去，山谷里有雾，晨间的雾正在弥散，那是他插队落户期间就熟悉的。妈妈追到白岩寨来，逼着他办完所有的迁移手续，和他一起离开白岩寨子那天，山谷里同样有雾。那一天他也为被迫与雷惠妹分离而痛苦，但在心灵深处，他对上海还有一份期盼，还有一份充满希冀的向往，还有对新生活的憧憬，离别的痛苦中夹杂着终于回归的那份欣喜。而今天呢，为啥和惠妹分别时比当年还要辛酸？感觉还要沉重？莫非这难以还清的债，真的是无法还清了？

季文进合上了双眼，眉宇之间仍是紧蹙的。他只觉得自己随着客车的颠摇在晃动,他的心在客车左转右拐的颠簸中往下沉、往下沉。

他有啥办法呢?

他只是小民百姓,一介草民。在幸运地拿到动迁款之前,他是上海滩的一个穷光蛋,还得靠帮人家文化机关值夜班那一份微薄的工资才能勉强维持生活,连老婆都时常拿话阴一句阳一句地损他、调侃他。

他容易吗?不是他给父亲大闹,母亲厮守了一辈子的市中心那几小间房子,说不定落到什么人的手上去呢。

季文进的父亲本是苏州吴江县里的地主儿子,靠着祖父的老本钱,父亲在上海开了一家五金店,经营得法,当着一个介乎资本家和小业主之间的老板。读中学时,季文进填表时就为该填资本家还是小业主而不知所措。因为据说,只要老板雇用的工人超过七个,那就得填资本家。而五金店老板如果只雇用几个营业员,或者叫伙计,哪怕是雇了六个人,只能填小业主。季文进问母亲,父亲当小老板时,到底雇了几个工人。母亲对儿子说实话,生意好的年头雇工有超过七个的;可在她记忆中,旧社会生意不好做,一般店里只雇着三五个人。据此,季文进就填自己的家庭出身是小业主。为这个,有同学还到老师那儿揭发他,说他隐瞒成分,欺骗人民、欺骗党。

年龄渐长,季文进才明白他家的成分问题远没有这么简单。光是资本家和小业主搞不清倒好办了。问题在于外公也是地主,而且还是无锡乡下的恶霸地主。土地改革时,外公逃到上海,在女儿女婿家里避风头。无锡的土改工作队坐火车追到上海,把恶霸地主外公抓起来押了回去,同时把包庇恶霸地主外公的女婿也抓了。外公在无锡农村横行乡里,无恶不作,被杀了。包庇外公的女婿也被判了劳改,劳改完了又成了农场留用人员。

为此,母亲总觉得是自己娘家给父亲带来了厄运,年年春秋两次都到农场去探望父亲,并盼着父亲有朝一日能回到上海。

盼星星盼月亮样地盼啊,不但没把父亲盼回来,反而唯一的一个儿子上山下乡插队落户去了。当有顶替政策的时候,母亲怎能轻易放弃这个机会呢?到了二十世纪八十年代,终于盼到了父亲回归,母亲却病倒了,一病不起。母亲在父亲面前唯一值得自豪的,是把儿子季文进养大成人了。在季文进回到上海既无地位又无多少经济基础的情况下,母亲又四处托人做介绍,给季文进找了个相貌平平的百货商店营业员成了家。上海刚启动房改,母亲又咬着牙拿出多年的积蓄,逼着季文进买了套两室一厅的房子。

父亲回到上海的第二年,母亲去世了。也不知是彻底平反,还是部分平反,抑或是回到上海的父亲提出了小小五金店的所有权。所幸五金店仍旧还是五金店,时代巨变,岁月沧桑,上海发生了翻天覆地的变化,很多老上海几年不出门,就不认识路了。恰恰季文进父亲当年开的这家五金店,仍旧还在老位置。这要感谢一辈子含辛茹苦的母亲,她竟然把当年的一切手续资料压在箱底保存着,而父亲回到上海之后,居然找到了几个他雇用的伙计来证明。总而言之,父亲不但拿到了一笔钱,每月竟然还有了退休工资。

多年的劳教让他吃够了苦头,父亲显然有种好好享晚年之福的念头。除了时而给季文进的儿子一点零用钱之外,他和季文进的联络都很少。季文进不主动给他打电话,上老房子里去看他,他从不给季文进打来电话,也不邀请季文进一家三口去玩。

季文进自小对这个父亲感情不深,觉得父亲多少年里一个人生活在劳教农场,孤独惯了,也不多去打搅他。渐渐地,老弄堂里就传来一些流言蜚语,说季文进的父亲是花老头,春夏秋冬一年四季里里外外穿的都是新衣裳;说季文进父亲早晨在公园里受到老太婆们的欢迎,一些孤身的老太婆都愿意同他搭讪,接受他的邀请,去吃刀鱼面,去品尝肴肉和富春包子。处处听到这些传言时,季文进不以为然,他认为这是老年人的生活方式和乐趣,在老太婆们面前摆摆阔气,满足他的自尊心罢了。后来传过来的话就不好听了,说花老头不但请老太婆吃点心,还上馆子,吃饱喝足了,甚至带回到家里来,一待就是大半天。再后来,传来的消息就让人吃惊了,说花老头搭上了一个比他年轻十几岁的老太婆,公然提出要娶她了。妻子带回消息的当天夜里,季文进给父亲打去一个电话,他不相信父亲这么快就把母亲忘了,他不相信父亲真会和一个浑身不搭界的老太婆成婚。他给父亲打去电话询问,父亲坦然地回答说,是有这个事,正在考虑想同他商量,不晓得怎么开口,现在你听到了,正好,就算我通知你们了。季文进当场勃然大怒,摔了电话,就往自小长大的老弄堂的家冲去。

季文进蓄积了一辈子的怨气,全在这一个晚上发泄出来了。

他冲进家的时候,那个比父亲小十几岁的老太婆竟然也在座,两个人刚吃完晚饭,老太婆在收拾碗筷。

季文进二话没说,冲过去就掀翻了桌子,随而从楼梯脚下抽出一把多年不用的斧头,在家里看见什么就砸什么。大橱被他砸破了门,五斗橱镜子砸烂了,窗户玻璃全部砸碎,台面玻璃砸得碎成几块,食橱里的碗筷盘子全砸在地板上。

遂而他用斧头砸得桌面"咚咚"响,指着父亲说:"你要做出伤风败俗之事,做出对不起姆妈的行为,我也不要活了,我连你们两个老甲鱼一齐砸!"

这一顿大闹,把他父亲吓得魂不附体,目瞪口呆;老太婆见状早就溜了。弄堂里的老邻居们被"砰砰"的响声吸引了来,交头接耳地发议论,喊喊喳喳说了老半天。有的人怕父子俩闹出人命来,打电话通消息,把居委会和街道的干部们及时叫了来。

不论是一条弄堂里的老邻居,还是同一居委会的调解干部,闻讯而来的老老少少,大多数人都说季文进做得对,老头子太不像话了。只有少部分人在谴责老头的同时,说季文进打、砸、骂是不对的,毕竟是父亲,有话好好说,再说了,老年人还有婚恋自由呢!子女也不能干涉父母的婚姻。

话是这么说,不过季文进的这一番大闹大砸,还是得分的。父亲再不提结婚的事了,那些时常能听到的闲言碎语,也没有了。过了一个多月,季文进的妻子带着儿子上门去看爷爷,把被季文进砸得稀巴烂的家具桌椅全部处理出去,给爷爷订了一套普通的日常家具,那几间老屋还有了一种焕然一新的感觉。

又过了一年多,准确地说是十九个月,父亲溘然去世。他生前遭了不少罪,在劳改劳教农场待了大半辈子,死之前倒没怎么折腾人。在床上躺了一个多星期,最后两天不再吃东西,轮流陪伴在他身旁的季文进夫妇,给他熬了清火的绿豆汤,给他做了银耳莲子羹,给他买来燕窝,他都咽不下。凌晨四时,他就去世了。

独养儿子给他操办了后事,远亲近邻们都来了。季文进结婚的时候,户口就留在老房子里没有迁,父母留下的这几间市中心地段的老房子,自然而然归属于他。在感情上,季文进始终认为这几间质地一般唯独地段好的房子,是苦命的母亲留给他的遗产。

没有这几间房子,他哪里能得到巨额的动迁款?和动迁组软磨硬抗交涉的那段时间,季文进什么心思也没有。他曾经算过一笔账,从离开上海去插队落户,到后来回归上海工作至今,一辈子所有的收入加起来,也没这笔动迁款大。

怪不得社会上流行"要想富,靠动迁"呢!

没有这笔动迁款,他又怎能瞒着妻儿,卡下十五万元的私房钱来偿还久久悬在心头的感情债呢?

不管怎么说,这唯有他一人所知的私房钱,总算是让亲爱的雷惠妹收下了。

只是、只是,偿还了债,季文进怎么觉得心头仍然沉甸甸、沉甸甸的呢?

三十

为保证瘫在轮椅上的安康青和其受了惊吓的妻子丘维维顺利地到达客过亭风景区,和重返第二故乡的知青大队人马会合,乡镇上特地联系了客车司机的上级部门——桂山市长途客运公司,为安康青和丘维维两人预留了一个双人座位,3号和4号,让他们夫妻并肩坐着,一同安安全全到客过亭去。

1号、2号座位,都是挨窗的单人座。3号、4号座位,等于是一辆客车上最好的双人座了。往前可以看到一路上的风景,靠窗还能随时看到山间公路的一侧,坐着也要比后面的位置舒服。

客车翻过大坡,顺着盘山道下到平坝子上以后,开得顺畅起来。天色晴好,路边坝子里的稻田绿旺旺的一片,看得出栽下去的谷秧不缺水,长势良好。坡上的苞谷地,苞谷叶子在微风中轻拂,只要稍稍开一点窗,山野里就送来一阵阵清新沁人的香气。

惊魂甫定的丘维维用胳膊肘儿顶了一下安康青,叹了口气说:"总算离开这鬼地方了,跟你说,撞见了那妖怪似的女鬼,尽管后来把房间换到了楼上,我都没睡好。"安康青瞥她一眼:"女鬼?你还认为她是女鬼么?"语气里带着不满。

"哦,"丘维维回望了安康青一眼,"其实,晓得了她就是当年的羊冬梅,我的心里也很难过,很害怕,见她一个漂亮姑娘,烧成了这可怕的样子,我的心情也很沉重和不安。我真怕她又找上门来。"

安康青问:"怕她什么?"

丘维维一摆手:"你就别明知故问了。其实这两天里,我始终有一种犯罪感,始终惶惶不安。多少年里,我总以为一辈子得风得雨,想要的多半能得到。羊冬梅的出现,才让我陡地明白过来,一个人当年有意无意中犯下的错,迟早是要得到报应的。真的,康青,我这心头,也是翻江倒海,掀起的是轩然大波啊!"

安康青垂下了眼睑,心里忖度着:报应,那个按摩女和羊冬梅活脱相像,就是报应!嘴里,安康青淡淡地道:"那你就趁这机会,闭上眼好好睡一会儿。听说这一路开到客过亭,要三个半小时到四个小时的。你睡吧、睡吧。"

"哎,到了休息地方,要上厕所,你喊醒我,我扶你去。"

"我明白。"

"哎,康青,我突然想起来了,"说是要休息,丘维维的话却说个不完,她突地又想起了什么似的,双眼睁得大大地说,"那天,我穿着睡衣睡裤,尖声拉气地惨叫着,跑出客房来的时候,把你也惊着了,我看见你猛地一下离开轮椅站了起来,只站了那么一瞬间,你又一屁股重重地坐了下去。你记得吗?记得有这么一刹那吗?"

安康青仿佛记得有这一幕,但这又说明了什么呢?他的双腿双脚还是软软的,提不起劲,没多少力。当时他却有一种通电的感觉,麻麻的,遂而支撑不住,坐回了轮椅。他朝妻子点了点头,表示自己记得。

丘维维的脸整个儿转向他,说:"嗨,这两天,我一次一次回忆你呼地一下直挺挺站起来的情形,说不定,这会是我们重返第二故乡之旅最大的收获呢?"

安康青两眼疑惑地望着妻子,他没吭气,但他脸上的表情,显然在问:怎会是最大的收获呢?

夫妻一场,丘维维是读得懂他脸上的表情的,见他不解,丘维维伸手扯一扯他的袖子说:

"你想嘛!你能在一刹那站起来,说明了你的两条腿,在精神或者机理上受到了一定的强刺激,有可能站起来,对不对?"

安康青点头。

丘维维说:"回上海以后,我要陪你去医院,把这情形告诉医生,看医生能不能受到启发,治好你的腿。要是医生也同意我的看法,那我们不是就很有希望么!你也还有重新站起来的可能么!"

见丘维维讲得眉飞色舞,安康青受到影响,脸上也露出了笑容。

丘维维闭上了眼睛,把脸转向车窗那边,想睡了。

安康青的双眼注视着前窗外,这一截公路在一片大坝子中间,路边的水渠里淌着湍急的流水,不时地泛起朵朵白色的水花。这一定是在引山上水下来灌溉农田了。安康青似为证实自己的猜测,又把目光移向左侧的车窗外,果然,田埂上有农民在拿着锄头挖开田块,引水呢。

安康青的眼睛望着外面,眼角却乜斜着靠在座椅上的丘维维,看她是否真的睡熟了,还是在闭着眼睛养神。

客车开得快,车厢里阵阵喧响。可安康青还是听见了,丘维维沉沉睡着后的鼻息。看来他的担心是多余的,她终于还是睡着了。其实,不用丘维维说,安康青心里明白,自从那天发生了所谓的女妖要掐死她的事件之后,丘维维的神经始终处于高度的恐惧和戒备状态,于是到了夜深人静万籁俱寂的时候,愈是紧闭了门窗客房里只剩下他们两个的时候,她愈是无法入睡。

那天黄昏,当丘维维凄厉地发出阵阵惊魂的叫声以后,招待所的服务员跑出来了,招待所长来了,乡政府的头头和工作人员都赶过来了,他们轻声细语地安慰着受到惊吓的丘维维,他们详尽地了解着事情的过程。

结巴了好久,丘维维才讲清楚,她回到客房沐浴过后,就歪在床上休息。想到坐在外面走廊里的安康青一会儿要进屋,她还要服侍他洗脸、擦身、洗脚,她就没把窗户关上,而是让窗户半开着,就靠在被窝上闭目养神。白天在鸭子口村寨上四处看,和寨邻乡亲们寒暄、交谈,又要推着安康青的轮椅走,太疲乏了吧,丘维维不知不觉地睡着了。

睡梦中她陡地感觉到窒息难耐,喘不过气来,一阵猛烈的咳嗽使她惊醒过来,她第一个感觉是自己的脖子被一双钳子般的手牢牢地卡住了,费劲地睁开眼来一看,晦暗的暮色里,一个披头散发、嘴歪鼻斜、面目狰狞的女妖,龇牙咧嘴地骑在她身上,鼻孔里呼呼出着粗气,双手紧紧地掐住了她的脖子。丘维维顿时吓得失魂落魄,双脚乱蹬,使出浑身力气,惊慌失措地大吼大叫。

"掐死你、掐死你!害人精。"女妖清晰地吐出几句人话,喉咙里还咕哝了一句什么,两手松开,身子一耸,踏着靠近窗户的桌子,跃身一跳,翻到窗外不见了踪影。

浑身吓出冷汗的丘维维尖声拉气地叫着,跑出了客房。

稀奇的是听说了这件事的过程之后,无论是招待所的服务员,还是所长,抑或是乡政府的干部,都像心头有数似的,"噢"了一声,有的仰着脸说:"妖怪又出来了。"有的则笑眯眯道:"闹得太凶了,得管一管了。吓到客人了嘛。"有的不以为然道:"管?咋个管?她本来就是个半疯子,躲她还来不及呢!你要管她,那好,乡政府拿出钱来。"也有人说:"这回得管,闹到要害客人的地步,等于犯罪了。"

正因为乡里面采取的是这种态度,丘维维始终处于惶惶不安之中,客房换到楼上去之后,她仍不放心,把每一扇窗户、门锁,检查了又检查。要说乡政府不重视,那也是假的,安康青和丘维维吃每一顿饭,都有乡里面一个主要领导来陪着,菜肴也是极尽乡里面所能,准备得十分丰盛、可口。乡党委书记还指定了一位女副乡长,从早到晚寸步不离地陪伴在他俩身旁,尤其是陪伴在惊魂不定的丘维维身边,连丘维维进卫生间,她也陪着进去。

为使他们两口子彻底放心,副乡长还告诉他们,乡里采取了内紧外松的措施,对这个半疯的丑陋女人,进行了监控。

丘维维不解地愤然问:"既然晓得她是谁,为什么不把她抓起来,送公安局?"

副乡长苦笑了一下:"你们没听说?她本来就是疯子。抓进去了又怎么样?法院不判疯子。你抓了她,又要管她吃、管她住。你是看见过她的,她那张脸看一眼都能把人吓跑,谁愿意管她?"

好像是为了安他俩的心,副乡长讲起了往事:你们是撞上了这件事,感觉到可怕。我们见惯了,也习以为常了。其实这疯女人的身世说起来也可怜。听说,我也只是听说,我是外乡交流到这里的干部,原来那些事都是听当地人介绍的。听说疯女人原先是个美丽得晃人的姑娘,就是现在人说的美女,只因村寨上的人咒他们父女是麻风病人,让他们离群索居住在山湾湾里,极"左"年头,照着古时传下来"烧麻风"的传统,每家每户都拿一捆柴,堆到他们父女的茅草房四周,趁他们睡熟了,浇上煤油点燃干柴,活活把麻风烧死。据说,唯有这样,麻风才能在村寨上绝迹。烧麻风那天夜里,也是这女人命不该绝,在大火燃着她之后,她拼命撞开后门,拉着父亲逃进了山林里。从那以后,山湾湾里少了一户麻风,鸭子口村寨团转的山林里,多了一对又疯又丑的野人。改革开放以后,这对父女又搬回鸭子口寨子旁边住下了,只因他们的脸被火烧得太难看、太怕人,父女俩都把头发留得长长的,白天黑夜都用头发遮住脸。当地人晓得内情,不怕;外边来的人,乍一撞见他们,总要吓一跳。像丘维维阿姨那天碰见的事,以前从来没发生过。我们估计,是那疯女人饿惨了,跑进客房找吃的,没找到才会那么失态。

副乡长侃侃而谈讲故事一般道明了内情,丘维维和安康青都沉默下来。一

边听介绍,安康青的心一边在抽紧,抽得他几乎晕厥过去。为了证实他的猜测和判断,副乡长讲完之后,安康青语气闷沉地问了一句:

"疯女人叫什么名字?"

"听说是姓羊,不是杨柳的'杨'字,山坡上放的'羊'。这个姓也怪怪的。"副乡长只三十多岁,果然不晓得任何底细。

听过这一原委,丘维维终于平静下来了。只是她的脸色惨白,几乎不再说话。

直到今天坐上了开往客过亭风景区的客车,她的话才出奇地多了起来,高度恐惧紧张的神经逐渐放松下来。瞧,合上了眼没几分钟,她已经睡得这么熟了。

可是安康青哪里能睡着?表面上看,他总是平静地坐在轮椅上,脸色松弛自在,目光平和,似乎对人世间的一切风尘烟云,都已看得很淡很淡。其实他的心里,翻江倒海波涛汹涌,他真想捶桌大吼,真想仰天长啸,真想跺脚舞手地发泄一通。

风传早已被深夜的一把大火烧死的羊冬梅,原来和她的父亲都没被烧死。他们死里逃生,过的是什么日子啊?这两天里,呆痴痴坐在轮椅上的安康青眼前,不断掠过当年羊冬梅俏丽的惊人的样貌,她含情脉脉瞅着他的眼神,她一努嘴一展眉的可爱模样,她脸上所有的表情,都带着不曾读过书、不曾接受过现代文明熏陶的天然纯朴,有时甚至还带一点直率和粗俗。哦,当年,插队落户在鸭子口的安康青,确实是被她深深地迷住了,确实是一往情深地爱上她了。说什么她是麻风女,他根本不信,几十年过去了,事实证明他们父女都不是麻风。那都是闭塞荒蛮的乡间那些落后的习俗在作怪。而在当年制造的这一场荒诞剧目中,丘维维同样扮演了一个不光彩的角色,她和几个知青到公社革委会去要求头头惩治麻风的事情,鸭子口老乡都晓得,是瞒不住人的呀!

沉思冥想之中,安康青甚至联想到,那个害他名誉扫地的宾馆按摩女,会不会就是羊冬梅的化身,是老天爷专门安排来报复他、捉弄他的。要不,这个按摩女怎么会长得像羊冬梅呢?这个按摩女的声气、语调、眼波、神态怎么会和羊冬梅如此相像呢?只有他心灵深处明白,如果这个按摩女不是长得那么像羊冬梅,他是绝不可能答应她提出的一个一个要求的。

说心里话,待在乡里面最后的一天多时间里,安康青真想再看一眼羊冬梅,真想发自肺腑地对羊冬梅道一声:对不起。

177

可是羊冬梅已经被控制起来了,他不可能见到她。转念一想,不见也好,就让年轻时候羊冬梅的形象,永远地留在他的记忆中吧!

世事难测,祸福难定。这一点安康青已深有体会。人活一辈子,在人世间走这一遭,他为什么会走成今天这个样子呢?要爱情,爱情和他擦身而过;要事业,事业犹如烟云飘散而去。他这余生,坐在轮椅上的余生,还有什么幸福安定可言?

客车轻摇微晃地前行,陷入深沉追悔和自责的安康青,眼眶里不知不觉间溢出两行泪水。泪光中,车厢外的山野层林尽染,远近山峦上的林木,正由春的绿茵变化为夏的浓翠。上坡了,司机推了一挡,转了一下脸,放声对车厢里的客人们说:

"翻过这个坡就休息,要'唱歌'的,准备下车。"

车厢里响起一片讪笑之声,安康青急忙摸出一张纸巾,将自己脸上的泪痕拭去。

三十一

客过亭景区完全变了样。

在汪人龙的记忆中,插队落户期间,客过亭不过是郁郁葱葱的山岭上一座破败的亭子,亭子盖开了天窗,透过排列稀疏的瓦缝,望得见天空。亭柱子让风雨剥蚀得裂开了缝,有一棵柱子都歪斜得有些晃动了。亭柱上的题字破损得残缺不全,读起来的感觉怪怪的,总觉得有些别扭,不像是古代文士题的词。

沿着台阶一路走上去,沿途除了看那些粗壮茂盛的大树,也没啥景观。山脚下头,逢到赶场天会有几个小摊摆出来,卖一点茶水、凉粉和耳块粑、碗儿糕。知青们抽农闲时间来玩,连个喝水的地方都找不到。

如今这里变得汪人龙不认识了。山脚下建了平顺宽阔的停车场,庭院式的四星级宾馆建在临山面水的一片丘陵地带,周围有历代文人和名士题吟客过亭的碑林,河里有垂钓处,半坡上设有茶室、咖啡座,至于民间自开的饭店、酒楼、饮食店、土特产商店、旅馆纪念品店更是一溜排开去,形成了一条颇有格调的步行街,既显示出民族特色,又融合了现代时尚。早来的老知青们,在四星级宾馆里住下以后,已在步行街上逛开了。山乡开发旅游,一切都在初创阶段,不但吃饭便宜,小纪念品的价格也都很低廉。穿着漂亮民族服装的木头小娃娃,模样儿惟妙惟肖,一看就逗人喜欢,才卖十几块钱一只。常在上海逛市场的知青们,说同样的民族木娃娃,做得还没这么好,在上海多花一倍的钱也买不到。于是乎,重返第二故乡之旅的二三十个知青男女,在步行街上纷纷抢购民族木娃娃,形成了一个小小的高潮。不知是哪一个最先说的,难得回一次第二故乡,多买点回去,既可以送给这一次没来的知青伙伴作纪念,又可以送给亲朋好友。连不是知青的沈迅凤,也各种各样选购了十多个,她兴致勃勃地把一个个憨态可掬的木娃娃拿给汪人龙看:这是水族的,那是傣族的,还有苗族、侗族、布依族、彝族、仡佬族、壮族……就是不送人,放在我们俩经常幽会的那间爱的小屋里,不也挺有纪念意义的嘛!

汪人龙还有什么话讲?他赞赏地点着头说,只要你喜欢,尽管多买点吧。心里忖度着,十多块钱一只,想想嘛,一千块能买多少。

汪人龙的注意力在仿古的铜器、木器、漆器、土陶、观赏石、真假难辨的珠宝玉器上,毕竟他是开古玩店的。他深知在这一类旅游景点的步行街上,假货赝品多,真正值得下手的东西少。但这里终究是西南山乡,乡风民情要纯朴一些,说不定还真能捡个漏,买到一样好东西。即便没这样的福气,像观赏石、面具、民族娃娃这样货真价实的工艺品,买一点回去装饰店面,也是值得的。

故而一路走过来,沈迅凤买得兴起,他看得精心,果然还给他选中了几样好东西。一只是紫铜的苗族大鼓,鼓身上雕着苗族男女划船、农耕、赶场、对歌的场面,鼓中央系的一条飘带上,还饰有苗族妇女织锦上的图案,尽管是当地艺术家设计的工艺品,擦拭得金光锃亮,其造型在上海是绝对看不到的,才标价二百元。还有一件雕刻着苗家图腾的银饰,工艺品表面都泛黑了,汪人龙认定这件银饰的银子含量比重一定大。最后都快逛到步行街尽头了,他一眼选中了一块光亮可鉴的黄龙石。这玩意儿过去不值钱,也无人问津,近几年来在沿海的市场上兴起了蓬头,价格飙升。有专家预料,这种极具观赏价值的石头,升值空间巨大,像这么一块形状如微型太湖石的黄龙玉,在上海起码开价八百元之上。汪人龙和店主讨价还价,只花一百八十元就买下了。他心中估摸了一下,就是他买下的这三样小玩意儿,带到上海,放在他自家开的店里,赚的钱都可以抵他这一趟旅游费用了。

当汪人龙和沈迅凤提着大包小包购买的工艺品,回到庭院式的宾馆,穿过连通花园、水池、假山的长廊时,老知青们纷纷同他俩打招呼。他们三五成堆,有的聚在一起对比着购买的物品,有的兴味浓郁地讲着分别到原先插队村寨上的见闻,不少人在感慨人生易老,村寨上当年的伙伴们都成了老头、老太太,有的甚至离开了人世;还有人摇头叹息,说怎么我们离开快三十年了,乡下一点变化也没有,有的地方反而更落后、更看不下去了;当然同样有人说,变化很大,村寨上通了公路,装了电话,喝上了自来水……

众目睽睽之下,沈迅凤随着汪人龙走进了他的套房。汪人龙看得出来,自从他在桂山湖溪河里的小船上提出要摆正他和沈迅凤的关系之后,沈迅凤故意要在大家面前显示他们之间非同寻常的亲密关系。她甚至有意无意地要告知所有人,她和他是情人关系。她完全豁出去了。登记客房的时候,汪人龙仍把她和还没赶到客过亭的罗幼杏及白小琼她们安排在同一排客房,可沈迅凤就没到那间单人客房去过。她的随身行李,放进了他住的大套房,女性备用的洗漱用品,她从包里拿出来就放在卫生间里。她俨然就是他的亲密伴侣。

名义上,汪人龙是这支重返第二故乡之旅的领队,导游有什么事儿,要找他;当地旅游局十分重视他们这个自费团,认为是个好的开端,希望当年曾经在桂山地区插队的几千上海知青都能效仿他们,重返第二故乡来走一走、看一看,有什么情况和通知,要找他;二三十个男女知青,有什么想法、建议、怨气和不满,也要跑来找他。进进出出的人很多,沈迅凤不管不顾,照样待在他的大套房里。汪人龙极为尴尬和难堪,他曾想以眼色示意沈迅凤回避一下,毕竟,所有同来的知青们都晓得,她不是他的妻子,她是以沈迅宝妹妹的身份同来的,她只是他公司里的一个下属。现在好,弄得当年认识和不认识的老知青们都晓得他们之间的关系。汪人龙心里是明白的,上山下乡快四十年了,已经退休、即将退休的知识青年们,在寻找各种各样的名目聚会,出书啊,出纪念册啊,相约着同到浙江一带的旅游点去参与价廉物美的农家乐休闲游啊,近期还有人在酝酿画展、出论文集、写知青史的,通过这一趟同来的二三十个知青的嘴,他和沈迅凤之间的关系,一传十、十传百,会很快地在知青群体中传播开去。汪人龙对此倒也并不在乎,这年头,有一大把年纪的老知青们,见惯不惊、见多不怪了,再说知青和知青之间,也就是传传而已,现在都是各归各,没更大的利益关系和利害冲突。他担心的是传播得广了,说不定什么时候让自己的妻子知道了,真正和他闹起来,不但无颜面对儿子,他苦心追求和经营所赚的钱,也得和妻儿一分为二了。这是他不愿意看到的结局。从他心底来说,他还是觉得和沈迅凤恢复到最初她进公司时的关系为好。现在对此提议她受到强烈刺激,不但不愿同他断绝情人关系,反而变本加厉地提出,要同他进一步明确关系,娶她为妻,汪人龙更不能答应了。她在事业上确实是他的左膀右臂,贴心贴肺地对待他;她在生活上确实是对他嘘寒问暖,无微不至地关心,让他的身心一次一次地感觉到满足和欢悦。他对她呢,确实也有着一股强烈的难以言说的爱。这种爱里有对沈迅宝的报答,有对她付出的回报,也有性事上水乳交融般激发的热情。可汪人龙决不愿意毁了自己的爱情和家庭来娶她。毕竟他的妻子十分美貌,她相夫教子还在教书,他们的儿子成长得也很顺利,他不想在自己的家庭里闹"地震"。

面对沈迅凤一日甚似一日咄咄逼人的感情攻势,汪人龙只能采取容忍的态度。他怕她由爱生恨撕破脸皮大叫大闹,把他的底牌和生意经全掀出来,那他就糟了。

古玩书画买卖历来都是水深难测,历史上是如此,现在更难揣测,加上改革开放以来"雅贿"成了一种风尚。沈迅凤自从和他确定了情人关系,他什么都不再瞒她,而且也瞒不了她。她虽是纺织厂一个接线头的女工,终究自小聪明伶俐,一次两次三次,经手多了,自然也就看出了其中的门道。

比如那一幅文徵明的字,汪人龙书画古玩店刚开张的时期,征询了专家的意见,遍翻了典籍,在店堂里豁然标价十八万元,挂了半年多也无人问津。忽然在一个雨天,店堂里没什么人的时候,一个客人冒雨而至,他也不细看店堂里的瓷器字画,直接找到汪人龙,要买一件二十万以内的文人书画,名头越大越好。汪人龙给他推荐了文徵明那一幅字,并且根据他翻书所获得的知识,以及沈迅宝当年对他介绍这幅作品时的语气神态,渲染般介绍了一通。客人欣然购下了这幅字,装进了汪人龙专为自己的古玩店设计的锦盒。这是汪人龙创业初期做的头一笔涉及巨款的大买卖,也是他第一次尝到了保存下来的书画作品的甜头,他太需要钱做铺垫了。没想到,三四个月之后,雨天里来过的客人又来了,这一次他不是来买画,而是要求和汪人龙密谈。汪人龙让他进入内室,客人说:"一个星期之内,会有一个胖子,要来出售文徵明的一幅书法作品,就是你卖给我的那一幅,你一眼就认出来了,你这爿店的锦盒做得极雅致又特别。胖子会报价二十五万元,你和他怎么谈那是你的事,但你必须做成这笔买卖,付他二十五万元,收下这幅字。差价七万元,我现在付给你,还给你百分之十的手续费。"客人说到做到,当场给汪人龙开出了九万五千元的支票。果然,不到一个星期,第四天的黄昏,衣冠楚楚的胖子出现了,一切都如客人说的那样,经一番讨价还价,汪人龙以二十三万五千元收进了文徵明的那幅字。字仍旧是那幅字,在汪人龙的店堂里一进一出,汪人龙净赚了四万元,字仍旧挂在他的店堂里。近二十年来,这幅字现已标价三百八十万,类似的出出进进,先后有过六次。汪人龙并不损失什么,权当将文徵明秀雅飘逸的书法作品租借出去,让人家欣赏悬挂一段日子,而他则从中赚取了不少"手续费"。

文徵明的书法作品,有过这样奇特的遭遇,他保存、收藏的其他书画,同样遇到过这样的幸运事儿。他照此办理,钱赚得轻巧而又利落。

最好玩的是汪人龙买下过一个红木小摆件,黄花梨的两头牛。一头母牛,一只正在啜着母牛奶的小牛犊,不知是年代经久了吧,还是黄花梨的质地确实不错,黄花梨木的色彩越摩挲越同母牛和小牛犊的黄牛皮肤相似。加上雕工精致,刀法细腻,无论是母牛拱起的脊背,一对牛角,牛角下面的牛耳朵,那条俏皮地翘起的牛尾巴,都雕刻得活灵活现。尤其是母牛的那对眼睛,和它伸出舌头舔着小牛犊背部脸上呈现出的神情,充满了慈祥和怜爱,简直神了。摆件置放在架子上,什么客人见了忍不住都要伸出手轻轻摸一下,愈抚摸黄花梨的色泽愈润泽。当初汪人龙是在无锡花鸟市场上花八百块买下的。看着讨人喜欢,也不想真卖出去,他标价四千八,置放在那里,一摆就是三年多。最终出现一个承包商,没讲价钱把它买走了,没过几天,还是这个承包商,给了他一个地址,一张六万元的支票,要汪人龙设法去把黄花梨的母牛和牛犊摆件买回来,价格不能低于五万元。汪人龙花了五万二,把"母与子"的黄花梨红木摆件买了回来。

这件黄花梨木摆件,十几年里在汪人龙店堂里进进出出四次,东西仍在他的店堂里摆放着,他从这个摆件上赚的钱,不知超出他当初买下它时的八百元多少倍了。

开初的时候,遇到这类心照不宣的事儿,都是汪人龙亲自出马,自从沈迅凤进了公司,凡遇到这类事情,汪人龙都是让她去办。每一次她都办得比他顺利,比他还如鱼得水。每次她办成功以后,汪人龙都给她奖励。与此同时,古玩行业的雅贿内幕,公司的猫腻和潜规则,在鉴定、仿制、作假、买进卖出各个环节不便示人之处,沈迅风都了解得一清二楚。两人都睡在一起了,汪人龙从未想过防她一脚,现如今,他当然也不能惹恼了她,他只能息事宁人,待她气消了之后,和她仍保持着原先亲密的情人关系。

抽着烟,坐在大套间的沙发上忖度着,汪人龙没留神到,沈迅风站在他面前,正凝神探究地瞅着他。

汪人龙陡地一抬头,一眼看到她那双黑白分明的很像迅宝的眼睛,内心不由得一惊。他弹了弹手中的烟灰,轻声问她:"有事么?"

"洗澡吧,"沈迅风朝他一抿嘴,"冲一冲,你会轻松一点。"

"好吧,"汪人龙掐灭了烟蒂,说,"你先洗,我一会儿……"

沈迅风摇着巴掌打断了他:"不,不!我要和你一起洗。你没进里面仔细看过,这间大套房的淋浴很特别的。我要和你一起体验。"

在感情上,这个女人真把他当成个丈夫。汪人龙随她一起走进了卫生间。

偌大的盥洗间装潢得富丽堂皇,雪白明净的墙上四面都镶着镜子。沈迅风显然已经做了准备,她将灯光调得柔和而又朦胧,让人觉得无比舒适。

汪人龙正在脱衣裳时,"哗"的一声,沈迅风已经开始放水。只见按摩浴缸的上方,卷曲朝下的不锈钢长龙头送出一排瀑布似的水帘。脱得一丝不挂的沈迅风迈腿走到水帘下面,任凭小瀑布般的水流冲刷着她光溜溜的胴体。看见汪人龙正瞪眼瞅着他,她向他招着手,笑吟吟道:

"快来呀!傻乎乎看什么呀?"

汪人龙朝着宽敞的按摩浴缸走去,他刚迈腿进浴缸,浑身淋得透湿的沈迅风已张开双臂,把他紧紧地拥抱在怀里,仰起湿漉漉的脸说:"瞧,多浪漫啊!亲我,快亲我。"

汪人龙俯下脸去吻她时,她整个身子吸附般贴在他的身上,边昂着头接受着他的吻,边偷空抓紧说:"来,我先替你洗洗。"

温暖的水流淌过他们的身子,沈迅风鼓鼓的一对乳房贴在他身上,汪人龙的双手搂抱着沈迅风被水浇得溜光滴滑的身子,只觉得全身弥散着难以言说的舒适。他们相拥相抱,久久热吻着,任凭晶莹透亮的水帘从头顶上流泻而下。

沈迅风的脸蹭着他问:"美不美?"

"美。"

"温馨吗？"

"那还用说！"

"陶醉吧？"她抓过他的手，抚摸住她的乳房。

"都要醉过去了。"

"那你还要离开我？"

"迅凤，你没理解我的意思，"汪人龙急忙辩白，"我是想……"

"哼。"她抓住了他，迫切地要他进入她的身子。她的上半身往后仰去，主动接受着他。

汪人龙体验着从未有过的欢悦，不由自主地呻吟出了声。

电话铃声响了，突如其来的铃声一下接一下顽固地延续着，顿时扫了两人的兴致。

"真讨厌！"沈迅凤关掉了水帘，摘下话筒，递给了汪人龙，"谁叫你当这吃力不讨好的领队啊！"汪人龙把话筒贴近湿漉漉的耳畔，"喂"了一声。

电话里传来白小琼清晰的嗓音，显然她是从同一幢楼的客房里打过来的："汪叔叔，时间不早了，和我住同一间屋的罗幼杏阿姨还没来呢。我还要等她么？"

"不用等了，你先睡吧。"汪人龙说，"罗幼杏来了，可以叫服务员开门的。"汪人龙说话的时候，沈迅凤的双手不安分地抚摸着他的裸体，不时地在他肩头、胸前投下一个又一个吻。

电话里的白小琼喃喃自语般说："那我再等等她呗。不是说她要来的吗？"

白小琼挂断了电话，可她有些忧心的语气，让汪人龙愣怔了一下。

沈迅凤从汪人龙手里取过话筒，"啪嗒"一声挂在墙上，愤愤地道："她就是想和你套近乎，知道这么晚了，还打电话来。走，我们上床去。"

当他俩抹干身子，刚躺到床上，电话又响了起来。

沈迅凤不悦地背过身子去："烦死了，不让人睡觉了。"

汪人龙拿起话筒，电话是应力民打进来的，说的还是罗幼杏。

"我有点担心呢，汪人龙，罗幼杏怎么到现在还没到？"应力民的语调低沉。

汪人龙劝道："别胡思乱想了，应大，也许罗幼杏没搭到车。"

"不,不！你不知道。"应力民连忙抢过话头道,"我们在餐厅快吃完饭时,和罗幼杏通话,她说准备去搭车。后来,她又和我通过一个电话。"

"什么时候?"这情况汪人龙不晓得。

"大约在吃过晚饭一个半钟头以后,八点半光景。"应力民沉吟着说,"我想告诉你,你和沈迅宝的妹妹逛步行街去了。"

汪人龙的眉头皱紧了:"她在电话里怎么说?"

"罗幼杏在电话里兴奋得声音发抖,"应力民补充般说,"她说费了九牛二虎之力,求爹爹告奶奶的,她终于搭上了一辆煤车,好心的师傅说了,路上不堵车,两个多小时可以到客过亭风景区。就算她在客过亭附近下了车,走进景区来,三个小时吧,她也该到了呀！现在都是半夜十二点了。我给她拨去电话,她的电话光响没人接。我怎么有一种不祥之兆啊?"

汪人龙看了一眼表,零点过五分。他心里也有点狐疑,但他仍宽慰着应力民:"也许路上堵,也许她下了车不认识路,情况多呢！别瞎担心。"

"不是瞎担心啊,问题是她还一再求我,让我不要睡,等等她,她到了景区宾馆,要听我详细讲讲找到亲生儿子的情况。"应力民语气低沉地道,"早知要担这份心事,还不如我不催她今晚赶过来呢。"

汪人龙又安慰了应力民几句,挂断了电话。沈迅凤翻身过来,一下按熄了大套房的总电源开关,说:"吵死人了,还让不让睡觉了。"

说着,身子扑过来,紧紧抱住了汪人龙,亲昵地说:

"人龙,你知道我有多爱你吗？你是想象不出来的。你说你爱我,可我爱你,不知比你爱我要强烈多少倍,真的,你相信吗？嗯,信,好。我要好好给你,客过亭景区是我们这趟旅行的最后一站了,没几天了,我要尽兴地给你,给你！你听我的……"

大套房里黑得伸手不见五指,夜灯没开,客房显得幽深安宁。毕竟是山乡里的宾馆,到了深夜,那股宁静中仿佛孕育着阵阵不安。

……

第二天上午,酣睡中的汪人龙和沈迅凤是被刺耳的座机铃声吵醒的,就是在电话里,白小琼啜泣的嗓音仍隐约可辨:

"汪叔叔,汪叔叔快起来,开、开电视,看八频道,八频道桂山电视新闻,快看,快看呀……咚咚咚……"

窗帘拉得严丝密缝,大套房里一点儿光影也不见。同时被吵醒的沈迅凤打开了电灯,赤裸身子拿起遥控器丢给汪人龙。汪人龙按了八频道。

电视荧屏上,正在播送一条事故新闻,屏幕上显示的是一辆底朝天的卡车,车头驾驶座已被挤压得变形,车门全压扁了,播音员以惋惜的语气道:"……据昨天下半夜赶到事故现场的交警介绍,煤车严重超载,摸黑赶路,是事故发生的原因之一。截至发稿时,确认事故已造成煤车驾驶员和一名女性当场死亡。这名女性的身份证显示,姓名为罗幼杏,上海人,估计是搭车的客人。另据报道……"

三十二

罗幼杏是吃饱了晚饭,按照瘦高个儿女店主的指点,站到落水岩镇的街口上,去拦过路车的。

街口是山乡公路的一个交叉道,通往客过亭风景区的,是一条修筑正规的柏油马路,和它交叉通往更偏僻山乡去的,是一条沙砾公路,时有车子开过,就会掀起一阵尘土。

一根木头的电线杆,高高地挑起一盏路灯。罗幼杏站在路灯下,认清了去客过亭风景区的方向,远远地看见有车子开来,就伸出手去表示要搭车。为了使司机看得醒目一些,她展开随身带的一条小毛巾,举过头顶挥动着。

刚吃过晚饭,时间还不算晚。山乡公路上已没有多少车了。总要等个六七分钟,才会开过一辆车子。没有车子开来的时候,显得十分沉寂。

四周都是黑魆魆的山岭,风从垭口那儿吹来,时而拂来几分寒意。罗幼杏不由得想起了插队落户年代学来的一句俗谚:山巅的太阳垭口的风,乡间落雨当过冬。节令虽已是春夏季节,她生怕风一刮,雨就落下来。那她站在这里拦车,又没带雨具,躲呢没个躲处,惨了。

幸好不时拂过来的风里,并没有给人潮润的感觉。女店主建议她搭煤车,或是其他卡车,只要司机座位旁还有空,就能搭起走。她呢,性子急,看见什么车开过都扬起手来,拼命挥动小毛巾。吉普车开过去了,一辆并没坐满人的面包车开过去了,几辆大卡车开过去了,都没有遵照她的意愿停下来。她先是挥动小毛巾,继而站在路边,踮起脚朝着车子边挥动小毛巾喊:"师傅、师傅,请停一下车。"不知是司机听不到,还是司机听见了拒不搭理,所有路过街口的车,都一掠而过开远了。时间很快过去了一个小时,罗幼杏心头急了,再有车开过来,她一边挥动小毛巾,一边喊着师傅,一边撒开腿追着车子跑。司机看见她追过来,往往把车子开得更快,把她孤零零地丢在街口子上。

罗幼杏真想哭,可她也做了打算,她就这样站在街口子上拦车,拦到十点多钟,还没个好心的司机把她带走,她就退到落水岩镇,找个小旅店住下来,第二天搭过路的班车走。只是现在时间还早,她仍想站在街口上,碰碰运气。

她的运气历来差,又开过去两辆车,司机仍然没搭理她。八点刚过,她吃晚饭那家小店的女店主,瘦高个儿的伯妈,走到街口上来找她了。

女店主说,她估摸着罗幼杏仍没搭上车,特意走过来的。她看出罗幼杏真是有急事,也凑巧,罗幼杏离开饭店一会儿,她的店门前来了一辆煤车,开车的师傅进她饭店吃晚饭,女店主就问他,吃过晚饭是不是就在落水岩镇上歇。司机说还得赶路。女店主问司机车往哪里开,司机说当夜要赶到客过亭。女店主顿时想到了要搭车去的罗幼杏,就问司机能不能捎带一个客人,我看她是有急事,愿意出点钱的,司机一口答应了。女店主就跑过来喊罗幼杏。罗幼杏问该付多少钱,女店主说你给他个一百块吧,就说买两包烟抽。

罗幼杏激动地拉住女店主的手,连声道谢跟着女店主身后,回到了小饭店。

司机是个三十五六岁的络腮胡子,女店主介绍了罗幼杏之后,罗幼杏当下拿出一百元,交给了司机。

给煤车加了水,罗幼杏坐在司机旁边,开出了落水岩镇。

煤车显然是超载了的,一到上坡的时候,车速就慢下来,司机总得加一次挡,再加一次挡,煤车才能艰难地慢摇摇爬上坡去。而当下坡的时候呢,由于车体太笨重,连坐在旁边的罗幼杏,都感觉司机紧紧地攥着方向盘,生怕车轮子有什么闪失。

罗幼杏问司机,大约什么时候可以到客过亭。司机说,照这个速度开,夜里十一点过钟,准定能到了。

怕这个时候找到宾馆,应力民应大队长已经睡下了,不方便。罗幼杏给应大去了个电话,告诉他自己已经遇上了个好心的师傅,搭上了车,到客过亭可能晚一点,请他不忙睡,她到达之后要找他,听他好好讲一讲关于她儿子的信息。她的心情太迫切了,望应大谅解。

应大在电话里说,他完全理解她的心情。放心吧,他习惯了夜间工作,不会睡早的。

和应大通了电话,罗幼杏亢奋得又给远在上海的何强拨了个电话。手机在山里打往上海,又是在行驶中的卡车上,声音有点飘,何强讲话时,有一两句话罗幼杏没听清楚,但这没关系,最主要的是,她已把找到儿子的信息告诉了何强,让他好有个思想准备,让他得考虑履行和她成为一家人的诺言。

听说已经找到了儿子的信息,何强在电话上表现得比罗幼杏还要兴奋,他几乎叫了起来,是么?是真的么?你见到他了么?无论如何要尽快见到他,不管他今天是个什么状况,你想方设法都要把他带到上海来。你放心,我会履行我的承诺的,你尽管放心!

通完了电话,罗幼杏把手机放回自己的挎包,舒展开四肢,倚靠在副驾驶座位上,长长地吁了一口气。何强是老板,说话的口气大。罗幼杏却在那里担心,真找到了儿子,儿子的养父母会不会放他走。儿子是自小跟着养父母长大的,和他们有感情,如今家境又好,说不定不愿跟她走呢!总而言之,后面要做的事,还多着哪!

哦,所有的焦虑,所有的烦恼,所有的奔波劳累,风尘仆仆地赶路,街边小店铺的伙食,简陋的住宿,这几天里尝到的酸甜苦辣,一切都是值得的了。只要儿子找到了,只要她想方设法把儿子带到何强的面前,那么他们仨就能做成一家子,她罗幼杏的下半辈子,也就有了一个圆满的归宿。哎,归宿,插队落户后期,所有的知识青年,不管是男是女,不是都在急切地寻找和追求一个归宿嘛!可她找到的是啥呀,她这一辈子,是怎么混过来的呀?

泪水涌了上来,模糊了她的双眼。透过车窗望出去,卡车打出的光柱,车轮前的山乡公路,路两旁的树木和山影,看上去都是昏昏乎乎的。

现在好了,当年送人的儿子找到了。找到他了!多少年里都是孤家寡人自个儿单过的罗幼杏,现在可以和儿子破镜重圆了。是的,作为一个母亲,她从来没有对这个叫沙家顺的儿子尽过一点儿力,她从来不曾对儿子尽过当妈妈的责任,她是一个不称职的妈妈。可儿子终究是儿子啊,他是她身上的骨肉啊!再说,当年她和何强,也是没办法啊!要是当年的社会风气像今天这样开放,他们怎么可能把亲生儿子送给素不相识的放鸭客去抚养呢!幸好儿子遇上了好人家,这两个放鸭出身的夫妇,不但把儿子养大成人,还发了家,当上了老板。儿子真是个有福之人,养父母有家业要他继承,何强也想要儿子接班。

思忖到这儿,罗幼杏不由得抿着嘴笑了起来。何强这家伙真是老板做惯了,说话的口气那么大,他还不晓得,人家养父母,现在已是老板了,开着羽绒厂,身家不一定比你何强差哩。真找上门去,如何同儿子相认,怎么对人家说,儿子会对他们这两个亲生父母怎么想,养父母将怎样看待他们的突然出现,一切都还是未知数呢。心底深处,罗幼杏在喜悦之余,还有隐忧哩!

超载的煤车轰响着,一路都在爬坡。山路弯弯,卡车不停地在拐弯。大光灯打出两条雪亮的光带。罗幼杏看得分明,弯弯拐拐的山路比在平地上窄多了。

她听到师傅喘息的声气有些粗重,回头一看,只见司机紧抓着方向盘,目不转睛地盯着前方,他的额头上,密集的络腮胡丛中,都沁出豆大的汗珠。

罗幼杏不由得关切地问:"师傅,你要不要抽支烟,下车歇口气?"

司机伸手摸出一支烟,叼在嘴里,手一指座椅旁边,以不容置疑地语气道:"点上。"

罗幼杏在司机的座位旁边,拿起一只打火机,"啪嗒啪嗒"打亮了火,给司机点烟。

司机狠吸了两口烟,呼出一口气道:"上坡的半道上,不能熄火。翻过这座大坡,下到山底,可以停车歇一下。从山底到客过亭去,一路都是平坝,路就好走了。"

煤车终于攀上了高坡,旋转了一个大弯,开始下坡了。

下坡的车速明显地比上坡快,司机踩着刹车,双手抓着方向盘,身子往前倾,目不转睛地盯着山路。

前面响起汽车的喇叭声:"嘀嘀——"在夜已深沉的山路上,显得特别清晰。

司机让煤车尽量驶向山路的内侧,车灯光影里,一辆越野吉普,一路鸣着喇叭,迎面开上来,只在会车时,它才放慢了车速。

煤车缓慢得几乎停下来,和越野吉普擦身而过,司机这才松了刹车,让煤车匀速驶下坡去。

就在这当儿,又有一辆摩托车,开着雪亮的车灯,从山湾湾里驶出来,迎着煤车高速开过来。

煤车仍以下坡的匀速行驶着,晃动的光影中,摩托车丝毫没有减速地迎着煤车直冲而上,迫使煤车只得打了方向盘,让出一条内侧的车道让摩托车开过去。

摩托车刚飞速驶过,煤车的车轮子一阵打滑,发出刺耳的怪号,司机骂了一声:"狗日的!"

话音未落,超载严重的煤车倾覆过来。罗幼杏只觉得眼前天昏地暗,身子重重地倒在车门上,她发出一声惊慌的锐呼,就觉得心荡空了,身子悬空了,继而便啥也不晓得了。

三十三

罗幼杏的死,让应力民的心情感觉倍加沉重。

发现始终作为失踪处理的徐眉不仅没有死,而且也没有真正失踪,而只是改换了一个身份嫁给了屯堡雕刻师的真相,应力民的重返第二故乡之旅,已经不轻松了。他在内心里不止一次地责备自己,为什么没有关注到那只面具,他明明也和其他清理徐眉遗物的人一样,看到了这只面具,并且好奇地询问,这是哪一个的东西。在和徐眉同一间屋住的女知青们齐声否认这是自己的东西之后,为什么没有深究下去,由面具而找人?那么,事情也不至于会是后来发展的那个样子。不可原谅的是,应力民在徐眉的遗物清理单上,偏偏遗漏了登记这只面具。相信了众知青的话,也过于相信自己身为知青的判断,在那个年头,不要说是女知青,就是男知青,对于面具这一类"封资修"色彩十分浓厚的东西,也是不会感兴趣的。

现在,事实和照片都证明,当年兴师动众寻找了无数个白天黑夜的徐眉,不仅活在人世间,而且再一次从人们的视野中消失了。从她嫁过人、生过儿子的屯堡环境中消失了,消失得无影无踪,消失得一点儿音讯都没有,消失得可提供追索的线索都没有。

她的消失留下了一系列的谜团:她当年为什么要玩失踪?她嫁给屯堡的雕刻师顾朝杰,是折服他的才艺,心甘情愿,还是被人逼迫的无奈之举,或者是屯堡小伙和上海知青之间另有隐情？这一切如今仿佛都不可能解答了。

尽管应力民当年不过是一个抽调到专案组去帮忙的知青，上面抽他去的时候，给他讲得明明白白，主要是想请他一起参与判断，作为知识青年的心理。他本人还不是一名正式的公安人员。但在他的心灵深处，他总觉得自己没有及时寻找和关注到破案线索，特别是洞悉徐眉的行踪，是有责任的。不是么？他也像不少人一样，认定了岑达成有重大嫌疑，并且一辈子怀疑他隐瞒着害死徐眉的真相。直到这一次出来之前，他还专程为此去拜访了岑达成一次。事实证明，岑达成受徐眉失踪案牵连，造成了一辈子的命运坎坷。而他自从加入侦破徐眉案中以后，因怀疑岑达成而努力地寻找证据，完全错了！错得就像挨了几下耳光一样。为此他的重返第二故乡之旅，心灵和情绪上已经背上了包袱。

万没想到，旅程接近尾声，罗幼杏又死于非命，为连夜赶到客过亭风景区，为尽快听到她亲生儿子沙家顺的消息，她搭超载煤车赶回来找他，不幸遇难。而应力民觉得，对罗幼杏的死，他是有责任的。他为啥要催她快点到客过亭来呢？晚个半天一天到客过亭，他不同样可以将消息告诉她嘛！如果说，当年忽视了徐眉案件中的那只少将面具，他犯下的过错情有可原的话，而这一次，对于罗幼杏的死，他是难以推卸责任的。不是他急于要把找到沙家顺的消息告诉她，不是他给她打去那个报好消息的电话，罗幼杏准定会在乡镇小旅店里过一夜，搭第二天的班车到客过亭来。

破获了重大毒品案件，受到了嘉奖，参加汪人龙组织的重返第二故乡之旅活动，分局长让他顺便摸清楚古驿道被毒贩利用作为秘密通道的线索，答应为他这一趟旅行埋单。可以说，他是整个重返第二故乡之旅活动中最轻松自在、最没心理负担的一个人，完全可以说在享受休闲之旅、欢乐之旅。

可这会儿，他心情抑郁，一点游玩的兴致都没有了。

对罗幼杏之死感觉内疚和伤怀的同时，他觉得应该尽快给一辈子背着黑锅的岑达成打个电话，告诉他关于徐眉的最新发现，洗刷掉他身上笼罩了一辈子的阴影，郑重地对他说一声，你不是嫌疑人。

在此之前，应力民只想等旅程结束，回到上海以后，专程去探望岑达成的时候说这一番话。他觉得要说的话很多，他甚至还想要岑达成细细地回忆一下，在岑达成追求徐眉的过程中，有没有察觉到徐眉和雕刻师顾朝杰的交往。而当电视报道了罗幼杏遭遇惨祸、不幸身亡的消息以后,应力民等不及了,他只感觉到自己的心被重重地撞击了一下,人的生命有时候竟是如此脆弱,活灵活现身体健壮的罗幼杏,说走就走了。岑达成不是同样病入膏肓,憔悴得不成人样了嘛!看完电视新闻,男女知青们纷纷议论感慨的时候,应力民走到角落上,给岑达成打去一个电话。

电话铃声久久地响着,无人接听。

应力民记得,岑达成家的座机就放在他的床头,他随手就能拿到。这会儿电话响了那么久,他怎么不接呢?是在盥洗间里,还是……

应力民脑际浮起不祥之兆。他又改拨岑达成的手机。

手机同样连续响了多声,终于有动静了。电话里传来岑达成微弱的嗓音:"哎……"

"岑达成吗?我应力民啊!"应力民操着他浑厚的嗓门道,"这几天身体怎么样?"

"又进医院吊水了。"岑达成回答的声音有气无力的,应力民只能勉强听到,"还不是这个样子,进来吊几天,再出去。出去了仍是度日……如年地熬。熬、熬、熬……熬不下去了,又进来。嗨!"

最后那一声,他好似自嘲地笑了一下。可传进应力民的耳朵,却像是在哭。

"是这样,岑达成,对你来说,这是个好消息。"应力民不想拖了,他的两眼透过宾馆走廊的落地玻璃,望着庭院里假山上流泻而下的一股淙淙作响的清水,把徐眉案的最新发现,以尽可能简洁的语言,告诉了岑达成。

说完以后,岑达成没有一丁点儿的反应。

隔着一层玻璃,应力民都能听见庭院里的流水声。紧贴着耳朵的手机里,却听不见岑达成的一点声气,好像临时断了线。

应力民忍不住"喂"了一声。

手机的键仿佛被拨动了一下,继而传来岑达成的喘息声,他"嗨"了一声,说:"谢谢……"

"那你好好治病,振作起精神来,回上海以后,我会来看你。"应力民安慰了他几句,"并把徐眉案的详情告诉你。"

从手机里传来岑达成一阵急促的咳嗽声,应力民不由得把手机从耳朵旁移开一点。咳完了,他不无抱怨地吐出一句:"晚了。"

说完就揿断了线。

应力民的耳畔久久地回响着岑达成的咳嗽和喘息声。和岑达成通了话,他的心情一点也轻松不起来,眼前不时掠过这一次临行之前他家里那寒碜的画面和空气污秽的阴暗氛围。

得知罗幼杏的死讯以后,重返第二故乡之旅的男女知青们在自助早餐时,个个神情凝重,面色沉郁,都安安静静地吃着早餐,似乎谁都无话可说。罗幼杏的死,无疑给这帮同龄人以重重的一击。早餐期间,死亡的阴霾像一张巨大的网罩在大家的心头上,让他们这些年近花甲的人,一下觉得与死亡的距离越来越近了。

应力民吃了几口早餐,便没有了胃口,放下筷子,胳膊撑在饭桌上,双手交叉顶住下巴,心情沉重地凝思起来:我们这一拨人,眨眼的工夫,小的也已五十五六,大的已经六十出头了,哪怕活到八九十岁也不过只有二三十年的光景。我们大家都是人生的过客,都走在这条不归的路上,罗幼杏已经走了,大家也都会陆陆续续走到人生的尽头。回头望望,我们真诚过,我们付出过,我们痛苦过,我们坎坷过,我们失误过,我们……唉,人生如同白驹过隙,幸福来不及回味,错误来不及弥补,太快了,真是太快了!

汪人龙要安排人赶到罗幼杏翻车的事故现场去。有一对知青夫妇十分同情罗幼杏的遭遇,自告奋勇愿意赶过去。汪人龙给何强打去一个电话,报告他罗幼杏遇难的消息。何强说他把生意上的事安排一下,争取坐今天的飞机赶过来,他会承头操办罗幼杏的后事。

自助早餐后,是重返第二故乡之旅最主要的活动,游览山峰之巅的客过亭。导游希望每位旅游者都能抓紧时间沿着台阶攀登上去,台阶是在古代的五尺驿道上扩修加固建筑的。一路走上去,山地错落有致,险峰奇秀插云,怪石嵯峨迭连,幽谷深邃无测,涧溪里纵横清澈的流水终年淙淙潺潺,可观赏的景点是很多的。走累了,随处都有石凳、石椅供游人休息,一点都累不着人。

应力民低着头,随着二三十个男女知青,攀着台阶慢慢走去。走不多远,林荫浓密起来,有薄雾缥缈,空气湿润显得出奇地清新宜人。

导游在给大伙儿介绍,可别小看这条青岗石砌的古道啊,古往今来,饱读了诗书、赴京城赶考的文人墨客,要攀一下这座峰峦异状的奇山,上到客过亭,凭眺远近山川景色,抒发报效国家、博取功名的豪情壮志;成就一番事业的文官武将,不论是坐着高头大马前呼后拥地回到故乡,还是坐在八人大轿里被抬上山去,也都要和随从们一起,带上酒肉,到客过亭上饮酒咏诗,行光宗耀祖之举;宦海浮沉,那些在官场上混迹一世,失意归来或是告老还乡的人物,更是会攀上客过亭,面对阔远无际的天空和连绵不尽的群山,登高远望,游目骋怀,感慨大自然的壮美深邃,个人生命的卑微渺小,叹息光阴如梭,人生之短暂,遂而书写出一首又一首世事飘然功名蹉跎的诗词歌赋。就是在明、清两朝交替之际的风云人物,以"冲冠一怒为红颜"而在史上留下无尽争议的吴三桂,当年在赴"平西王"的旅途中,也曾登上客过亭,在山上安营扎寨,和陈圆圆一起欣赏过这里的美景。后来,吴三桂又起反心,欲背叛清朝,自称皇帝,带着军队出征湖南时,又一次携他的新宠八面观音,登过此山,上到客过亭。据说,山上曾有过绝色美人陈圆圆的沐浴之处。

　　应力民边走边听着导游的介绍,心头忖度着,当年看到过的那个破败得几近倾覆的亭子,真有这么多的说道吗?他记得亭柱上的那一副被人砸得破损不全的对联,并没给人留下多深的印象啊!

　　导游说得没错,山道弯弯,只带一点微坡,信步走上山去,并不感觉到累。树大林深,从清晨起就亮得耀眼的太阳,也都被遮盖得只射进点儿花花的光影光斑了。应力民抬头望去,他们这一支重返第二故乡的上海知青队伍前头,走着的是高高地坐在滑竿上的安康青。他的轮椅上不得山,本就对登高望远看风景没多大兴趣的丘维维劝他,算了,让大伙儿上山去,我就推着你在山下走走,绕着湖兜一圈,再到官道上转转,一样的。可安康青不依,非要上山去,瞧一眼被导游和旅游册子上渲染得充满人文情怀的客过亭。丘维维拗不过他,恰好山脚下的滑竿上前来兜生意,汪人龙在一边挥着手说:"上,康青你坐上去,我埋单。"

　　一贯要强的丘维维不好意思了,斜了汪人龙一眼说:"哪有让你埋单的道理! 还是我们自己来。"

　　两个矮壮敦实的挑夫,等安康青一坐上滑竿,顿时跑得飞快,远远地走在大队人马的前头。

　　这么一来,丘维维反而比在平地上游览时还轻松,甩着一双手,和沈迅凤走成了一路。

沈迅凤和丘维维没有多少话可讲,总是不疾不慢地跟在汪人龙身旁。汪人龙走得快,她也走得快。汪人龙停下来听导游介绍百年古树,她也站停下来,有一句没一句听着。这几天里,连应力民都看出来了,汪人龙和沈迅凤之间,不仅仅是同一公司的老板和雇员的关系,他们之间有一腿。世道真是大变了,一对情人也能公然参加同一个旅游团,白天黑夜有机会就待在一起。而所有的男女知青,几乎谁都不觉得大惊小怪,互相之间连议论一下的兴致都没有。好像有了钱的老板就该是如此浪漫。要在当年,哪怕是一对知青正常恋爱,还要遭到非议呢。应力民大为不解的是,汪人龙堂堂一个成功人士,都说他的身价起码在两千万之上,他本人也是一个仪表堂堂的男子汉,怎么会找了沈迅凤这么个看上去就素质平平、相貌更是一般般的人当情妇呢?应力民可是见过汪人龙结发妻子的,就相貌而言,沈迅凤和她比那可真是差远了。他们之间的关系,究竟是一种什么样的感情呢?

平时就爱琢磨人的应力民,实在想象不出来。但是凭他这一辈子的经验,他晓得这里面一定是有蹊跷的。

脑子里在思考,应力民的脚步慢下来,和落在后面的季文进走成了一路。

季文进微笑着和他招呼:"应大,我看你健步如飞,走这点山路,不在话下。"

"哪里,和当年是不能比了。"应力民往前指了指客过亭方向,"记得头一次上这座山,去看被吹得花好桃好的客过亭,我是一口气跑上去的。只是很失望,跑到上头,看到的是一座破亭子。"

季文进往山巅瞅了一眼:"听说现在修旧如旧,恢复了古时候的模样,评上了国家 AAAA 景区,名气大得很!"

"但愿吧,"应力民淡淡一笑,"但愿不虚此行,文进,你原来插队的白岩寨,现在怎么样?"

"大变样了,"季文进的两条眉毛往上一扬,"我插队的时间长,待得久,回到白岩寨,一住就是两天。老乡争着拉我去家中吃饭,热情得让我招架不住。"

应力民拍了一下季文进的肩膀:"难得你有这么好的人缘。我在村寨上的时间待得短,回到插队的寨子,好多老乡不认识我了。"

"你抽调得早,福气好,"季文进指着应力民道,"再说这几年你又发福了,难怪人家不认识你了。知青之间第一次碰头,我看到你也不敢认了。"

就是挨得这么近和他在对话,应力民仍觉得季文进对自己有着一种戒备心理。季文进看上去神情平和,可应力民从他的眼神中,总看出他有什么心事。他还会有什么心事呢?了解他近况的罗幼杏不是说,通过动迁,他成了半个千万富翁,连给人家文化单位值夜班的那点儿工资,也都不在他眼里了嘛!

上山的石阶道转弯了,应力民快走几步,站在一坨突出的石头上,在拐弯处前前后后扫视着这二三十人的男女知青队伍。陡然发现,这一拨人里,除了失去罗幼杏的身影之外,还少了一个年轻的身影,那就是和罗幼杏住在一个屋的知青子女白小琼,那个出发候机时给他画过肖像的女画家。应力民来回寻找了几遍,忍不住扬着手问汪人龙:

"人龙,怎么没见那个画家呀?"

"噢,白小琼啊,她早早吃了点东西,就上山去了!"汪人龙说,"她给我发过短信,说在客过亭等我们。放心吧,我们已经少了一个罗幼杏,我不会再让任何人离队了。"

导游接着汪人龙的话向大伙儿宣告,转过这一个弯,登上前头那个陡一点的坡,就能到客过亭了。

果然,二三十个男女知青疾步气喘吁吁地登上高坡,一眼就看到了那座古色古香飞檐重阁的客过亭。那真是颇有气势的一座古亭,稳固、牢实、秀雅、轻灵,余韵无穷。在蓝天白云的映衬之下,在山巅浓郁古木的掩映之中,客过亭犹如融合在山林中的一件艺术品。

而更吸引知青们眼球的,是客过亭旁的一块平地上,支起一副绘画木架,架子上紧绷着一张白色的画布。穿着一身白色连衫裙的白小琼,乌黑的马尾辫甩在后背上,正托着调色板,聚精会神地在画布上涂抹着。

男女知青们不约而同地一下子围了上去,画布前的空地上站不下了,有几个知青干脆走上客过亭,居高临下地俯视着画面。

喊喊喳喳说笑着围拢过来的二三十个知青,一站到画面跟前,不由自主地安静下来,神情肃然地瞅着白小琼的画。

这已经是白小琼接近完成的作品。

画面上还是知青们先前看到过的似是楼群,细观仿佛方尖碑的座座耸立的红卫兵墓。和原先不同的是,墓碑上若隐若现时能辨认的那个穿着褴褛军服的女红卫兵的脸,现在一眼就能认出了,是青春时代的罗幼杏。她的整个身影仍似幽灵似的模糊难辨,可她的那双酷似罗幼杏的充满希冀和向往未来的灼灼的眼睛,一下子就能认出来。这是一双忧伤的无助无奈的眼睛。画面的后方,则是山岭之巅上的客过亭,白小琼仅用了寥寥数笔,就将客过亭移到了她的画布上。更令众人疑讶和佩服的,是在画面的前方,在既似楼群又像墓碑的前头,一排老知青的群像,神情凝然地站在那里。

应力民一眼就认出了左前方的那个,就是他本人的写照。他甚至还认出了同来的知青伙伴:自信富态的汪人龙、若有所思的季文进、坐在轮椅上追悔的安康青、怅然若失的丘维维……连不曾当过知青的沈迅凤,她也画了上去,让沈迅凤紧挨着汪人龙。站在沈迅凤身后,样貌和沈迅凤十分相像的,一定就是白小琼想象中的沈迅宝了。

"白小琼,你把我们都画上去了,算个什么意思吗?"一个女知青用疑惑不解的语气问。

白小琼转了一下身子,又用她原先的姿势站着,手中画笔指了指一下客过亭道:"你们到亭子正面去看吧。我也是一大早上来之后,最后完成这幅作品构思的。"

众人"哗啦"一下,全都拥到客过亭的正面去了。几乎所有的人都从这幅作品中,读出了一些画面以外的东西。

是什么东西呢? 他们都急切地想要得到解答。

客过亭的正面两根粗大的亭柱上,镌刻着一副飘逸潇洒的对联,每一个字都是龙飞凤舞,笔力遒劲,却仍然能读得上来:

云去雾来数千载,
山坡是主人是客。

哦,原来是一副七字联。直到这个时候,应力民这才恍然大悟,他当年读到的那副五言对子,其实是让"破四旧"的锤子砸得不完整了。

"哎呀,你们快看! 看前面,"一个女知青惊叫起来,"这里的风景多好啊! 怪不得人们都要上客过亭来哪!"

人们几乎像听到口令般,一齐转过身来。只见飘飘悠悠的白云下面,那目力可及的远方,千山万岭全朝着客过亭这边扑面涌来,淡淡的蒙纱雾岚轻浪似的涌动着,在岭腰山巅之间缭绕穿行,绿得悦目的山峰轻盈地在飘浮,火红的山花缀着浑圆的山头,洁白的飞泉在坦荡的大山胸怀间流泻,雄峙巍然的山体和幽绿的峡谷,让人感觉到层层叠叠的立体感。收回目光,俯视客过亭下,却又见一马平川的坝子,阡陌纵横,田畴绵延到座座翠碧的山脚边。右前方依山面田的一座村寨,袅袅的炊烟缓缓升起,飘浮在翘起的屋角上空。

哦,面对悠远的天空下壮美的大自然,面对绮丽多彩的山乡景色,应力民陡然感觉到,和他同上客过亭的这一批同时代知青,顿时沉寂下来。他们之间经历了几乎一个甲子的人生,社会地位不一样,身份职业各不相同,学识修养也相去甚远,可在这一刻,仿佛都在一瞬间感受到了自然的永恒,和自己人生的短促。想想吧,应力民头一次慕名攀上客过亭时,还是一个知青,一个一文不名的毛头小伙子,而如今,脑子里时常浮现退休的念头了。多少人间的变幻,多少人事的盛衰,都消融在永恒的时空之中。人生也便在这不断的变幻轮回中渐渐老去,历史呢,又在这生生不息的更迭中向前延伸。怪不得那山石上会镌刻下古人的诗句:山无古今色长青。对于年年长青的山色,对于吸引着一代又一代人慨叹欣赏的大自然,我们每一个人不过是一位过客罢了。

看看罗幼杏,她曾对自己的生活和未来,带着多少美好的希冀和向往,什么预兆也没有,陡地一下,惨遭车祸,生命便匆遽而逝,连想要见一见自己的亲生儿子的愿望,都实现不了。

客过亭,客过亭。其深沉的含意,正是在这里吧。

直到此时此刻,经历了大半人生,应力民第二次来到客过亭前,才真正领悟到了为啥古往今来,这么多文人墨客,这么多文官武将,这么多胸怀大志去博取功名的风华少年,这么多经历了沧桑人生的归隐者和更大量普通人,诸如他们这一些芸芸众生,都要攀上山巅的客过亭来。连搏击历史浪涛的吴三桂也不例外。那么多的人都来干什么呢?

来感受大地宇宙的亘古不变,来观赏山川河谷的宏大壮美,来解读人生存在的奥秘,来体验生命盛衰无常的迷局,来追寻游弋骋思永不安分的心灵的平衡。

应力民转过脸来,望着身旁高高低低面向连绵无尽的山野陷入沉思的男女知青,情不自禁思忖道:我的这些同时代的伙伴,不也自觉不自觉地在用心地寻求调节生命、继续运转生命、安顿渐入晚境的生命的方式么。

安在客过亭景区的喇叭响了,播音员娓娓动听的报道不时被杂音干扰,在播送过几段省城新闻之后,响起一段悠扬婉转的音乐。在音乐渐渐低落下去时,播音员接着报道:"……现在我们要报道的,是一个当代传奇。是一段上海知青方一飞和布依妹子蒙香丽跨越时空的爱情故事。这故事感人、感伤,又令人唏嘘感动……"

"安静!"季文进高高举起一只手,大声疾呼般提醒众人。其实谁也没说话,应力民不由得定睛瞅了一眼有些失态的季文进。

广播在继续:"……前几天的省城晚报上,报道了当年上海知青方一飞因患重病百般思念初恋的纯情妹子蒙香丽的故事。在好心人士帮助之下,蒙香丽联系上了方一飞以后,征得自己家人的同意,坐飞机到了上海,来到方一飞的病床跟前。登机之前,蒙香丽向记者表示:往事都已经过去,快三十年了,我一直想知道他过得好不好?好不容易找到了,有这么一份美好的回忆在,我要去看一看他。"

播音员的报道停顿下来。

又是一段音乐,插播了两段广告,站在客过亭前游览的男女知青们,不约而同地把脸转向喇叭发出声音的方向。可谁也没有找到喇叭在哪里。播音员继续报道:"在众多男女知青的簇拥下,蒙香丽穿着布依女子朴素典雅的民族盛装,抱着一大束百合花,走进了方一飞的家,来到了方一飞的床头。方一飞的妻子钱洁在他们俩泪眼相对的那一刹,对跟进屋来的知青们说,快三十年了,给他们一点空间吧。说着领先走了出来。带上房门的那一瞬间,记者注意到,钱洁也掉泪了。她对记者说,这眼泪,没有醋意,有的只是感动和温馨。为此事深受感动的,岂止是钱洁一个人,当年的男女知青们发挥了各自的才干,当场写下了一首诗,并由知青谱写成曲。下面请听这首《相思的债》:

> 我是一个痴心不改的女孩,
> 问世间谁能聆听我的感慨,
> 素弦声断泪湿我的香腮,
> 一生徘徊走不出这相思的苦海。

……

一曲歌毕,应力民放声提议:"我们为促成方一飞和蒙香丽见面的汪人龙鼓掌!"

众人顿时面向汪人龙拍响了巴掌,并连连向他点头致意。

对这突如其来的致意,汪人龙顿觉手脚无措,他使劲地眨着眼睛,对身边的沈迅凤道:"你看看,这有啥嘛……"

沈迅凤当着众人的面,一搂他的胳膊说:"这是大家向你致敬,你应该接受的。谢谢大家!"

没待掌声平息,广播喇叭停顿了片刻,突如其来换了一个嗓门,显然这是景区的播音员,男性:"紧急通知,紧急通知。所有在客过亭景区游览的客人们注意了,游客们注意了,注意了,今天中午以后,将有狂风暴雨袭击整个客过亭景区,气象预报称,狂风暴雨袭击来的同时,还将有冰雹和雷电,请游客们在中午之前,务必撤出客过亭景区,下山回到安全地带,午后我们将安排所有团队和游客在室内活动……"

汪人龙笑道:"客过亭,客过亭,真是只让我们过一过。白小琼快把你这幅有价值的画收起来,以后在杂志上发表了,给每个知青送一张。"

白小琼边收画架边露出一个甜甜的笑容:"谢谢汪叔叔!"

安康青道:"老天爷算帮忙的,让我们上了客过亭,再来一场暴雨。"

"你别啰唆了,"丘维维不耐烦地朝他挥手,"让他们把你先抬下去。雨突然落下来,山道上滑,抬着人不好走。快走吧。"最后那句,丘维维是转过脸对两个挑夫说的。

两个挑夫蹲一下身子,前后一齐用力,把坐在滑竿上的安康青抬了起来,顺着下山的石阶道,一阵疾步快走。

"哎、哎,"丘维维紧跟在后,走出几步,她又嫌挑夫走得快了,扬起手叫起来,"不要跑嘛,雨要中午以后才下呢,你们急什么?"

众人笑了起来,跟在安康青夫妇身后,不疾不慢地信步走下山去。

2010年6月26日完稿

人生之书

2007年的盛夏时节,我的妹妹叶文,给我打来一个电话,说她已和当年在同一个县插队落户的一二十个老知青约好,要回山乡去走一走、看一看,她也想到我们一起插队的砂锅寨上故地重游,问我到了省城以后,能否帮她联系一个车,直接到山寨上去。她说他们这一帮自费游的老知青团队,日程中安排了几天自由活动时间,就是让大家各自回到三十几年前插队的村寨上去转一转。山路弯弯,其中一些偏远的村寨,路途仍然十分遥远,可众人的兴致十分高涨。

半个月以后,妹妹回到了上海。到家的当天晚上,她就给我打来电话,讲起这一次第二故乡之旅。她说到达省城以后的感受,说到达县城以后的见闻,说到了砂锅寨那天老乡们竟然还都认识她,那激动的语气一点也不像个当了奶奶的老人,仿佛又回到了当年上山下乡的岁月。她说得更多的是与她此次同行的老知青们,因为在这十来天的时间里,他们一同坐大车、一同坐飞机、一同搭伴坐着面包车像当年那样驶往山乡,有很多时间待在一起,有说不完的当年和今天的话题。这些人中,有的功成名就已在准备安度晚年,有的事业蒸蒸日上,干得仍然热火朝天,有的心满意足已经像她那样整天围着第三代转,自然有的还在为落实上海户口努力,有的仍抱有希冀和改变目前不那么好的生活现状的欲望,有的心灰意冷生活得很不如意……妹妹说的那些人我个个认识,他们青年时代的音容笑貌在我的记忆中仍历历在目。在上海的知青聚会中,不少人还重又见过面,只不过每次匆匆,没机会深谈。没想到就是这些同时代的伙伴,几十年里又有了那么多的经历和故事。

特别令我惊喜的是,妹妹告诉我,她还给我带回了一本"修文县上海上山下乡知识青年名册"。她说那是目前仍在县政府供职的一位上海知青送给她的,她没什么用,转送给我,也许对我的创作会有一点益处。没过几天,她就让我的外甥把名册送来了!

打开这本名册,我真是如获至宝。这是1969年我们初下乡那时候,贵州省修文县知青办的工作人员手写编制的,信笺上不但清晰地印有"修文县革命委员会"的字样,每张信笺的抬头上,都印有"敬祝毛主席万寿无疆"一行大字。上海远赴修文山乡插队落户知青的简况,每个人都有反映。462个人的姓名、性别、家庭成分、是否党团员、所毕业的学校、文化程度、在上海的家庭地址,在短短的一行字里,一目了然,尤其是眼下正在哪个区、哪个公社、哪个大队和生产队落户,标注得清清楚楚。如今几乎不被人注意的"家庭出身"这一半寸宽的小框里,真正是丰富多彩,有工人、职员、小业主、资产阶级、干部、反革命,还有富农、地主、摊贩、工商地主、坏分子、旧军人、历史反革命、自由职业者、个体劳动者、兵痞、伪警察、店员、伪职,也有至今看着都是模糊的私方、劳动者、四类分子等等,活脱是一幅上海社会的百景图。最让我激动不已的,是名册最后面的那个标注着"备注"的小框,不知是知青办哪一位有心人,把所有462个上海知青离开农村以后的去向,都标出来了,从字体上看,这还不是一个人标注的,显然这一备注,延续了好几年,字迹有粗有细,有深有浅。原来,462个人的命运,竟有如此大的天壤之别,上海男女知青们,有进县化肥厂的,有在师范学校的,有在贵阳工学院的,有到乡镇农推站的,有在中小学教书的,有在税务所的,有去水泥厂的,有转往外省农场的,转点去安徽的,有进302厂的,进铁路局的,远去四川、南通、福建的,有到医院、百货公司、化工学校的,也有被判刑、被逮捕转往上海、判刑以后又刑满释放的,还有游泳被淹死的,汽车轧死的……从"汽车轧死"这四个字,我推测做这一备注的,就是上海知青,贵州人不会使用"轧死"这个词。真可谓社会上有多少职业,知青们就有多少去向;人生有多少可能,知青们的经历就有多少跌宕。比如有一位女知青的备注里小小的字体写着:卫校开除退回生产队转往上海。一行字三种字体,显然是三个工作人员随着情况的变化而分开填写的,短短十几个字里透出她命运中几多的变化。名册中还有一些当年因各种各样原因出名的知青,一看到他们的名字,我的脑海里就会展现一幕幕生动的影像;有人是先进知青,当年呼风唤雨;有的因同农民睡觉臭名远播,有的生下了孩子无奈送人,有的是惯偷,还有……无数的往事叠印在一起。我的思绪已从这本名册中飞出,不由自主想象着:近年来,随着曾经轰轰烈烈、波澜壮阔的上山下乡运动三十五周年、四十周年的到来,遍布全国的知青们或出书,或编画册,或拍摄影碟,或出版摄影集,或聚会,或像我妹妹他们一样,带着子女甚至第三代,重返第二故乡,重走当年走过的路。在人数众多和各种各样小型的聚会中,我听到了多多少少同时代伙伴们的故事啊。内蒙古知青在风雪迷蒙的草原上跋涉,黑龙江知青在北大荒战天斗地,云南的红土地上处处留下了知青们的足迹,吉林知青至今还能用朝鲜语演唱,江西知青忘不了他们吃过的红米饭、南瓜汤,安徽知青一提起山芋干话题就滔滔不绝,而贵州知青或多或少都有点儿辣椒情结。正像四川知青们说的,经历过上山下乡的知青们,人生中的每一步走得都要比常人艰难许多。我陡地感觉到,就用一群知青们重返第二故乡的旅程,来写一部新的长篇小说,不是一件十分有意味的事情嘛!是啊,他们出身不同,心性相异,青春时期各有属于自己的追求和理想。他们曾经虔诚,曾经盲目,也曾经狂热地顺应时代抑或又失望地消沉。年近六十了,人生一个甲子,他们现在的心态逐渐沉静平和下来,胸怀亦随年岁的增长宽广了许多,在重新回到当年插队的山乡旅途中,他们必然会情不自禁地思索这一代人曾经有过的信仰和爱憎,追索他们过失的往事和错误,回忆他们有过的希冀和欲望。他们的命运或许是色彩斑斓的,他们的心灵上或许背过一些负疚,他们在逝去的年代里有过真诚,有过悲剧,有过如今看来十分幼稚和愚蠢的举止。在生命的轨迹中,他们确实碰到过不少尴尬和无奈的情形。如今他们都已年近六旬,和走过六十年历程的共和国一样,他们的人生命运,他们的痛苦和欢乐,凝聚绽放出的是生命的本色。六十年,经历了一番洗礼般的轮回,他们感觉到了时光的飞速流逝,历史风云的变换流散。在殊途同归的人生之路上,他们终于明白,再辉煌绚烂的东西,最终都会输给时间。

这是不是生命的真谛?

想明白了这一点,无数知青的人生故事,都找到了一个汇聚点。是的,我写下的是一个个知青故事,或者可以说,这是我关于知识青年题材的第十本书。但是,我更要说,这不仅仅是一本知识青年题材的长篇小说,而是一本人生之书。斑斓多姿令人深长思之的人生大书。

依照我的写作习惯,当构思几近完成以后,我要让它冷却一阵,沉静一段时间。在年轻的时候,我把它称作"等待"开头,也可以称为期待一次冲动。

今年4月3日晚,经《重庆晚报》记者张一叶的介绍和引领,我走进了一位生病的重庆知青陈俊的家中。他是"一段埋藏了三十一年的纯真爱情"故事的主角。他和傣族女子依香娜的爱情故事,经《重庆晚报》报道以后,引起重庆的街谈巷议,有着强烈的反响。在我探望陈俊走出他家门口以后,年轻的张一叶一次一次地问我:你会把它写进小说吗?你会写书吗?

我回答他,陈俊和依香娜的故事相当动人,我会考虑将他们的故事纳入构思中的新书。

这不是我敷衍他,其实在读到陈俊和依香娜的故事以后,我就觉得,这正是我在期待着的小说的开头。(参见《重庆晚报》2010年4月2日8版4月6日5版)

张一叶很快把我的这点意思做了报道。无形中给了我创作上的压力和动力。回到上海以后,我捡拾起已有两年多的构思,起笔写作了这一部新的小说。

在我的设想中,从从容容地,每天写个三千字,花几个月时间,在上班、开会、社会活动之余,把它写完。哪知仅仅坚持了两天,从第三天开始,每天的写作量就急剧上升,只花了两个月时间,就把小说写完了。

我真的希望,读者朋友们也能像喜欢《蹉跎岁月》《家教》《孽债》《华都》《缠溪之恋》一样,喜欢我的这本新书。

我更希望,老天继续赐我健康,让我能写出更好的作品。

叶辛

2010年10月1日